陳洪法詩詞八百首示例

陈洪法 著

山西出版传媒集团
北岳文艺出版社
·太原

图书在版编目（CIP）数据

陈洪法诗词八百首示例 / 陈洪法著 . —太原：北岳文艺出版社，2023.8（2024.1 重印）

ISBN 978-7-5378-6780-1

Ⅰ . ①陈… Ⅱ . ①陈… Ⅲ . ①诗词 – 作品集 – 中国 – 当代 Ⅳ . ① I227

中国国家版本馆 CIP 数据核字（2023）第 168779 号

陈洪法诗词八百首示例

陈洪法　著

出品人
郭文礼

选题策划
金国安

责任编辑
王国柱

助理编辑
金国安

书籍设计
张永文

印装监制
郭勇

出版发行：山西出版传媒集团・北岳文艺出版社
地址：山西省太原市并州南路 57 号　邮编：030012
电话：0351-5628696（发行部）　0351-5628688（总编室）
传真：0351-5628680
经销商：新华书店
印刷装订：山西基因包装印刷科技股份有限公司

开本：787mm × 1092mm　1/16
字数：350 千字
印张：25
版次：2023 年 8 月第 1 版
印次：2024 年 1 月山西第 2 次印刷
册数：5001—8000 册
书号：ISBN　978-7-5378-6780-1
定价：158.00 元

陈洪法

陈洪法先生出生于1952年，上海市崇明区陈家镇鸿田村人，1970年进入上海市地质系统工作，2003年组建上海宏筑岩土服务有限公司，长期从事岩土工程和地质勘查工作，为上海的繁荣昌盛做出了重大贡献。

陈洪法先生作为奇石收藏家、爱心企业家、著名诗人及作家，收集了成百上千种奇石和玉石，别出心裁地为各种奇石配上旧体诗词，成为品石赋诗系列化历史第一人。并在国内各大电视台及外媒大力宣传。2011年2月，中华诗词和上海诗词学会联合为陈洪法先生主办了全国诗词研讨会，得到了与会专家的一致称赞。2012年11月，中国邮政总公司为陈洪法先生出版了个性化邮票、明信片、首日封等邮品珍藏册，并以每套300元人民币的价格，在国内各大邮政营业部门对外销售发行，受到邮品爱好者的热情赞誉。2014年，陈洪法先生创作的诗词在《解放日报》和《新闻晨报》连续刊登上百期，打破了报刊为旧体诗词长期连载的先例。

陈洪法先生在20世纪70年代就开始文学创作，他曾创作了《海潮》《谁之罪》等中长篇小说。1974年，他创作的两部小说得到千万人的抄写传阅，流传大江南北。只是由于时代的局限性，作品一直未能正式出版。前几年，他创作的长篇小说《海潮》正式出版。

陈洪法先生除了他的企业和收藏外，将余下的时间贡献给了自己喜爱的文化事业。几十年来，陈洪法先生先后出版了旧体诗词集《探海集》《品石吟风》《观潮集》《过眼风尘》《韵海弄潮》《鸿田望月》，新诗词集《鸿田秋渡》，个性化邮册，长篇小说《海潮》和歌曲《绿洲瀛岛巡礼》等九首。2015年，陈洪法先生作为主编之一，与曾任国务院新闻办公室主任赵启正、中共上海市委党校刘德强教授等一起编制了《对话精品鉴赏》，内容汇集了古今中外伟人名家孔子、毛泽东、邓小平、克林顿等精品对话103篇，陈洪法先生在上海电视台《与奇石的对话》也名列其中。2018年8月，在上海展览中心有一千多家供应商参加的书展上，陈洪法先生的旧体诗词集《过眼风尘》名列销售量排行榜第一名。2020年，其旧体诗词集《韵海弄潮》被上海市作家协会评为优秀作品并获奖，乃是旧体诗人在作家协会历史上首次获奖。陈洪法先生爱好广泛，他横跨企业、收藏、文化三界，并屡创奇迹，他在旧体诗词、新体诗词、小说、邮册、歌词等五大类均有建树。事实证明，陈洪法精通各种文学体裁，是个跨行而又全能的冠军。而今陈洪法先生最近整理创作的《陈洪法诗词八百首示例》，类似于教科书，技术含量极高，在如今的书店柜台上绝无仅有，或许是创世之作，或许是载史之册。其书中所有的诗词示例，都是陈洪法先生的精选作品。

陈洪法先生现为中国作家协会会员，中国观赏石协会第二届理事会副会长，中华诗词学会会员，上海中外文化艺术交流学会副会长，上海市作家协会会员，上海诗词学会常务理事等。

内容提要

《陈洪法诗词八百首示例》是沪上作家诗人陈洪法先生最新推出的一部传统格律诗词专集。全书收入他近年来所创作的800多诗篇词章，可谓内容丰富，题材广泛。其所有作品创作依循传统，格律严谨，音韵和谐，不失为当代人撰写传统格律诗词的典范。

陈洪法先生原为地质系统的企业家，青年时酷爱中国文学，创作并出版了长篇小说《海潮》。他也爱好中国古典诗词文学，于长期繁忙的事业外热衷于诗词文学的研学与创作，十余年间，他先后出版过七部3000多首新旧体诗词集，有的还被作家协会评为优秀作品奖。本书所编发的诗词别具一格，是作者特意构拟类别于当下传统格律诗词的书籍。全书分诗部和词部，分门别类排列出绝句、律诗、古风等格律形式以及各种长短词牌格式，作者以精心创作的诗词作为范例分别对标，让人赏读诗词时又能了解到诗词特定的格律音韵规范，尤对传统诗词爱好或初学者掌握学写旧体诗提供了很好的参考示例。

作为作家诗人，陈洪法先生凭借自身的才情与学养，吟诗填词依循传统又不为传统的格律规矩所束缚，笔下所表现的作品化古融今，旧瓶装新酒。其大量作品遣词造句新雅不俗，蕴含着旧体诗词的特有的风采。

上海师范大学赠书仪式。作者与上海师范大学蒋明军副校长在赠书现场

诗“颂”千里，“书”送未来，赠书仪式。作者与上海市闵行区浦江第二中学校长肖明华（左二）及学生们在赠书现场

作者在签名

作者赠书现场拾萃

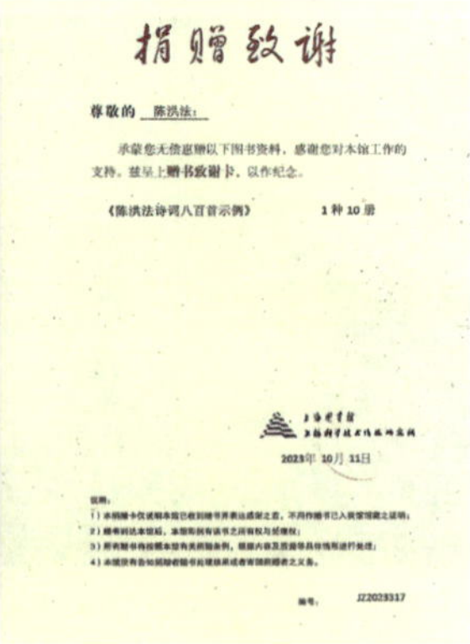

捐赠致谢

尊敬的 陈洪法：

承蒙您无偿惠赠以下图书资料，感谢您对本馆工作的支持。兹呈上赠书致谢卡，以作纪念。

《陈洪法诗词八百首示例》　　1种10册

上海图书馆

2023年 10月 11日

说明：

1）[illegible]

2）[illegible]

3）[illegible]

4）[illegible]

编号：　JZ2023317

赠书证书与致谢信

作者与上海市崇明区文旅局副局长季晓云（左一）、千凡堂主汤胜天（右一）出席签约仪式

作者赠书现场撷英

学生在朗诵《沁园春·雪》及作者创作的诗词《沁园春·崇明长江大桥》。作者与复旦大学中文系教授胡中行（左一）、千凡堂主汤胜天（右三）在聆听朗诵

上海市崇明中学赠书现场撷英

作者签名赠书

序一

诗性智慧与诗美营建

褚水敖

和陈洪法先生交往多年，对他印象最深的是，他分明是一位在多个领域闪耀光彩的成功人士。他首先是一位成就卓越的文化型企业家，同时又是一位名闻遐迩的奇石收藏家。在书法方面，他也颇有造诣。他还在长篇小说以及歌曲创作方面显示了自己的才华。这一切已经足能拨动我的心弦。而更让我动心的是，他又怀藏诗心，鼓荡笔底春风，创作了大量质量颇优的旧体诗词。十多年间，他竟然已经出版了诗词集七部，其中一部还获得上海市作家协会优秀作品奖。

陈洪法为什么能够多方面展现自己的人生精彩画卷？原因肯定很多。但我想其中一个重要原因，必是他的头脑特别灵敏。换言之，他是个智慧毕具的人。

陈洪法的智慧，自然会反映在他创作的诗词作品里。近日，他把最新编定的诗词集《陈洪法诗词八百首示例》寄我，并邀我作序。我便细读了他的这部集子。阅读过程中，我滋生了一个清晰的想法：这部诗词集，充分体现了陈洪法的诗性智慧。

诗词集的800首诗词，就内容说，可谓丰富多彩，包罗万象。大到家国情怀，山海心绪，节日感兴；小到诗酒颖悟，花草闲思，奇石断想……在作者笔下流泻的，不仅有社会人生的千姿百态，而且有不断涌动在作者胸中的清志高情。非常充分地展开在这部诗词集里的精神世界，是一个洋溢激情又涌现理致的诗性世界。诗性智慧作为这一诗性世界的同构对应物，既对应地催生了诗词，又对应地润泽了诗词。陈洪法在诗词集里所展现的全部才情，总是与诗性智慧有着千丝万缕的联系。

意大利著名思想家维柯的不朽著作《新科学》，是诗性智慧这一概念的源头。这部著作关于诗性智慧的论述，对中西美学的发展产生过巨大影响。至于它对诗歌创作的意义，则更为直接并且突出。诗性智慧的内涵与外延，在《新科学》里有明确的界定，而对形象思维及想象活动与艺术创作和美感的关系的阐述，尤其对情感和意志的动力或动因的重要性的指出，无疑锁定了诗歌创作的核心要素。诗歌创作本体对于诗性智慧的依赖程度，几乎不亚于人类对于阳光、空气与水的需要程度。诗词创作当然也是如此。当我们仔细体察与剖析陈洪法的诗词作品时，会明显地感觉到，正是诗性智慧引领着他的诗性思维，使他的大部分创作成果熠熠生辉。

可以从多方面评论陈洪法诗词写作所体现的诗性智慧。本文拟从诗美营建的角度，举出以下四点，看看作者如何操着诗性智慧的“枪法”，激发和成就了诗词艺术的生命力与感染力。

一、诗美情感的运行幅度

诗歌评论文字常用陆机《文赋》中的“诗缘情而绮靡”，强调情感对于诗歌的重要性。这其实只是诗歌依仗情感的一般说法。情感固然是关键，然而更为关键的是情感的运行状态。这种状态的最佳呈现乃是情感的真挚性、强烈性与深刻性。就诗词创作而言，真挚性自然是情感的前提，在前提之下，首先需要看到的是“强度”，即情感的强烈性。强烈性表现出情感的运行幅度及其震撼力。读陈洪法诗词，能够深深地感受到这种具有震撼力的诗美情感的运行幅度。

无论是绝与律、古风，还是词，在陈洪法的笔下，多数会生起一股沛然莫之能御的深情或曰强情，让作品的意象与意境置身在情海之中自由游荡。这只要举出几首诗即可说明。如《征途》：“欲哭冰寒飘白絮，穷途立志气当昂。人生有梦须流汗，岁月无情莫断肠。放胆远征千里闯，烧心苦酒一杯尝。经风沥雨艰中险，借得新潮载物忙。”在这首七律的每一句里，都可以感觉到情感的跳动甚至飞扬。再来看两首五绝，一为《我与青峰试比高》：“独自山头立，放歌天地中。风云扶上顶，谁敢与争雄？”二为《闯天下》：“飞鸿奋勇翔，狂揽太平洋。莫说潮中险，先夸翅膀强。”

这两首五绝不仅词句精炼，而且意象飞腾，诗意颇为丰盈。所创意境，一是萦绕在高峰之上，二是沉浸在大洋之中，把搏击风云、傲视山海的雄心壮志抒发得淋漓尽致。这里的情愫浓冽奔放，而感情主体又并非小我而是大我。这就是高瞻远瞩，倾心颂扬了一种雄浑里出高尚、清纯里显雅致的精神境界。而这种境界的造成，正是须臾不离的强烈情感在起着不可替代的作用。

与诗美情感的运行幅度密切相关的是情感的深刻性。诗词之情的深刻性至关重要。诗词的词句再美，但如果情感粗疏浮泛，诗词就不可能存在持久的美的魅力，作品必然难以臻于上乘。陈洪法显然深明此义，在挥笔之时，非但关注情感的真与强，并且十分留意情感的深度。这部集子显示情感之深的诗词不少，举出一首古风《南汇桃花吟》，即可窥一斑而知全豹。这首古风并不很长，但情感动静兼备，迂回曲折，围绕着桃花的命运，结合人生的遭际，字字句句激人心魄，启人深思。古风中流露的情感，妙处在于“深”：初为“城外轻辙芳尘路，芳香豁然八面姿”，继而“桃花堪怜也堪赋，风骚雅韵几多遗”；此后笔锋一转：“红颜美腮千载事，我也寻春笑谈诗”。到诗末涌出作者的肺腑之语：“勤耕育成花叶茂，燕子降临忘情痴。目睹群芳天地饰，彩霞紫雾艳春时。”仔细体味内中意思，蕴藏的是对于人生坎坷的感喟，透出的是对于世事变化的哲理，深度的情感包含着十分丰富的内容。

二、诗美想象的飞翔境域

自从亚里士多德在其名著《诗学》里提出“想象”这一概念之后，想象在诗歌中的重要作用每每为世人所推崇。中外诗史总是格外强调想象的存在意义。诗词自然也不例外。在陈洪法的八百首诗词中，可以经常发现想象在大显身手，开拓出诗美想象的飞翔境域。在众多想象中，不难窥见陈洪法这方面的创造力，成为他才情洋溢的突出表征。

不妨举出他的一首七律《寄语禽兽美石》：“说也奇来看也奇，难分禽兽费人思。怜它出水初登陆，企足凝眸久盼谁？枉自身娇披锦色，何由地阔献愁眉。抬头忽见通衢路，挚友新逢盛世时。”此诗由一块禽兽美石大起诗兴，把想象的飞翔境域尽情推开。通过出奇的想象，又加上拟人化手法，托出一个美人的身姿眉眼，于是美石化为美人。这美人还望见大道，遇上好友，长存在人人向往的“盛世”里。一块石头形成如此众多的美好模样，足见想象的飞翔领域显出了非凡的神通。

诗词的想象，有不少美学特征。较为突出的是创造性与新颖性。创造性与新颖性，往往借助诗词的特殊意象和杰出意境，对生活进行令人耳目一新的独特的艺术表现。这在陈洪法的诗词里也经常可以见到，有的甚至还比较瑰奇秀异。例如《解佩令·寻诗》：“行吟花事，芬芳香气。对韶春，追寻诗意。解冻声音，已听清、小河流水，拂春风、助飞燕翅。枝头生翠，扶疏献美。最难得，阳光多礼。试问桃枝，几日红、抓牢机会。此真情，便知不易。”诗意本为虚，经过具象方为实。作者行进这首词的时候，为了向读者展示寻觅诗意的途径，通过诗美想象的飞翔境域来实现。词中腾挪“花事”“香气”“韶春”“流水”“春风”“飞燕”等意象，在清新而又奇异的想象中达到诗意的倾心绽放。而诗词的魅力，就往往显示在这种强烈奔放的想象之中。

三、诗美空间的演化节律

时间与空间，常如并蒂莲花，与诗词结下不解之缘。而诗美空间的演化，又因诗词的情感变动与意境创造，形成独有的节律。在诗美营建中，时空意识与时空结构时常起着不可估量的作用。在这部诗词集里，许多作品体现了诗美空间的演化节律。

先来看看《石州慢·觅景》这首词："冬末余寒，风雨弄晴，春雪天意。田头花树低迷，一日冰溶回势。沿江两岸，燕子搏翅波涛，不停戏弄沉浮水。两眼闪光芒，觅诗平生志。栏倚，今宵无事，思绪如灯，历来如此。回顾前事，领奖时狂风起。功名吹走，放飞绿水青山，转交云岭光明地。功名又如何？却阳光同史。"在这首词的上下两阕中，可以不断见到时空的转换变化轨迹。与时空的更迭相交相融。随着时空的演化节律，诗意渐次涌出，诗的美感也就由此生成。

再来看《齐天乐·迎接香港回归》："百年天下沧桑史，黄莺哭啼残碎。血雨腥风，摧残港土，鸦片云来风起，民生病理。赞无数英雄，挺身酬志，恶习消除，一轮明月照天地。　　枝头鹊声报喜。港人凌辱尽，陈约终止。斗转星移，家园换主，惊喜回归盛世，扬眉吐气。已彪炳千秋，纪元新事。擘画神州，共和华夏美。"在这首词中，以时而言，既有"百年""千秋"的明指，也有"一轮明月""斗转星移"的暗示。以空而言，除却"黄莺哭啼残碎""鸦片云来风起"，更有"鹊声报喜""擘画神州"。细心体味，这首词的意象与意境，几乎全在诗美时空的演化节律中鲜明呈现。倘若隐去了时空，整首词的魅力将会折损无遗。

四、诗美语言的生成天地

诗词语言是诗词之美的生命之水。诗词创作应将自己现代化的实际运作，最终落实在诗词的语言上。这里的关键是撰写诗词时，如何拓展诗美语言的生成天地。通常说的斟字酌句，泛指实际的写作要领，而对诗词来说，这一点尤其必须讲究。应该说，从陈洪法创作的诗词可以看出，他对这至关重要的语言讲究始终牢记在心。他的不少诗词，因为语言的或清新隽永，或精细深沉等等，使作品的审美效应为之提升。

从一首短诗便可察觉他笔下的语言状况。且看《古树》："古树青峰顶，枝头簇绿霞。原凭根有力，天地吸精华。"这首诗传出的雄健的精神境界且不说，单以文字而论，诗里的几个动词用得相当精彩。一为"簇"，把古树劲挺旺茂的绿枝衬托得有模有样；二为"凭"，把古树根部的生命力刻画得有声有色；三为"吸"，把古树成为天地宝物的原因揭示得有情有调。

另有一首七律《风水转》，语言也很见功夫："白露降霜寒意绕，怦然景色渐萧条。林间草木当青绿，朝夕风烟须雨浇。非是苍天时节改，只因科技气温调。世间贫富酬勤转，冬冷秋凉夏火烧。"诗词的语言，本有意象性与抽象性的二重性。优秀的一首诗或词，其语言总是意象性与抽象性的有机结合。在这首七律里，"白露降霜寒意绕"富有意象性；"怦然景色渐萧条"，具备抽象性。最后两句："冬冷秋凉夏火烧"，分明是意象性；"世间贫富酬勤转"，肯定是抽象性。因为全诗将各呈意象性与抽象性的诗句有序推出，两者相互交融而展现诗意，诗的艺术感染力也就自然而然地喷薄而出。

以上只举出两例。诗美语言的生成天地，遍布在陈洪法的诗词里。只要稍加留意，这优美的天地就会袒露在你的面前。

陈洪法先生的诗词创作已经颇有成就，等待他的是这方面未来的景致将会有怎样的气象？祝愿他设立新的起跑线，撰写更好更美的诗词作品，在中华诗词这块清美的园地里散发新的芬芳！

2022 年 10 月 6 日

（本文作者为第五届、第六届鲁迅文学奖诗歌奖终评委，中华诗词学会顾问，上海诗词学会首席顾问，中国作家协会会员。）

序二

学习古典诗词创作的“破门”之旅

胡中行

陈洪法先生邀我为他的新书《陈洪法诗词八百首示例》写个序，作为新交的好朋友，我义不容辞地欣然受命。后来得知他也邀请了褚水敖兄为这本书写序，为了防止内容上的重复撞车，便与水敖商量，以他为主，我来个拾遗补阙。

日前拜读了水敖刚完成的序，洋洋四千余言，把洪法的作品分析得精准到位、入木三分。居然使我无遗可拾、无阙可补。如果硬要架屋迭床地进行艺术上的分析，必然会遭遇“狗尾貂续”的尴尬。于是我郑重地说，我完全赞同水敖先生对陈洪法这本新书所做的艺术评价，他既说出了我想说的话，又说出了我不曾想到的话。

好在洪法这本书是古典诗词的创作集，且在书名的最后加上了“示例”二字，说明他出版这本书的意图不仅仅是供人欣赏，而是还有一个更深层的目的，便是教人怎样写古典诗词，这就为我留下了另外一个评价空间。

我一向认为，古典诗词是目前唯一设有门槛的文学样式，其他的文学样式如新诗、散文、小说之类，通常只有优劣之分，拿起笔来谁都可以写，那是没有门槛的。而要写古典诗词，除了优劣之外，还有一个真伪之别。这里所说的真伪就是“门槛”，而这个“门槛”，便是格律。可以说，一切不遵守格律而自称为“七绝”“五律”之类的所谓诗词作品都是伪诗词。当前大量伪诗词的存在，是不利于我们对传统文化的传承与弘扬的。我欣喜地看到，陈洪法正是一位旨在与伪诗词作坚决斗争的战士。而他的这本书，就是学习古典诗词创作的“破门”之旅。

通读洪法的这本新书，给我留下最深刻印象的，便是他对传统的诗词格律所怀有的那份执着与敬畏，书中的800首诗词无一不是严格意义上的格律诗词，而正是这份执着与敬畏，使这本书具有了“教科书”的意义。可以说，旧体诗词中的所有格律的规则，都能从洪法的这些作品中得到展现，从而成为欲学者与初学者学写诗词的教材。

首先，洪法的这本书具有“各体兼备”的特点，他的创作几乎涵盖了古代诗词的所有体裁。要而言之，除了诗经楚辞汉乐府而外，五七言的绝、律、古，各体各式，在书中应有尽有，并且中规中矩，绝无滥竽之作。至于长短句，书中总共用了一百五十多个词牌，长调小令，涉猎甚广，比清代的词学入门教材《白香词谱》的词牌总数还多了不少，完全是“教科书”式的体量。

其次，有一点很值得讨论，那就是创作古典诗词时的用韵问题，洪法在这本书中，律诗绝句严格地用“平水韵”，古体与词则用“词林正韵”，从来不用所谓的新韵。我很赞同他的这种做法，大家知道，押韵是中国古典诗词的基本法则之一，这是必须毫无疑义地遵守的。从某种意义上说，押韵比平仄对粘等其他格律更为重要。问题在于，现代人写古典诗词，应该用什么韵？也就是用普通话的新韵，还是用古人的旧韵。可以说，新韵旧韵之争是当今古典诗词创作的一个焦点问题，对此，洪法的观点是明确的：写古典诗词应该用旧韵。理由充分而简单，古典诗词经历了“生老病死”，已经成为一个历史范畴。在形式上无须也无法创新发展。如果一定要在古典诗词上搞什么创新发展，就必然会把古典诗词异化成为另一种东西。打个比方，古典诗词就像古玩，你要玩古玩，到底是玩真的呢还是玩假的？答案当然是不言而喻的。

再次，还有一个问题值得一提，那就是这本书中的作品数量足够多。原本想建议他精简一些的，但阅读了全书，尤其是明白了洪法编这本书的意图之后，我改变了想法，觉得 800 首之数是恰到好处的。我曾经编过教科书，知道教科书是要讲“复现率”的。纵览全书，洪法正是注意到了这一点。以书中的七律为例：

平起首句入韵格式得 33 首；仄起首句入韵格式得 29 首；平起首句不入韵格式得 26 首；仄起首句不入韵格式得 27 首。四种格式分布合理，这样的“复现率”也是经过精心策划，符合教科书的要求的。

上面讲的是七言律诗的四种格式，五言律诗和五七言绝句亦复如是。这样，总共就有了十六种格式，洪法用了 443 首诗来加以诠释示范，平均复现率达到每种格式28首之多，相信这对欲学者与初学者熟悉古典诗词的体式格律是大有裨益的。

在阅读书中的律诗过程中，我特别注意到洪法所写律诗中的对仗。对仗是律诗作法中的重点和难点，而洪法于此却是得心应手，屡屡把它变成了亮点。兹举二例略作分析：

开唇能舔月，侧耳可听泉。
织女银河盼，牛郎笑语牵。

从结构分析，上联“开唇”对“侧耳”，都是动宾结构；“能”与“可”，均为助动词；“舔月”和“听泉”也都是动宾结构。下联“织女”对“牛郎”，本是绝配；“银河”对“笑语”，似不工而工；最后以“盼”与“牵”两个动词作结。上下联结构不同，显得错落有致，这便是高手所为，可供学习的。

跨越南疆千迭水，
腾飞北国万条沟。
经风有爱心胸阔，
处世无猜意气投。

这两联也是工整中有变化，节奏明快而有力，可称对仗之佳构。

更值得注意的是，洪法在五七言律绝之外，又特设“长律”一目，向读者展示了他的这类作品。长律就是排律，“排”就是排偶。这种体裁技术要求更高，因为它除首尾两联外，不管多长，都必须对仗。唐代诗赋取士，考的就是十二句或十六句的五言排律。比如现存唯一的唐代“状元诗”，便是一首上佳的十二句排律：

省试湘灵鼓瑟

（唐）钱起

善鼓云和瑟，常闻帝子灵。
冯夷空自舞，楚客不堪听。
苦调凄金石，清音入杳冥。
苍梧来怨慕，白芷动芳馨。
流水传潇浦，悲风过洞庭。
曲终人不见，江上数峰青。

洪法的排律，技巧上十分娴熟，是颇见功力的。尤其是那首题为《十韵钱国梁上将》的七排，因为七排这种体裁自古以来写者最少，所以更为难得。特录于下：

漫长岁月惊天梦，戎马生涯屡建功。
少壮出征当勇士，退休搭舍作田翁。
沙场奋战擒穷寇，荒漠点兵揪毒熊。
昂首江山成典范，投身革命是英雄。
多观商界皆图利，独数将军未屈躬。
触摸旧伤思往事，缅怀先烈慕高风。
蓄将白发垂青史，记取红心耀碧空。
但盼东洋波浪息，且听南海炮声隆。
摩拳擦掌枪开靶，拍案扬眉箭上弓。
铁剑钢刀还不锈，情关家国夕阳红。

整首诗对仗工整，用词平实，气脉流畅，所咏之事亦颇有意义，故不失为一首七排佳作。

现在的诗词创作界存在一种倾向，似乎古典诗词就是平平仄仄的律绝，其实那是对古典诗词的严重误解。古典诗词实际上包括近体和古体两大类，所谓平平仄仄指的只是近体。但如果认为不讲平平仄仄的古体就是不讲格律的，那又是另一种误解。因为古体诗同样要讲格律，只不过格律的重点在押韵。古体诗押韵的规则是将声调归为三大类，即平声、入声、上去声。三者不能互押。另有一个特点是可以换韵。我注意到，洪法在这本书中有不少古体诗写得非常好，我尤喜他的五言古绝，如：

寺桃

红雨飘山寺，禅钟传情意。
香火催桃熟，醍醐蜜汁赐。

蔷薇

院外香撩人，可观不可戏。
蔓延艳丽争，须防温柔刺。

渔夫

行舟赶夜人，竹篙水中搅。
疑我孙大圣，龙王献水宝。

实践出真知

未在水中颠，不识浪滔天。

不尝螃蟹肉，怎知味道鲜？

晚霞

风吹红叶舞，日落鸟回飞。
莫怨残阳晚，余光尽热晖。

鸿雁

风展鸿雁翼，芦花舞动时，
风雨循环里，转身苦谁知？

写得或如摩诘，或如梵志，颇有发人深思、启人心智的浓浓禅味。

他的五古长诗与七言歌行也颇有特点，读者应该细细研读，不可轻易放过。读时尤应领会古体的押韵规则与变化，以及这些规则变化与内容的关系，从中学习把握古体诗的作法。

最后，正如前面所说，洪法的长短句部分对初学者来说也同样具有“教科书”式的意义。他把所写的三百多首词作分为平韵格、仄韵格、平仄韵转换格、平仄韵通叶格、平仄韵错叶格几个部分，以押韵法分类，也是从示范角度考虑的。讲词牌以“定格”为主，尽量不涉“别格”，也同样是为了体现示范的原则。洪法的词作兼豪放婉约而有之，且多有奇出新之处，这是需要读者慢慢体会的。我比较仔细地看了洪法的词作，按词谱对照，发现极少有不协调的平仄之处，因此作为“教材”也是非常合适的。这里补充一点，今人写词只需按照词谱的规定来写，一个词牌包含着特定的字数、句法、调式和押韵等规则。这与唐宋词人尤其是婉约派的做法是不同的，正如李清照所说："盖诗文分平侧，而歌词分五音，又分五声，又分六律，又分清浊轻重。"如今词的音乐演唱功能已经丧失，不可恢复，所以今人所作，皆是"句读不葺之诗尔"，这是必须明白的一个道理。在这点上，洪法与我有着充分的共识。

与洪法交往的日子不长，却给我带来了不少的惊讶。惊讶于他的多才多艺，惊讶于他的天资聪慧，惊讶于他的待人真率，比如，他别出心裁地把玉石收藏与诗词创作、邮票发行巧妙地结合起来，出版了《品石吟风》诗集和邮册系列，被国内媒体惊呼为"开了历史先河"；再比如，他写新旧体诗、创小说歌词、藏玉石出邮册，几个"频道"自由切换，而且都能弄出大动静来，这在文化圈内是很少见的；又比如，他用小楷书写的这800首诗词，其书写水准也达到相当高的层面。他的小楷渊源有自，颇具法度，是足供欣赏把玩的。

对于陈洪法，我一直在揣摩这么一个问题：他首先是个企业家，还是首先是个文化人？换言之，他到底是"儒商"还是"商儒"？按照汉语构词"重点在后"的原则，儒商本色在商，商儒本色在儒。尽管洪法先前就有中国作协会员、上海诗词学会常务理事等等一大批文化头衔，但我还是在仔细看了他的这本书之后，找到答案的。

（本文作者为复旦大学中文系荣休教授，上海诗词学会顾问兼监事，上海觉群诗社社长）

序三

圆融今古，应用虚受
——陈洪法《陈洪法诗词八百首示例》摭说

杨斌华

陈洪法先生的《陈洪法诗词八百首示例》（以下简称《八百首示例》）悄然问世于当下深水静流的文学场域及境况，即将付梓刊行，值得庆贺，但这似乎也只是诗词界一桩不具有标示性与状态感的常态化事件。然而，它确实从体量上展现了作者惊人的旺盛创作力，煌煌近千首旧体诗作品，形式诸体具备，囊括世情百态，实在令人叹服。而侧重于更深层次的诗词理论批评角度，无疑也有不少可予以探讨解析之处。

在漫长的数千年时光里，中国诗歌艺术的发展，恰如深水静流，看似声色静和，实则始终处于运动变徙中。当代人跟以旧体诗词为载体的中国古典文学传统，一直处在远近错动，看似疏离却又难以剥离的交合状态中。白话文从百年前起就取代了古文的地位，书面语和口语兼行；而古文遗留下的屐痕，却又渗透在日常生活的方方面面，无法彻底去除痕迹。一百年来，使用白话文的中国孩子在课堂上仍然要大量学习文言文，诸如“床前明月光”“曲项向天歌”依然是最普遍的语文启蒙，即使是经历过文化教育匮乏年代的上几代人，也大都能够脱口而出“锄禾日当午”。这些都是诗歌传统的赓续在我们民族的文化基因中烙下的深刻印记。大部分国人知道平仄的概念，却不太了解写作旧体诗所要掌握的格律形式；知晓中国诗词所特有的五言、七言，绝句、律诗的外在形态，但是一般也很难分辨出一首规范周正的旧体诗与打油诗的根本差异所在。而实际上，旧体诗不仅经历了从早期《诗经》、骚体、乐府、杂言等体裁到后来格律形式渐趋成熟的变化过程，在格律定型后，更出现了各路流派之间表现不一的风格、技法等方面的差别。李白和杜甫的作品到底有什么区别、宋诗和唐诗之间如何彼此联系又最终异向而行，诸如此类的探询，可能是专业读者才会深切思虑的问题，却切实串联起了旧体诗词推进演变的脉络。

本文所讨论的陈洪法《八百首示例》，以今古融合的诗艺方式为鲜明特征，对于现代旧体诗创作的丰富发展，着实是拓展了一种相当考验作者功力，甘苦得失寸心知的路径。借于此，我们或许能够从中国古典诗歌的传统流变中追拟出某种潜在的富有意味的脉象。

一

我们可以先从唐代诗人白居易的诗歌写作现象来加以探察。

白氏作诗标榜“尚俗”，主要体现在语言的通俗倾向和内容世俗化的标示性。作为新乐府运动的代表人物，他在《新乐府序》中说：“其辞质而径，欲见之者易谕也；其言直而切，欲闻之者深诫也；其事核而实，使采之者传信也；其体顺而肆，可以播于乐章歌曲也。”随着国运逐渐由盛向衰，中唐诗人整体风格由前期讲究气韵，格调开阔疏朗转而逐渐开始追求平实和平易。

宋初诗歌运动起起落落，风貌丰繁，在历经扬弃晚唐体、开创宋诗派等一系列变徙过程之后，到了宋中期，“白体”最终激励了后“苏门四学士”之一的张耒，发展成就为风格平易淡朴、自然奇逸的“文潜体”，而铸就了诗史的典范。至南宋陆游等人的创作，对这一诗体风范多有承续，在“生新瘦硬”的江西诗派之外，开创出一代诗坛的另一种鲜明路数。

以上以“俗”抑雅的抒写传统在《八百首示例》中也有显著的呈现。首先是语言的通俗化。不妨阅览以下诗作：

耕牛

辛勤日月迎，何自有矜鸣？
翻地粮仓满，田头默默耕。

嘱鱼

江湖莫结仇，水浅不停留。
香饵休馋嘴，贪时命丧钩。

蛤蟆登天

贫穷不必愁，致富勇当头。

敢吃天鹅肉，蛤蟆登上楼。

以上三首五言小诗，作者虽未明确以组诗形式排列，但是在形制内蕴方面却显明可辨他一以贯之的创作思路。短小精悍、语言浅白，却又涵含妙趣，带有一定的警世意味。而这样一种体现在诗歌内相中对现实世界的投射、观照和讽喻，也许可以说是以世俗化、警世性为标志的诗道诗风所追求的。

内容的世俗化亦是其鲜明特征。《八百首示例》中的许多作品，取材自作者生活日常，看似琐碎零散，却着实富有生趣，观察细致入微，易于读者赏读。譬如这首《记儿时往事》：

漫忆崇明岛，儿时记得全。
青苗泥水泡，黄土雪霜煎。
懒鸟枝中躲，倦牛沟里牵。
三餐常少吃，一宿总无眠。
上学书摊桌，下田肥背肩。
添柴炉火旺，挑担腿腰坚。
跑海擒鱼去，飞梭织网编。
房檐掏鸽蛋，河岸折芦船。
鼠闹通宵赶，蚊叮满帐颠。
墙头穿壁洞，屋顶漏星天。
锦食勤劳换，华堂钱币迁。
夕阳余热在，老嘴赶山巅。

今日读者的文化素养水平，虽然大多不至于是白居易时代的

“读诗老妪”，但《八百首示例》中的这部分作品，容易使创作者、接受者之间产生情感心灵上的共鸣、共情、共融却是真实诚挚的，或许也是作者自己乐见的。诗歌语言可以注重浅近易解，直白而不刻意用典，倘若格律严整、音韵畅明，因此也足以葆有周正诗韵，保障了诗歌应有的艺术水准。

二

中国古典诗歌传统自古伊始便立意注重“言情”“言志”，至于以主观视角记录史实，是格律诗写作发展到成熟之后才衍生出的叙述功能。由杜甫开始，由于他以诗人精湛的诗歌技艺、强烈的家国天命和责任担当，记录下了安史之乱年代中的一系列社会真实现实和现象。自从其不朽杰作《三吏》《三别》之后，“诗史”概念开始在中国古典文学史中訇然亮相。

早逝的青年学者张晖生前曾致力于诗史的研究。他著有理论著作《中国“诗史”传统》，着力于对诗与史的交叉结合进行正面论证。又有其残稿《帝国的流亡——南明诗歌与战乱》，全面分析“诗史”作为文学传统的存在价值。陈寅恪先生曾明确提出“文史互证”的重要概念。尤为可贵的是，在理论思考之外，陈寅恪先生也有创评实践。作为史学家的陈寅恪先生，其《柳如是别传》以“诗”作为考察路径和面向，是主观以诗证史的拔擢之作。不过，反对过分强调诗歌的这一功能的学者，也为数不少。其中著名者，莫过于钱锺书先生。钱先生虽然承认“史诚然是诗的骨干”，但他又说过“‘诗史’的看法是个一偏之见。诗是有血有肉的活东西”。对这一诗艺争鸣，我想钱先生真正反对的可能是以诗歌的记录价值来弱化、替代了诗歌的艺术价值。《八百首示例》中，类似“史”与“诗”的路线之辩，似乎也可窥一斑。

有感同胞相争

自古奇冤箕煮豆，家园祸起斗锋芒。
披荆斩棘征兵马，浴血挥旗出井冈。
万里乾坤拼意志，千年抱负战疆场。
而今兄弟求和好，同结一心胜列强。

抗日战争胜利70周年

蜡梅冰雪封，烟雾护寒冬。
荡寇持刀利，索贪揪虎凶。
天翻双手扶，国破匹夫缝。
捉鳖东洋里，中华出水龙。

谴责昆明火车站暴徒恐怖袭击

几声哭叫春城乱，恐怖街头百姓惊。
蒙面歹徒成兽性，降天特警变神兵。
乌云盖日冤魂失，热血牵情热泪盈。
十级狂风声讨猛，严惩恶霸保安平。

“诗史”固然是极其重要并值得肯定的一种诗艺抒写方式，但是在以诗证史的同时，保证诗歌的艺术性与语言尊严，则是使这一路创作不至于落入窠臼、为人诟病的关键。《八百首示例》集中的这类作品，留存下的正是作者崇古慕今，孜孜不倦，努力在传统与现实的艺术交融中书写时代和生活而迈出的坚实脚印。

三

19世纪末，梁启超在《夏威夷游记》里提出："欲为诗界之哥伦布、玛赛郎，不可不备三长：第一要新意境，第二要新语句，而又须以古人之风格入之，然后成其为诗。"所谓"古人风格"就在于对旧体诗词写作规则的必要恪守，而提及"新意境""新语句"，则可以看作是与晚清黄遵宪等人"诗界革命"的理论蕴涵和要求遥相承接。

黄遵宪的人生壮年，恰逢中国人被呼吁"开眼看世界"的历史时期。作为清廷外交使节，黄遵宪写成《日本杂事诗》二百首，着意于反映日本历史、记录明治维新后的日本社会现实世相。他又以乐府格式《今别离》四首分别吟咏轮船、火车、电报、照相等近代产生的新生事物和发明创造。《海行杂感》（其七）作于他在太平洋上游历时："星星世界遍诸天，不计三千与大千。倘亦乘槎中有客，回头望我地球圆。"这样充满豪情与灵性的诗章，虽然遵从旧体诗词写作规则，但显然也是迥然有别于传统诗歌的精神样貌。他跳脱开旧体诗写作范式，将一些新颖别致的语汇或元素重新收编，化育为新物象、新意态，引入旧体诗创作。《八百首示例》的创作，显然与之也不乏存在某种隐约的继承、暗合和交错关系：

清晨街头

前面男人何素质？出痰如箭射当街。

抬头又见翻栏女，扯破花裙掉了鞋。

读上述引诗，让人不禁联想起黄遵宪《杂感·大块凿混沌》诗所云：“我手写我口，古岂能拘牵？即今流俗语，我若登简编。五千年后人，惊为古烂斑。”乍眼之下，两相比照，陈诗虽显得过于直白，却也令人耳目一新，催人省思。

又譬如这首诗：

暂闭几天疲惫眼

只须牢记南山诀，何必强求不死丹。
生命循环成妙趣，娘家往返任心观。
待人处处胸怀阔，遇事时时气度宽。
暂闭几天疲惫眼，翻身转体跨新栏。

其可琢磨研思之处或许正在于对现代汉语词汇及语法的贸然借用：“生命”“娘家”“暂闭”“几天”“翻身转体”，被突然抛置于旧体诗的构架与语境中，瞬间生发出别一种况味与感喟。

同时，一如“居闲，益自刻苦，务记览，为词章……”（韩愈《柳子厚墓志铭》）词章写作也是《八百首示例》的显要构成，而辅之以个人书法真迹，则相得益彰，使其诗词作品顿生意趣。这种别具一格、极富特色的编辑架构，无疑全面展示了洪法先生调养心性、澄心静虑的多样才情和襟怀。譬如：

念奴娇·中华怀古

古今风雨，已淘尽、多少污泥渣汁。霹雳声声、摧毁了、头上三山压逼。万里长征，惊涛骇浪，五剿包围出。英雄鲜血，染成天地红色。

尤记游击当年，润之挥巨手，全民团结。复合棋盘，车马炮、驱逐东洋将卒。散尽硝烟，中华披锦绣，丰衣足食。航船加速，赶超天下强国。

长相思·酬志

春水愁，夏水愁。辗转何时入海流，路遥已近秋。

今无休，明无休。拼搏人生志在酬，征篷不可收。

沁园春·崇明长江大桥

横跨东西，直上云霄，万里畅通。望长江两岸，青纱起伏，烟波浩渺，逐浪排空。电焊工人，吞云吐雾，敢上蓝天架彩虹。无闲等，见车船鸟景，滚入潮中。

春风叶绿花红，引各路来宾摄影踪。惜李仙杜圣，天涯唱和，东坡安石，海角吟风。当代名家，销声匿迹，难觅知音唱颂同。留青史，咏江山壮丽，唯我诗翁。

阅读洪法先生这些词作之时，丹田之中仿佛始终有一种回肠荡气的感觉，其格律周正，文辞优美，意境深远。第一首《念奴娇·中华怀古》字里行间，紧紧围绕着中华民族在生死存亡的关键时刻，在毛主席的英明领导下，推翻了三座大山，取得了新民主主义革命和社会主义建设的双重胜利，整首词的手法和技巧颇具苏东坡《念奴娇·赤壁怀古》的神韵；第二首《长相思·酬志》如同在讲述一个时代弄潮儿的励志故事，“拼搏人生志在酬”“征篷不可收”充分显现了作者不达目标誓不休的拼搏精神；令人称道的是第三首《沁园春·崇明长江大桥》，在承袭毛泽东的《沁园春·雪》形式风格之余，力求臻至异曲同工之妙。他的词作多以李白杜甫、东坡安石及当代名家为蓝本，“咏江山壮丽，唯我诗翁”，其慷慨激昂、汹涌澎湃的内在情致，诚可比同词章方家。

我以为，洪法先生大部分的词章作品，文有尽而意深远，时有尽而智恒远，深情蕴藉，明心见性，无矫饰之态，怀具赤忱精进之相，读来多少使人领略了历史烟云和人生真趣。他以自己真诚恳切的心灵唱和，仿若穿越漫长的时光岁月，与古老诗词沉积遥相映照，而凝集为其个体的生命喧响。

令人欣喜和称道的是，洪法先生同时也是一位勤勉有加的新体诗人，出版过新诗专著。倘若由此论及新诗旧体诗从艺术上相互交融，达成平民化、大众化的可能性，我赞同有论者指出的，台湾现代诗的语言策略所提供的化古、融欧、趋土三条路径，它所包含的各有价值的艺术经验具有积极的借鉴意义。“化古”在当代语境下实现的是新古典主义，我们可以积极从古典诗词中汲取养分，促进新诗语言、氛围、境界的提升。“融欧”就是要融会现代诗的新的质素、感知方式和表现形式。“趋土”的结果是让诗的语言和品质保持原生性、自然性、在地性、即物性。这几条路径的导入也曾为我们新时期以来新诗语言的变化、探索和转型，产生过重要的借鉴作用。现代汉语中明显划分的两大类，即文言化、现代化的两种语言方式，是有着很大差异性的，尽管有相通的成分，但也存在相互隔膜的地方。如果能够相互融合，就可能促使诗歌新的质素的发酵。从这一意义上来说，洪法先生是一位在新旧体诗写作场域中交叉跑位，身体力行，努力圆融古今、创新图变的实践者。而《八百首示例》则是他壮士暮年、烈心不已，并值得嘉许和传扬的创作果实。

就新体诗语言资源的论题而言，如何在白话与欧化的历史两难处境中寻找到适合于当代诗歌语言的内在资源，这毫无疑问是一个理论难题。由此命题出发，我们才可能努力去寻求新诗旧体诗实现艺术交融的可能性。关于这一点，我以为，作为现代汉语构成基础的白话，一般都表现出口语化的浮泛性和简单化，这样的语言进入诗歌形态就面临着一种天然的缺陷和难处，让它担负起表达新世纪新时代人们复杂的思维与现实感情，以及几千年中华文化的传统菁华和丰富质地，将显得比较困难。因此，在当代不同时期和阶段，诗人们所做出的艰难努力，其旨归都是针对这种语言资源的勘察及理论难题的突破，尽管结果远未尽如人意，路途还相当遥远。

白居易《养竹记》有云：“竹心空，空以体道；君子见其心，则思应用虚受者。竹节贞，贞以立志；君子见其节，则思砥砺名行，夷险一致者。”洪法先生以《陈洪法诗词八百首示例》掬诚相示，盛情面世，我作为他的文友和诗学同道，相差仿佛，一如“依依然，欣欣然，若有情于感遇也。”（见《养竹记》）在此谨铭记此文，与洪法先生共勉，并弥耳受教。

2022.10.18

（本文作者为上海市作家协会研究室主任，《上海作家》主编，中国当代文学研究会理事，中国作家协会会员。）

目录

诗语

没有规矩，何成方圆？不讲格律，不成诗词。诗由精炼的文字组成，几句话就可以演绎一个故事。诗有定句，句有定字，字有定律，有严谨的技术规定。诗有起、承、转、合，句子必须承前启后，互相串通，阴阳平衡，内容一气呵成。诗的体裁有五绝、五律、七绝、七律、长律和古风等，诗句逢双押韵，首句可押可不押，其中律绝只押平声韵，不押仄声韵，古风是自由体，可以押平声韵，可以押仄声韵，也可以一韵押到底，甚至一首诗能转换几部押韵的。

就律绝而言，有一点必须注意，不管律诗还是绝句，都必须以首句不押韵为正格，而七言恰恰相反，必以首句押韵为正格。

总体而言，律诗在古诗词中技术含量最高，是诗词中的精华所在，因为律诗中关联的句子必须对仗。在这里不妨简述一下，五律和七律之一、二句称首联，无关对仗，三、四句称颔联，必须对仗，五、六句称颈联，必须对仗，七、八句称尾联，不必对仗。长律除了首尾两联四句外，其余中间句必须全部两句一对仗，古风和自由体没有规定对仗。对仗大致分为工对、宽对、借对、流水对四种。工对是同类词性相对，如“红花”对“绿叶”，“救死”对“扶伤”，“抗美”对“援朝”。宽对是邻对，指邻近字类相对，即天文对时令，颜色对方位，如“征蓬出汉塞”“归雁入胡天”。借对有时颜色对，如蓝对篮、黄与皇，朱与珠等，是指一个词有两种意义，如杜甫“行李淹吾舅，诛茅问老翁”，此李非那李，用行“李”代替桃“李”。流水对的技术要求比较高，上下两句不是平行的关系，而是构成因果，比如毛泽东的“为有牺牲多壮志，敢教日月换新天”“独有英雄驱虎豹，更无豪杰怕熊罴”便是。还有平行的两句话，各有独立性，也有对仗一句话分两句来表达的。所以，如果想写好律诗，必须先学会对仗。

写诗词是一门严肃的课题，但在特殊情况下，也有一定的灵活性，如在杜甫的诗词里，有严格遵守格律的，也有不得不出律的，杜甫《白帝》中前两句：“白帝城中云出门，白帝城下雨翻盆”，第一第二句的前三个字不仅平仄完全相同，而且字全部重复。杜甫故意用城里城外作一个对比，显示城里的达官贵人与城外的穷困百姓处境的截然相反。我读过李杜等许多名家的诗，他们的诗也时有出律。

由此可见，诗只有在三种情况下才可以出律，一是地名、人名等不可改，二是辞海里找不到适当的平声字或仄声字，三是出于串联诗词整篇内容的需要，除了上述三条理由外，作为一个诗词人，特别是初涉诗词初学者，千万不可逾越格律这条鸿沟，而放松要求，随便出律。

五绝

诗句的两字间允许孤仄，严禁孤平，若逢孤平，必须在前后仄字之间改一平声字进行补救，前三字可以连续三平或三仄声，其余部位不允许三平或三仄声。在满足上述的情况下，一、三字可以不论，二、四字必须分明。但在写诗造句过程中，一个平声字的两边如出现两个代表可平可仄 " 十 " 符号时，其两个字中必须选择一个字为平声字，以补救出现的孤平。

定律格式分为三种符号: “ — ”平声字，“ | ”为仄声字，“ 十”可平可仄字。

示例

格一

首句不入韵，平声开头

十 — — | |（句）
十 | | — —（韵）
十 | — — |（句）
十 — 十 | —（韵）

烟雾

沾烟眉发湿，望月柳梢残。
夜半伤心事，梧桐滴泪寒。

晚霞

风吹红叶舞，日落鸟回飞。
莫怨残阳晚，余光尽热晖。

葡萄

葡萄枝上架，串串抱成团。
多少人生味？品尝甜与酸。

破屋有探

嫦娥天眼望，夜半会情郎。
疑是东方晓，窗前铺白霜。

觅石高山攀壁

秋风晨领路，午日灿光华。
揭得山中宝，轻烟密密遮。

立岸惊鱼

常将濠水羡，也立小清河。
逗趣人移步，鱼惊潜碧波。

蜂蝶共采枝

蜜蜂亲热早，蝴蝶紧追迟。
仰慕无先后，真情莫让枝。

说兔

非言三狡窟，济世善良通。
多说升仙境，长年宿月宫。

牡丹赏后占得一绝

天姿喜怒放，骀荡美姿扬。
多少风情里，能拈一朵香。

塞雁南移，倏忽念母

难干离痛泪，撒手母西归。
寒夜儿频问，黄泉有暖衣？

秋桐

浮云飘乱絮，晓露降梧桐。
老泪乡愁滴，秋残一叶风。

牡丹賞後占得一絕

天姿喜怒放，
駘蕩美姿揚。
多少風情裏，
能拈一朵香。

相思鳥

梧桐窩裏鳥，
夜夢惹相思。
痴望来回路，
天天企盼誰。

癸卯年春日陳洪法書

学诗

吟诗年幼始，烂熟舌头颠。
构作开新境，推敲意不偏。

高山梅

高山梅树傲，倚雪唤春雷。
无视年轮逼，风残不退台。

添丁之喜

村前欢燕子，绕树笑叽喳。
今日房檐上，窝中正哺娃。

偶见蝴蝶张翅护花占得

枝头蝴蝶舞，暴雨袭芳菲。
张翅撑天伞，为花作挡衣。

相思鸟

梧桐窝里鸟，夜梦惹相思。
痴望来回路，天天企盼谁？

风流韵事

西窗明月照，韵事内心藏。
谁解孤楼寂，野花闻鼻香。

拜头香

朝山灵隐寺，除夕晚钟声。
提醒头香客，钱包拜夜更。

抱柱守信有感

潮来知水性，守信必珍时。
抱柱身先死，此情痴不痴？

梦圆台陆

彩虹腰上系，旗帜舞云峰。
两岸连成绿，烟霞一峡风。

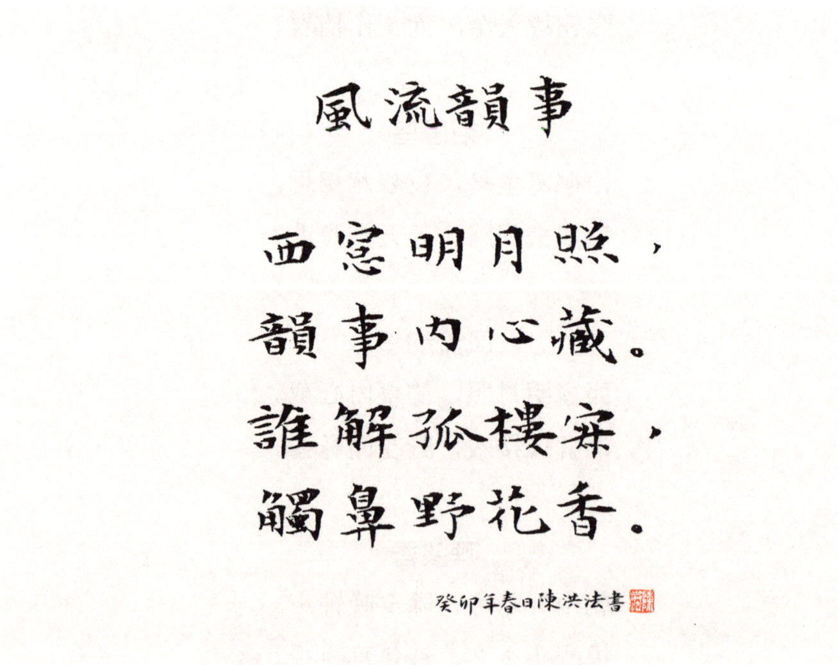

示例

格二

首句不入韵，仄声开头

十丨一一丨（句）
十一十丨一（韵）
十一十丨丨（句）
十丨丨一一（韵）

秋潮

豁目沧波涌，浮生岁梦飘。
秋空云去急，惆怅燕飞遥。

亡父

闪电惊雷响，狂风暴雨哀。
地流天上泪，人死唤无回。

霸业

天地眉梢动，风云眼底浮。
移山前额叠，捧海指间流。

游寺

名寺烧香客，谋求福禄财。
金钱投佛眼，和尚笑颜开。

求实

美梦鸡啼醒，落花风不留。
投机无捡漏，富贵得勤酬。

采莲

本是捕鱼去，非因折藕来。
夜携明月意，携带睡莲回。

不自量力

斗败三春雪，狂言胜彩霞。
萤虫夸大口，与月比光华？

古树

古树青峰顶，枝头簇绿霞。
原凭根有力，天地吸精华。

偶见蛙进蛇口

身入蛇儿口，悲蛙命不留。
同为今世物，怕是有前仇。

自夸

李杜诗魂证，十年敲响锣。
谁人能解悉？自赞似东坡。

品新茶得句

百善先行孝，当铭养育恩。
古今伦理事，律己教儿孙。

聊以自慰

气冷频招雨，雷公已避春。
寒云常出击，天地怎回神？

重阳独步

杨柳秋风嗦，蝉鸣落叶悲。
重阳烟里步，何处寄乡思？

逍遥垂钓

寂寞河边影，抛钩作钓翁。
流泉通两耳，鱼起一掀风。

老竹

竹老铿锵挺，炎凉历练身。
千竿高气节，必是板桥人。

送信上班误时

信送三公里，何须八小时？
金钱双腿失，效益手中知。

映山红

万木晴天黯，山光闪烁红。
西阳惊雁眼，壮美瞰高空。

读《三国演义》感句

争霸三分势，头颅薄纸糊。
孔明谋略尽，未复一张图。

财神送宝（品石诗）

妙琢神奇态，机缘铸绝伦。
勤劳天不负，瑰宝显能人。

天伦一家（品石诗）

栩栩疑非石，依依竟是鸡。
千家山谷里，唱晓促耕犁。

我与青峰试比高

独自山头立，放歌天地中。
风云扶上顶，谁敢与争雄？

自点迷津

自觉功名满，言行智慧高。
迷津天不点，脱困我操劳。

墙边草

一束墙头草，风吹两面斜，
只因难抗势，无力拒泥沙。

觅田黄石

频挖山河土，不为衣食忙。
丑泥遮美玉，剥壳闪金光。

通融

厚礼何因送，路头须转弯。
人情流水顺，办事乞通攀。

示例

格三

首句入韵，平声开头

十一十丨一（韵）
十丨丨一一（韵）
十 丨一一丨（句）
十一十丨一（韵）

晚归

荷锄舞夕晖，踏月院门推。
灯火人家里，今宵饮几杯。

耕牛

辛勤日月迎，何自有矜鸣？
翻地粮仓满，田头默默耕。

嘱鱼

江湖莫结仇，水浅不停留。
香饵休馋嘴，贪时命丧钩。

蛤蟆登天

贫穷不必愁，致富勇当头。
敢吃天鹅肉，蛤蟆登上楼。

柳岸听歌

江边柳织林，鸟语逗人心。
绿水翻波舞，春风送好音。

煤炉

清晨日出东，村妇扇炉风。
火势雄三尺，敢争朝旭红。

有助

云崖聚白烟，银阁可南迁。
幸有中天月，时风未乱颠。

天水

云霞慰日晖，鸥翼自由飞。
不息长江上，千帆逐浪归。

秋声

秋来风雨迎，涉步起悲情。
岭岫星空寂，山枫伴夜行。

游湖

船头驰水波，舷水簇新荷。
绿叶招蜂戏，哗啦唱浪歌。

邻家炒菜隔屋香

邻家炒菜香，触鼻似亲尝。
虽是空间阔，犹如在灶旁。

回眸（品石诗）

惊鸿出水时，娇影惹人追。
脉脉深情探，回眸似是谁？

戏谑黄蜡石田影（品石诗）

周围不透风，上帝坐心中。
若作耕田用，翻书白费功。

问官

金杯装白干，借酒问贪官。
深夜飞来雪，贵门寒不寒？

天眼

灵霄生眼睛，善恶已分明。
白日糊涂事，三更梦里清。

初煎油条记之自嘲

从来饭不烧，即兴炸油条。
色味焦和苦，妻尝笑脸娇。

闯天下

飞鸿奋勇翔，狂揽太平洋。
莫说潮中险，先夸翅膀强。

路问

开车酒店迷，饥饿出难题。
问客填肠胃，回音东指西。

腾龙

天骄属此龙，快步赶云踪。
腾海勤施雨，人间业绩丰。

问亡妻

依稀结发存，寂寞土藏魂。
今去轮回路，新投何处门？

荷塘速写

荷花美绝伦，朝夕耀河滨。
每噱青蛙子，高歌跃显身。

股潮

沉浮股市观，起伏似船摇。
际遇无偏向，可期如涌潮。

时髦女郎

频穿超短裙，香粉隔房闻。
是此风流态，轻浮骨几斤？

示例

格四

首句入韵，仄声开头

＋｜｜——（韵）
＋—＋｜—（韵）
＋——｜｜（句）
＋｜｜——（韵）

红豆

红豆扎根深，相思万里心。
谁家留此物？南国有诗吟。

重阳得句

薄雾压山沟，霜煎小草头。
流星回故地，利箭射乡愁。

飞燕忙垒窝

飞燕过沟溪，只为勤垒栖。
烦忙无怨气，唾沫伴稀泥。

秋思

秋夜月来迟，穿云情更痴。
蔷薇千滴泪，恨叶不留枝。

紅豆

紅豆扎根深，
相思萬里心。
誰家留此物，
南國有詩吟。

問李白

豪放踏天涯，
吟風舉世夸。
問君仙氣裏，
詩酒可分家。

癸卯年春日陳洪法書

晨露

旭日照垂珠，晶莹滴宝壶。
晨风吹落地，又去混江湖。

逐鸥

对水理皤头，浮波见晚秋。
伤心梳子摔，惊逐几飞鸥。

悲花

杜宇对枝啼，风凄花醉泥。
悲情忘夜半，不寐月沉西。

世事莫测

昨夜吼雷公，今朝日出红。
阴阳多变幻，莫测事西东。

问李白

豪放踏天涯，吟风举世夸。
问君仙气里，诗酒可分家。

五更吟

燕去泣黄莺，思君到五更。
静听非仿佛，何处咏诗情。

闪婚

燕子识鸳鸯，三天即拜堂。
海鸥心火起，梦里也温床。

老松

仰看暮云封，俨然依老松。
沧桑千古事，形态酷如龙。

父训

事业手中端，良心怀里宽。
言行诚可信，有泪不轻弹。

丑石富人家

丑石出天涯，心扉美似花。
辛勤寻觅久，取悦此人家。

登山占句，归来记之

有意壁崖攀，何人笑老顽？
精神消退尽，喘息半腰山。

雨夜

赶路雨如浇，姑娘折柳腰。
心情何太急？怕是有郎招。

戏谑鼠猫（之一）

富鼠敬官猫，分明钱袋邀。
何须追杀急？互利共逍遥。

戏谑鼠猫（之二）

狡鼠劝猫言，无须把我吞。
饥肠熬一夜，美食报千恩。

男子汉

吐气卷雄风，开锄日出东。
地荒人有志，崛起破长空。

盛夏乘凉偶记

苦夏未临秋，衣衫蒸气浮。
尘鞋迎汗滴，脚息柳梢头。

感春绝句

酒多歌舞长，怀拥美人香。
梦里温柔过，春风铺冷霜。

穷家汉子

惆怅望长空，儿时父母穷。
自身才气旺，奋起作人雄。

庭怨

夜月泻寒光，庭花戴白霜。
芭蕉晨泪冷，落地草头伤。

《马上送京娘》续后感

马上送京娘，蹄尘千里扬。
途遥心守正，怀玉不温香。

炊烟

夕照小炉边，风吹袅袅烟。
悬空心念起，接线把郎牵。

老松

仰看暮雲封，
儼然聳老松。
滄桑千古事，
形態酷如龍。

雨夜

赶路雨如澆，
姑娘折柳腰。
心情何太急，
怕是有郎招。

癸卯年春日陳洪法書

七绝

诗句中两字间可以孤仄，严禁孤平，若逢孤平，必须在前后仄声字中选用一平声字补救，一、二、三字部位，三、四、五字部位可以连续三平声或三仄声，其余部位不可以连续三平声或三仄声。在符合上述情况下，一、三、五字可以不论，二、四、六字必须分明。在写诗造句过程中，一个平声字的两边如出现两个代表可平可仄的“十”符号时，其两个字中必须选择一个字为平声字，以补救出现的孤平。

定律格式分为三种符号：“ 一 ” 为平声字，“ | ”为仄声字，“十”可平可仄字。

示例

格一

首句入韵，平声开头

＋ — ＋ | | — —（韵）
＋ | ＋ — ＋ | —（韵）
＋ | ＋ — — | |（句）
＋— ＋ | — — |（韵）

诗赋疫情里

去年夏日在观荷，少女吹箫我唱歌。
鸟戏鱼欢莲子笑，不知今岁又如何？

望梅

成群结队见归鸿，立岸江边有钓翁。
柳絮飘天如舞雪，牡丹欢送蜡梅终。

长风公园首届上海国际花卉节赏吟

长风缱绻揖花仙，艳李夭桃始黯然。
簇簇雍容奇态里，春纱撩起舞蹁跹。

登金陵栖霞山

凤翔峰上凤无踪，起伏层峦跌宕胸。
欲觅扶疏灵草迹，枫魂涛魄伴晨钟。

海上寻找石油城

船台勘察险惊心，脚踩汪洋不惧深。
钻杆飞旋三万丈，油泉海上赛喷金。

自吹自唱

吟风品石艺超群，可比雄鹰敢驾云。
邮册珍藏名气响，天涯无处不知君。

新婚鸟

金鸥一对显神灵，出海腾山驻草坪。
晨霭犹闻枝上报，红波昨淹小凉亭。

识陈莉婷女士

茫茫人海识真颜，始信前缘续世间。
老舍同栖情谊合，风光揽尽水波湾。

茶壶

热情待客世间游，嘴吸江湖仙气收。
日月精灵红绿舞，人生潇洒度春秋。

十二生肖大联欢

鸡鸣猴跳马牛耕，羊叫猪奔兔狗迎。
虎跃龙腾蛇鼠舞，地球村里颂亲情。

余钱归宿

如真似假费思猜，作马当牛耕地来。
欲问余钱何处去？坟前点火纸成灰。

曼谷游历

穿红过绿莫心贪，美女如妖竟是男。
领略风情明佛意，满城人海拜神龛。

老树望春

景前何止看花人，老树经年也贵身。
久有韶光风雨袭，根深叶茂又回春。

淀山河畔美人游

怦然水上美人游，出没身姿似舞鸥。
纵有千花能悦目，唯伊娇影几回眸。

题谑

出钱能使鬼敲锣，官势羞遭红粉歌。
抖豁人生风雨唤，不良权柄似妖魔。

勘察之吟

云峰饱览塔冲天，豪取潜龙谷底泉。
出矿乌金经妙手，海中巨宝载车船。

重学种田

少年家别退休归，小鸟穿枝往返飞。
闲到农田锄草地，村姑教我怎施肥。

诱惑

小街深处有流莺，身影徘徊姿态明。
夜店新开灯半暗，谁人经过步难行。

霸道

邻家贵子又升官，宝马狂奔霸气看。
昔比今非人任性，横行乡路有谁拦？

咏潮

风声潮语两无殊，江海横流水溅珠。
天地人间多少事？最能上善道和儒。

码头送情

依依挥手柳垂河，燕鸟同行相送哥。
莫道无言心不实，风推激浪奏潮歌。

城隍庙

城隍香烛点通宵，庙外喧哗街市嚣。
九曲桥头身挤动，商摊物店客如潮。

包公断案

包公断案鬼神夸，镜里光明也有瑕。
手握铡刀难切下，奈何遇到帝王家。

新换村干部

新来乍到正衣冠，官道如前不设栏。
大袋小包随便访，深更半夜避人观。

寻找拙著文稿

当时文字记风餐，四十年来梦未残。
岁月情形成演绎，失踪旧稿不堪叹。

包公斷案

包公斷案鬼神夸，
鏡裏光明也有瑕。
手握鍘刀難切下，
奈何遇到帝王家。

貪官求簽

門樓顯眼正朝南，
寺廟求簽却缺男。
貪得錢財心病久，
西天相送責誰擔？

癸卯年春日陳洪法書

贪官求签

门楼显眼正朝南，寺庙求签却缺男。
贪得钱财心病久，西天相送责谁担？

男扮女装

如龙似凤莫轻猜，敢弄雄风展艺才。
剑气逼人男子魄，卸妆靓丽粉颜回。

藏头“鸿田望月”诗

鸿归娇影霁晴时，田垄春秋不复之。
望履重追初梦好，月光洒落一村诗。

焦山石（品石诗）

悠悠石火熄焦烟，峻峭枯寒怵眼前。
细雨春风皆遣绿，却逢此景望萧然。

咏寿山石（品石诗）

天生寿石若仙身，脱去凡衣始出尘。
命与山齐千百世，他年伴我共长春。

昭君石（品石诗）

难忘出塞为和亲，借得风沙塑美人。
欲息芳踪千载后，江南村里识真身。

枕石（品石诗）

天垂罗幕地当床，露宿江山枕着凉。
沐雨栉风闻燕语，无眠月下数星光。

龙凤石（品石诗）

龙随凤影起狂风，直上云霄披彩虹。

历尽沧桑掀雨苦，鹊桥联袂建神功。

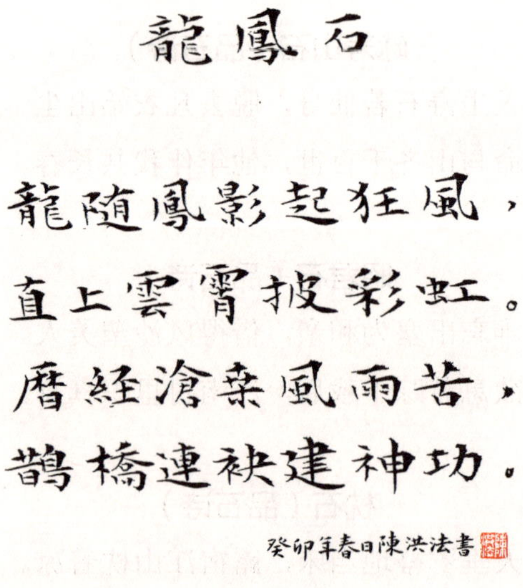

示例

格二

首句入韵，仄声开头

＋丨＋—＋丨—（韵）

＋—＋丨丨——（韵）

＋—＋丨——丨（句）

＋丨＋—＋丨—（韵）

送行

泪滴蔷薇是至尊，灰沙四散护离村。

枝头小鸟高声唱，家犬随行如子孙。

弈棋有感

忍辱偷生勤弈棋，残中胜局未知谁？

偶然失子休言败。信有东山再起时。

不老姿

拂晓牛星不肯离，风刀岁月额前移。

谨将雨露轻轻擦，犹见容光显美姿。

别有天

浪迹江湖数十年，沉浮漂泊几回旋。

云遮雾阻疑无路，忽见前方别有天。

勘察先行

盛世如荼建小康，当知矿石用千方。
山间瑰宝难能觅，勘察先行到处忙。

身在异乡梦乱弹

人在异乡心不安，通宵风雨枕边寒，
相思化作流星去，酒饮三杯梦乱弹。

画梅

蘸水挥毫古宅边，青枝拂到笔端前。
未思此画能传史，只盼梅花纸上迁。

端午怀屈原

屈子遗风载世多，潇湘旧景有哀歌。
龙舟竞发千年后，应是骚魂出草坡。

狂夫

独立长空挥巨篇，高山添绿海增泉。
风光白发云天色，除却老夫谁是仙？

扫雪

雪压荒山满地风，摇弯老树两头弓。
村姑挥舞门前帚，朝日花裙对映红。

晨担

赶雾追风快速行，肩挑货担出迷城。
十年磨炼飞毛腿，得意人生又一程。

我在泰山顶

耸立山头面向西，峰高万丈与肩齐。
苍天若矮三公尺，日月星辰比我低。

雄鹰与黄雀

十丈青藤绽满花，探窥黄雀暗偷瓜。
雄鹰怒视三声吼，宵小惊逃撤树杈。

拥抱大化石（品石诗）

红水河边几測渊，方知宝石浪中颠。
飞身拥抱江心月，搅动龙宫一半天。

月兔（品石诗）

雨啄风雕坠地哀，沧桑难记古崖台。
玲珑恍若冰轮兔，暂别嫦娥到世来。

跨栏

月落乌啼古道寒，云游雁阵碧霄宽。
曾经搏击悲辛路，跨越炎凉雾里栏。

品龙井

触鼻清香借雨濡，春风滋润嫩芽甦。
忽来灵感多新句，夜半敲诗茶一壶。

登峰

笑我登峰爱抢先，俯观峪谷泻流泉。
云中挥手呼同伴，采得鲜花等众仙。

梦仙

昨梦途经黄鹤楼，温馨犹到月宫留。
清晨不见婵娟影，窗外秋风为我愁。

崇明东滩

十里东滩铺彩霞，秋风遍野舞芦花。
游人飞鸟鱼虾戏，浅水波涛正涌沙。

自嘲

搏得功名自不提，卑微门第有贤妻。
江湖深浅擒鱼乐，燕筑金窝嘴啃泥。

赠琴师

指拨琴弦心在啼，如风似雨水流溪。
半含半露谁知意？欲去还留路已迷。

读《西游》话悟空

读得西游赞悟空，威风八面闹天宫。
神奇火眼妖魔显，筋斗翻云万里通。

贪官

欲到贪婪对世欺，为官不正愤钟馗。
骇人劣迹须绳法，报应当初作恶时。

野草花

恁是低微野草花，谁能重视护和夸。
春风传遍苍天意，也绣韶光一片霞。

衣锦还乡

锄柄挥成草木香，书中藏匿状元郎。
为人清正高官坐，锣鼓喧天誉返乡。

题《饮茶图》

何故通宵伴月前，辉藏恐是待云迁。
茶壶莫说空间小，朝夕运行湖水颠。

浪中事

输过重来盼有期，几经磨炼是男儿。
鲜鱼冒险潮中取，必是满舱回岸时。

奔马图

蓄志奔腾勇闯关，行程也越几重山。
奋蹄叱咤风云势，身作雄鹰载誉还。

登九华山

壑谷盘桓上九华，山岚古寺卷云霞。
慈颜善目观人世，燃炷心香敬佛家。

重提“地沟油”

旧话重提十数年，地沟油害事频传。
谁家酒店盈门客？类似烧钱食毒鲜。

功名富贵（品石诗）

蛱蝶追香戏牡丹，东风吹皱洛阳澜。
功名在世随花艳，富贵平生伴玉欢。

数珠观音玉佛像（品石诗）

默祷慈悲掐佛珠，心魔涤净化莲湖。
欣观妙相生虔敬，恩惠常施得宝瑜。

官石（品石诗）

戴上乌纱笑得欢，宾朋满座令人叹。
时逢此日登高位，冰硬皮肤铁石肝。

乌鸦奇冤

小鸟偷生黑羽遮，申冤无果理偏斜。
非关正义千秋在，未改人间贬丑鸦。

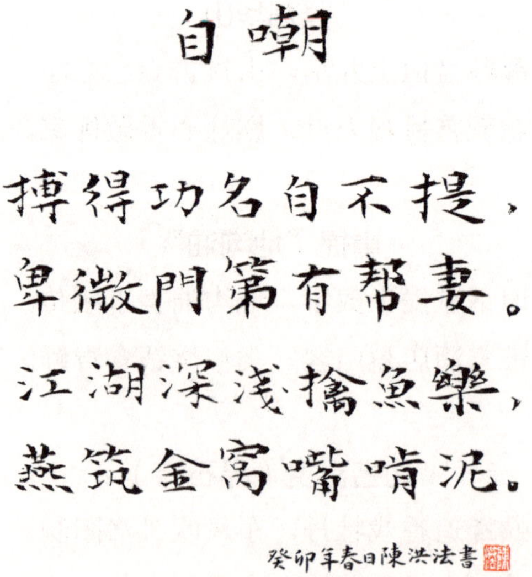

示例

格三

首句不入韵，平声开头

十一十丨一一丨（句）
十丨十一十丨一（韵）
十丨十一一丨丨（句）
十一十丨丨一一（韵）

崇明东滩见鹤顶红

群仙纷落家乡地，顿见晴空雪片扬。
白羽如云丹顶动，芦滩息翅待遥翔。

人言可畏

休将心事倾肠吐，急在燃眉救亦难。
总避人间风与雨，乱飞口水怎能拦。

溪前

穿林绕石溪波淌，叶落山前汇水流。
世外嚣尘何苦夏？冰霜铺地到寒秋。

惜粮

几多米粒余餐碗，浪费残粮可结堆。
唇齿当知农事苦，施肥播种汗浇来。

游长兴岛

春风一路尘烟洗，树绿花红气色新。
鸟唱蛙鸣天籁韵，真情实感溢诗人。

再尝野萝卜

思甜忆苦家乡地，挑土犹闻透鼻香。
记取童年萝卜挖，泥根满口夹冰霜。

桂林豪华酒店一宿

豪华客店河边倚，享尽温馨倍可亲。
最是花瓶床畔影，通宵美梦绝安神。

路边草

粘尘结土凄凉苦，霜雪摧残不死根。
牛啃羊吞车马过，春风叩动又还魂。

桃柳闹春韶

桃边无果不称好，有柳无丝谁坠腰？
缕缕轻烟花影绕，怡红爆绿闹春韶。

华山记游

攀岩登壁经多险，提胆还因气势雄。
忽似神推悬脚力，扶摇直上得轻功。

有思

青山着意贫穷解，阔海情深纳百流。
霹雳一声冰雪化，飘零起伏世间浮。

暮诗

皤皤鬓发朝天竖，觅句寻词灯火红。
韵律推敲随口出，人生得意老吟翁。

猴子篡位

伪装镇静深城府，暗里思谋美梦藏。
猛虎病时偷窃笑，登台一窜自封王。

明镜照皤头

坦然面对皤头老，减了风流提了神。
心态伴随千事续，商机得意返青春。

望杨

纵观河岸悬空舞，亮丽高风筑幕墙。
滴露枝头芳草艳，根深七尺护堤杨。

罪恶有报

偏他作案逃刀下，嚎是机灵法未囚。
罪孽惶惶终有失，河边常走跌深沟。

野鹅翘企

游天鸿鹄空中跃，慕及野鹅姿色娇。
得遂何当随意愿，扶摇并驾入云霄。

绮丽鸡血石

几番历练时空跨，忍说当年喋血红。
盛世邀来观绮丽，天然卓跞胜雕工。

暮詩

皤皤鬢髮朝天竪，
趕寫詩詞伴晚鐘。
韻律推敲隨口出，
人生得意老吟翁。

望楊

縱觀河岸懸空舞，
亮麗高風築幕墻。
滴露枝頭芳草艷，
根深七尺護堤楊。

癸卯年春日陳洪法書

冬青石

娇姿艳丽惊双眼，勇斗霜风日夜颠。
梦幻如真前世约，相欢一瞬醉成仙。

石上观梅（品石诗）

望春不必惊雷响，雪夜皑皑探石梅。
仰慕枝头红数点，暗香溢处我先来。

石观音

人求菩萨朝南海，我得观音正果施。
涤净尘埃心向善，虔诚一世绽莲姿。

断层山题句（品石诗）

断层山峙高低立，诉说苍天魔幻齐。
物换星移期盼久，何年绿满鸟欢啼。

石舟（品石诗）

烟迷混沌何方岸？五万年间不断流。
浩渺无边随处泊，摇帆缆系港湾楼。

天然石佛（品石诗）

三生有幸缘来喜，尘海茫茫倚佛前。
一炷清香成夙愿，灵光映照福无边。

鹰鉴（品石诗）

雄鹰偶尔鲜鱼捉，水雾沾身劲翼遮。
搏击长空难举翅，飘摇欲坠怅天涯。

示例

格四

首句不入韵，仄声开头

十丨十一一丨丨（句）
十一十丨丨一一（韵）
十一十丨一一丨（句）
十丨十一丨丨一（韵）

观瀑布

疑是长江垂直倒，遥从天上泻身边。
狂风一阵撕飞瀑，喷到游人眉眼前。

月钩

明月弯钩垂碧水，春波笑脸正徜徉。
池鱼忌敢吞香饵，知是嫦娥钓我郎。

观梅

万树萧条花一朵，傲霜斗雪笑寒风。
咏梅良久无佳句，只为幽香独醉翁。

弄潮

酗酒千杯谜底解，富贫差别欲寻求。
谋生忌怕风潮险？苦尽甘来自搏舟。

清晨街头

前面男人何素质？出痰如箭射当街。
抬头又见翻栏女，扯破花裙掉了鞋。

秋残

燕鸟披霜凄惨叫，萧然杨柳舞枯渣。
何人得罪西风客，扫落亭前一树花。

戒语

赤裸婴儿无贵贱，娇娃学舌语言同。
勤劳可得人温饱，懒汉苦吞西北风。

谑事

本是穷途来异域，强咽唾沫不夸张。
无能创业偏生事，诋毁谣传舌最长。

携妻游西湖

艳丽新桃增快意，春风一拂可闻香。
我将妻子当西子，激动湖心拥美娘。

笑迎风雨

跌倒风尘应速起，把牢机遇及时追。
偏将气度冲霄汉，独占鳌头幸是谁？

超神

好树春来花爆出，和风密雨不沾身。
登山觅景谁如我？抚石吟诗第一人。

农家

汗似珍珠流野外，餐风宿雨为丰年。
金秋喜获收成好，一靠耕耘二靠天。

父母为我看相

自幼龙生风雨处，名中带水是人才。
穷家父母神童得，大树参天圣果栽。

拓荒

穷拓荒山呈大力，蓬门竖子敢提腰。
闻香渐入花丛景，唯有艰辛路一条。

春残

绿弱红衰春雪后，期晴敲雨鹁鸪声。
伊人莫视愁佳阁，正值酴醾炎热生。

枫魂

漫有诗人今古物，丹魂自照旧山川。
迎风展美宜观色，共与梅枝去抢先。

白露

白露相邀观桂菊，金风爽意世间知。
苍苍莫揖芦花月，怅目青纱不在时。

偶见一鹰腾空入水

激浪雄鹰翻滚落，半空起伏舞云台。
奇观一瞬无踪影，直叩龙门洞已开。

農家

汗似珍珠流野外，
餐風宿雨為豐年。
金秋喜獲收成好，
亦靠耕耘亦靠天。

楓魂

漫有詩人今古物，
丹魂自照舊山川。
迎風展美宜觀色，
共與梅枝去搶先。

癸卯年春日陳洪法書

赞高铁提速

快马加鞭冲势猛，出行不再几天回。
神龙傲世超音速，此去京城茶一杯。

煮酒论英雄（品石诗）

煮酒纵谈天下事，英雄道破数曹刘。
江山主宰三分势，虎穴栖身暗蓄谋。

梅引千花

世上神奇多美彩，冰天谁在托香腮？
钦她冷面坚强骨，引得千枝争艳开。

孔雀石（品石诗）

盼得东方娇态绝，相逢一日望三秋。
天姿优美婵娟舞，彩翼开时落雁羞。

神龙石（品石诗）

傲首神龙犹见尾，雄风卷起浪无边。
大千世界惊回眸，欲记行踪化杳烟。

青田石雕竹（品石诗）

岑石绮形无比美，千竿高竹聚云团。
推窗拂面清风起，遣我诗情涌笔端。

情缠今世（品石诗）

莫问相逢传几世，凭谁解悉两心连。
人间可泣山盟誓，怎比情如磐石坚。

奇态绿宝石（品石诗）

自笑从前偏爱石，今时羡慕玉生奇。
重重碧色迷人眼，一缕遐思一首诗。

海豚企食（品石诗）

落魄常思翔大海，精灵出水更时髦。
求人也效卑躬起，但见鱼虾未待饕。

咏大漠红鹰

举翼苍天遮大漠，风声起处上山巅。
眈眈虎视依然是，震慑尘埃不入眠。

蟹雕新疆碧玉（品石诗）

曲腿盘钳封铠甲，偃旗息鼓战余功。
江湖不适多争斗，故隐真身碧玉中。

张果老坐骑（品石诗）

果老曾经身下骑，脱缰盗草犯天规。
指驴化石寒山贬，跃跃升腾盼返期。

跌倒一把泥

君卧松间花作被，我奔海上夕阳西。
曾经嬉笑追蝴蝶，跌倒双双握把泥。

题红水河石狮

曾记红河凶浪搏，腥风搅得血波红。
谁人耳聩狮声吼，发掘深渊出水中。

寿星石（品石诗）

此是龙钟千古石，苍松老鹤伴山陂。
风尘拄杖寒门叩，揖寿成星自不迟。

悟空拜观音（品石诗）

身世何年懵懂记，天灵地气孕洪荒。
飘零梦到莲花座，借此依归拜佛旁。

普陀山上寺

香客频来烟雾绕，浮图高凸影无踪。
菩提圣树栽何处？普度金钱佛面封。

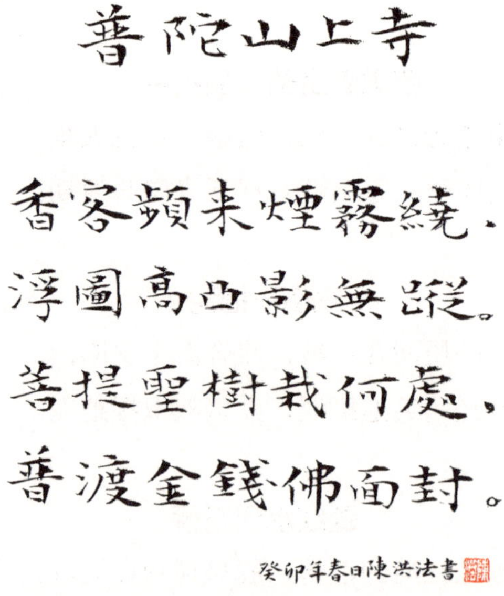

简论律诗的对仗

在我国传统古体诗的海洋里，五律和七律是主流，其技术含量是最高的。窥一斑能知全豹，评价一首律诗的优劣，确切地说，除了必要的起、承、转、合外，着重是颔颈两联的对仗写得如何？古今时代在语法上所划分的词类大同小异，依照律诗的对仗关系，词可分为名词、形容词、数量词、颜色词、方位词、动词、副词、虚词、代词九种。律诗中的颔颈两联，同类词相对叫作对仗，若论一首律诗优劣，首先分析诗中对仗如何？对仗是鉴定作品优劣的重要因素。对仗一般都用在五律和七律以及长律，写好了五律和七律的对仗，也会轻车熟路地写出好的长律，不过长律和其他律诗不同的是，长律除首尾两联外，不管诗写得多长，其余句子都必须两句一对仗。

对仗有许多类别，我们特别要注意数量词自成一类，“几”“半”“孤”也列其中，方位词自成一类，颜色词自成一类，这些词一般不可以与其他词作为对仗，但某些颜色词也可以作为名词和其他名词作对。对仗分工对、宽对、借对、流水对四种形式，我已在诗语中作过论释，在这里不再重复讲解。

谈论诗，主要是律诗，谈论律诗，主旨是对仗。我认为，好马配好鞍，一首美妙绝伦的律诗，就有赏心悦目的对仗。反之，律诗就不成为律诗，没有对仗，怎可登大雅之堂？更别说流传青史了。所以，我以自己创作的对仗为范例，供广大读者研读。这些对仗虽然不能说非常出彩，但也工整贴切，具有一定的代表性。例如：五律《爱情磐石坚》，“任有乌云盖，何妨冷雨煎。情依秋夜月，意会鹊桥仙。”七律《恸母》，“悲中涕泪呼慈母，膝下儿孙裹孝衣。十里亲常伸挚手，八方邻每助温饥。”五律《自信》，“美梦佳人抱，江湖福利争”。七律《鸿田望月》，“已霁寒云明美景，甘抛热血铸琼浆”。五律《勤耕》，“身起晨昏黑，肩挑日月红”。七律《中国第一高楼上海中心》，“万盏灯光云外送，千秋梦影月边圆”等。这些如行云流水般的对仗，语气尽显生动活泼，用词无不规矩贴切。总之，对仗是一个严肃的课题，也是一项深奥的学问，更是一种不变的传承，诗人都必须严格按规定执行。对仗即“名词”对“名词”，“动词”对“动词”，“形容词”对“形容词”，“方位词”对“方位词”，“颜色词”对“颜色词”，“数量字”对“数量字”等。对仗犹如选择佳偶，决不可乱点“鸳鸯谱”。否则，写律诗还不如直接写古风。

总之，对仗是组合句子的相对，平仄和词性的相对，它们有着各自不同的意义，各自不同的独立性。所以，我们在思考选写对仗时，绝不可出现两句话重复同一个意义，更不可以有合仗之嫌。当然，对于除了律诗以外的其他诗或词，没有特别要求的，顺其自然，不必强调对仗。

五律

五律在符合格律规定的情况下，任何部位不可以连续四平韵或四仄韵，严禁孤平，句子中若出现孤平，须在旁边仄声字中改一平声字进行补救。根据格律，诗句前三字可以连续三平声或三仄声，其余部位不可连续三平声或三仄声，在符合上述情况下，五言中一、三字可以不论，二、四字必须分明。在写诗造句的过程中，如一个平声字的两边有两个可平可仄的“十”符号时，其中两个字中必须选择一个字为平声字，以补救出现的孤平。五律句式五字八句，中间两副四句为对仗联。

定律格式分为三种符号：“ 一 ”为平声字，“丨”为仄声字，“十”可平可仄字。

示 例

格一

首句不入韵，平声开头

＋——｜｜（句）＋｜｜——（韵）
＋｜——｜（句）＋—＋｜—（韵）
＋——｜｜（句）＋｜｜——（韵）
＋｜——｜（句）＋—＋｜—（韵）

读书

寒窗过十载，赶考错良时。学问来勤奋，成功在作为。
书声当壮语，理想自扬眉。落榜防肠断，明朝再试之。

爱情磐石坚

相思无奈乱，心事锁尘烟。任有乌云盖，何妨冷雨煎。
情依秋夜月，意会鹊桥仙。牢记松间誓，却如磐石坚。

游黄浦江放怀

帆船驰百里，初起在源头。迢递三湾转，奔腾一水流。
龙骄掀盛世，岸阔峙琼楼。横亘长桥下，频航出海舟。

报春

东方初唤雨，草木始萌芽。送得梅英去，飞来燕子斜。
相思寒意退，回首艳容遮。浩荡春潮动，人心共绽花。

勤耕

惊雷春爆响，雪餍压青葱。身起晨昏黑，肩挑日月红。
探山寻宝玉，狩猎挽良弓。恒久田头事，辛勤地不空。

夜半诗声

孤灯陪冷月，夜幕启相思。富裕勤求得，钱财懒失之。
朦胧灵感晃，幻觉笔尖驰。何处知音女，高声咏我诗。

赶灵隐寺

禅门沧海里，香火向天烧。鹫岭高峰见，松风低谷摇。
山藏千古寺，佛颂九重霄。夜黑披烟雾，衣衫甘露浇。

存毛充羽翼

长河流岁月，大浪沥泥沙。雨滴滋春草，风驰壮丽花。
存毛充劲翼，蓄志闯天涯。霸气依然旺，功名沐晚霞。

江山稳固

神州新崛起，宿敌别猖狂。作乱东洋鬼，覆颠南海疆。
苍龙施魄力，猛虎露锋芒。铁壁时空铸，尤能外御强。

游览崇明花博会

漫行观美景，到处闪星辉。蝴蝶穿枝舞，灯光送客归。
江山青叶护，海岛水波围。更有花丛里，情人紧贴衣。

诚邀南北友人

高朋围满桌，酩酊一杯中。曲绕西山路，诗颠东海宏。
酒香招客宴，意惬舞春风。若是深情谊，再来天下通。

江山穩固

神州新崛起，
宿敵敢猖狂。
作亂東洋鬼，
覆顛南海疆。
蒼龍頻出擊，
猛虎勇較量。
鐵壁時空鑄，
猶能御外强。

癸卯年春日陳洪法書

春梦

春来多好梦，孤枕总生愁。世上知音少，心头冷意收。
清晨烟雾绕，热恋美人柔。霜白疑天晓，推窗月似钩。

暮业

浪中风日逼，业绩已登丰。撒网珠光闪，归航夜雾浓。
几条藤绕树，一柱石盘龙。累罢功和失，才知傲老松。

鱼形绿松石

美哉真绿宝，更绝烁蓝光。怕是天间物，偏穿地上装。
有余人致富，务实国求强。华诞群英会，诗词赋吉祥。

下海

原知商海险，决意故乡辞。人待苍天助，途遥毅力持。
铭恩唯父母，壮胆独妻儿。历史长河里，功名善德施。

谒西湖岳鄂王墓

仰天长啸毕，料是命凄凉。忠骨千秋葬，英名万代扬。
将军仇未雪，日月恨无光。夜露坟头滴，鸟啼人断肠。

洞庭西山

才攀山石磴，即沐太湖风。缥缈云连雾，氤氲水逐空。
偏怜开廓影，又畅绕林丛。借此幽娴里，清心是本翁。

送友人

初观珠泪湿，仰脸两条沟。手拂轻烟去，船驰激浪浮。
青山三面阻，绿水一方流。寂寞长江岸，孤人恨独留。

家乡变迁记

曾生荒草地，描绘大前程。路阔车来往，楼高月穿行。
田头观稻熟，早上起鸡鸣。若问如何富？爱拼才会赢。

沽名钓誉者鉴

沽名慈善见，钓誉世难尊。锅肉多丰盛，官迷总热昏。
神农医百疾，夏禹过三门。好事民尤晓，何须自大言？

秋收颂

金黄银杏树，风气荡秋澜。稻熟千刀割，肩挑万担欢。
勤劳天不负，懒惰日哀叹。耕种唯心愿，丰收饭碗端。

雨水节后偶过茶林

苗芽逢雨露，嫩叶贵如金。辛苦人遮绿，欢欣雀绕音。
胸怀容大海，眼界接青林。碧水壶香溢，新茶品在今。

为某乡官写照

乡官高处坐，枉做栋梁材。在位非廉洁，拈花常醉杯。
穷村无创意，劣迹任疑猜。贪欲难长久，前程必自摧。

游大观园

红尘遗幻梦，园景大观全。宝黛痴情债，楼亭结孪缘。
焚诗肠欲断，碎玉泪应涟。演绎离奇事，分明在眼前。

天物卧夜

乾坤沉晚照，天物倦眠迟。蚂蚁归泥穴，鹁鸪休草池。
闻鼾遐迩静，卧夜寂寥疲。揭晓雄鸡唤，清新各醒时。

鸿田晨曲

雄鸡刚唱晓，灯火闪霞光。日出炊烟绕，人喧朝夕忙。
挥锄涔汗水，犁地引牛缰。弄海金鱼得，丰收田里粮。

岩峰凝聚（品石诗）

岩峰凝聚紧，拥抱并肩身。固守成防势，昂扬若比邻。
灵姿超鬼蜮，义气胜仁人。世态观长久，唯斯最绝尘。

牛角化石（品石诗）

荒原观野史，化石记残篇。眼触斑斑迹，思愁莽莽烟。
哞声听远古，灵兽逝流年。落泊忘深邃，时空一角悬。

石化蛋（品石诗）

眼观残壳软，手摸异常坚。焉是恐龙弃，无非化石迁。
洪荒知太古，杳缈望虚烟。自别中生代，爬行不溯年。

示例

格二

首句不入韵，仄声开头

＋丨——丨（句）＋—＋丨—（韵）

＋——丨丨（句）＋丨丨——（韵）

＋丨——丨（句）＋—＋丨—（韵）

＋——丨丨（句）＋丨丨——（韵）

春咏牡丹

送别寒梅影，春来燕子逢。雷声传信早，鹊唱爆枝浓。

吐绿初惊世，喷香偏引蜂。尘埃招客醉，忙碌种田农。

晚景

晚岁颇能动，悠闲度暮凉。兴来常迈步，事过总牵肠。

行到西山角，仰观明月光。薄烟迷两眼，谈笑出朝阳。

长生歌

百岁无余几，人生美梦香。珍馐常闹胃，酒肉也穿肠。

颐养天年永，心宽福寿长。尘留多趣客，使我夕阳忘。

读古诗

浩瀚游诗海，苍天借月轮。交谈难救世，戏说易揄人。

拍案辞章妙，专心续典真。三千年过眼，领略旧风尘。

除夕

喜事随灯灿，映窗烟火喷。天伦情溢酒，炉暖屋升温。
财运诚相揖，门庭福有奔。儿孙除夕聚，父母笑颠魂。

春望

季节相交替，阴阳又互争。风来天下转，雨到世间迎。
水暖鱼虾鉴，花香燕鸟评。蜂飞烟海里，忙碌欠人情。

登泰山

泰岱雄千古，危崖险壁征。情怀须望岳，石径永留名。
登顶云霞接，下坡花鸟迎。今来游履迹，不枉释平生。

青山潮

十里山岚近，三千世界骄。白云衔岫帽，红女唱茶谣。
坡起青纱浪，人随碧树漂。春风留客意，绕石过溪桥。

慈母

幼饮家乡水，方知母乳甜。白云浮古道，绿浪启心帘。
花草依溪岸，蛙声响碧蒹。游儿衣服暖，深夜手中添。

岁逢六十六

邀请重阳宴，无端忆野田。人安宁事事，国泰富年年。
益壮身当健，登高意领先。渊明将复读，今日古风延。

义犬稽首（品石诗）

最爱随和态，观眸可见心。看家能守职，讲义不贪金。
涉世知人道，忠情仗势音。何因隐身去，稽首到如今。

送春

点染乾坤大，红娇绿艳存。荼蘼观夏趣，蛱蝶感春恩。
驱赶南天冷，迎来北国温。花残空失色，还忆旧时魂。

斜桥夜宿

沿岸轻车绕，山乡古镇前。老街三里景，峡水九环船。
紫燕邀霜月，清风接海天。桥头深夜雨，吵闹惹无眠。

花桥踏景

踏景频牵手，花前意更稠。放灯游菜市，见客引茶楼。
畅喝吴乡店，豪吟楚岭秋。夫妻欢乐里，戏水驾龙舟。

踏雪

踏雪寻芳去，无梅景不妍。孤人行海角，龟蟹避溪泉。
老境沉幽梦，新情隐碧巅。银颜春可改，绿色破冬眠。

晚晴

最恋残霞美，如葱任我栽。春风扶碧草，紫燕送寒梅。
辗转惊雷动，彷徨幽梦回。门前无五柳，且尽杜康杯。

日韩游船有得

雨后浮星月，云邀异域城。新林初点缀，俗事忽分明。
涉海宽胸境，吟诗养性情。此游寻乐趣，半岛复东瀛。

孤桂

质本心狂傲，横空出世来。孤高容小鸟，独立显雄材。
入土根基固，冲霄风雨摧。昼天云里舞，银阁月娥陪。

高齡祖父自歎

前額車輪陷，
老身年月殘。
寒潮侵骨髓，
雨雪透心肝。
腿拐依床助，
耳聾須眼觀。
前緣將已盡，
再發問天官。

癸卯年春日陳洪法書

高龄祖父自叹

额角车轮陷，老身年月残。阴潮侵骨冷，雨雪透心寒。
腿拐依床助，耳聋须眼观。前缘将已尽，再发问天官。

哪吒重塑金身

世上钦忠孝，当知闹海童。附莲魂复活，得道艺尤雄。
祚辅周朝事，神封玉帝宫。天王三太子，护法不贪功。

海魂

风斗三千里，胸怀十万澜。驭航须勇气，涉险莫悲观。
浩浩天威动，遥遥梦想宽。乡情长水系，岁月映霞丹。

赠周五帮兄弟

倚浦清风拂，居山别墅前。寻芳梅傲雪，铺纸墨流篇。
三伏逢甘雨，五帮交福缘。亲和随梦境，逐浪又同船。

晶石对弈（品石诗）

心醉千回梦，茶醺一局棋。纷纭观世态，险极有谋思。
往事飞波滚，前程跃马驰。人生知苦短，品石论禅诗。

独醉深秋红

怵目苍山老，欣观醉有枫。寒霜侵草树，晓燕驭云空。
偏爱阳光照，都因命运通。丰收掀稻浪，起伏伴秋红。

题鼠王石（品石诗）

鬼使神差梦，居然遇鼠王。高谋深凿洞，有识广存粮。
警惕猫双眼，平安福满堂。人间生肖定，第一我登场。

解读

醉倒三更夜，诗情句不空。轻推窗外雾，细听枕边风。
但畅功名里，尤舒霞色中。熏茶寒意退，解读夕阳红。

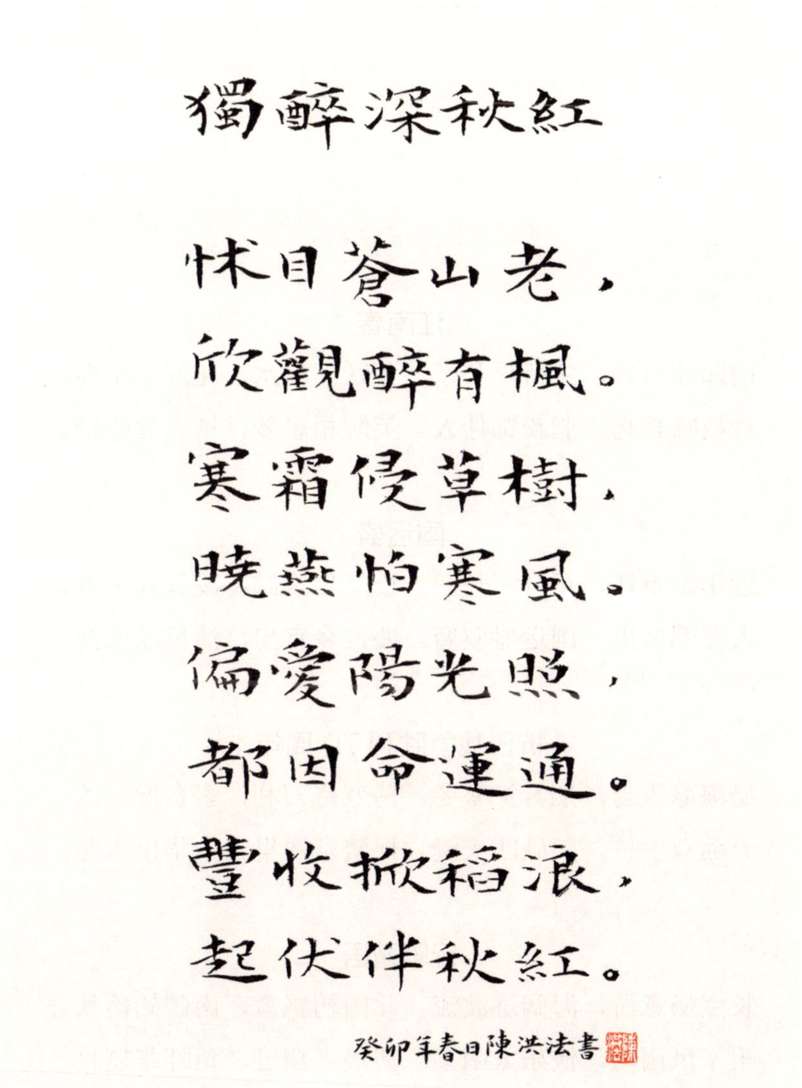

示 例

格三

首句入韵，平声开头

十一 十丨一（韵） 十丨丨一 一（韵）

十丨一一丨（句） 十一十丨一（韵）

十一 一丨丨（句） 十丨丨一 一（韵）

十丨一一丨（句） 十一十丨一（韵）

江南春

南园作贵宾，接待显和亲。鱼跃三江水，花开一季春。

青枝啼喜鸟，脂粉饰佳人。笑醒相思梦，携妻观绝伦。

国运盛

近年敲响锣，正气汇长河。夜半猫擒鼠，凌晨鸟唱歌。

人心邪做鬼，国运盛驱魔。要位乡官坐，清风沥浊波。

抗日战争胜利 70 周年

蜡梅冰雪封，烟雾护寒冬。荡寇持刀利，索贪揪虎凶。

天翻双手扶，国破匹夫缝。捉鳖东洋里，中华出水龙。

行雁瞰语

长空畅意游，海阔逐波流。北国初飘雪，南疆始落秋。

艰辛风雨阻，快乐太阳柔。搏浪飞翔过，鱼虾张翅收。

青枝

东风遣雨浇，抖擞赶春潮。破土挥长剑，爆芽伸懒腰。
身姿飘万叶，气质傲重霄。决不招蜂蝶，只将鸥鸟邀。

择花

意诚三顾园，直到桂林前。月老牵红线，伯牙弹好弦。
少游投破水，小妹敞开天。娇丽佳人得，芳姿世外仙。

气度

腹宽能驶船，任把世仇颠。似海无边际，为官非特权。
包容升境界，怨气化云烟。安静平心态，胸波浮碧莲。

沪上文坛聚会有赋

浦江敲响锣，水面雁群过。聚会平安问，分开祝福歌。
追求朝北斗，潇洒作东坡。欢聚才情献，吟哦笑语多。

满载返航

江河胜果求，历练破烦愁。世事常观察，良机每把谋。
轻松排恶浪，自在学闲鸥。日落船回岸，鱼虾厚利收。

行海

起程逾数天，拨浪正翻颠。漠漠扬帆影，冥冥卷雾烟。
鲲鹏勤掠水，礁石险航船。旷畅皆宽眼，吟哦总倚舷。

雨天看花展

微风细雨来，帘外尽情催。滴滴敲新叶，蒙蒙忆旧梅。
枝头抽嫩点，泥里育芽胎。日夜升高竹，财门已敞开。

自信

林梢夕照晴，归路脚声轻。美梦佳人抱，江湖福利争。
弹琴兼望月，过客总思情。自信年龄老，松前听鹤鸣。

亦师亦友得一足矣

君研李杜诗，我读柳辛词。贺岁茶当酒，交情友若师。
随和书迹记，感念古文追。每是聊天地，笑容飞眼眉。

少时海滩捕鱼历险

跑滩海发威，恶浪卷残辉。月照天深邃，牛拖车突围。
前难人未死，后福水中机。撒网鱼舱满，金丝织锦衣。

莲塘即事

清风掀绿莲，自在浅波颠。圣洁归禅意，无瑕信佛缘。
空灵心境界，神曲美婵娟。朝夕蜻蜓戏，悠闲仿若仙。

作客见鹦鹉多嘴噱

窗前鹦鹉灵，只噱鸟成精。学样猿猴叫，仿真鸡鸭鸣。
用心观世态，尽力识人情。逗笑厅堂客，亲和问候声。

命运

水清鱼易鲜，地气接云巅。闭目思谋略，开弓箭出弦。
时机偏向我，命运总关天。怀抱佳人过，今生不羡仙。

谒陈毅元帅墓

神灵面向东，更敬老元戎。跃马称儒帅，赋诗鸣大风。
谋棋逾万里，歼敌卓千功。信念腾天志，丰碑树碧空。

女儿二十岁生日圆梦高校喜赋

性格似冬梅，珍稀玉一枚。忘疲身靠膝，逗笑酒端杯。
花好忙修剪，苗优勤育培。今年天禀里，高榜读书台。

寄鱼（品石诗）

逢滩速调头，近岸不飘浮。御敌防同类，穿波谨暗流。
轻心常入网，贪念总吞钩。练就龙门跃，勤劳天意酬。

碧帆扬波（品石诗）

奇帆劈水强，碧影映天光。勇雀惊姿色，灵鸥护海航。
无风行万里，有浪逐千樯。绕地三周过，逍遥返故乡。

秋情寄意

山风草木残，肃杀逼人寒。怜惜秋蝉泣，欢辛饭碗端。
砍柴登石壁，收网摆鱼摊。最爱藤缠竹，枯荣在一竿。

胆识通灵助

瀛洲有此孩，辗转已成才。古道求知悟，穷途思运来。
曾经风雨袭，历练苦寒回。胆识通灵助，功成登奖台。

示例

格四

首句入韵，仄声开头

十丨丨一一（韵）十一十丨一（韵）
十一一丨丨（句）十丨丨一一（韵）
十丨一一丨（句）十一十丨一（韵）
十一一丨丨（句）十丨丨一一（韵）

孝母

乍过异乡桥，长街闹似潮。千层何饼有？百店觅摊挑。
唯恐怀胸碎，又愁端手遥。母尝心里乐，笑口赞儿娇。

沪上兰花展

含笑正迎春，幽兰展会新。吹箫招凤妙，见蝶戏花神。
八面来欢客，千盆显绝伦。心情尤未足，买酒敬佳人。

赠女儿彦雯

雨润育春胎，韶华慰老梅。聪明书慧读，优胜奖频来。
彦质双亲教，雯云一片裁。人生将启幕，靓丽已登台。

诗痴

癖好惹多情，相思幻景生。坡公怀赤壁，杜老诉悲声。
涉世当人怪，敲诗出句惊。登峰须造极，天地共峥嵘。

醉月

洒落月光驰，相邀伴酒痴。薄云遮美女，神态露佳眉。
夜半朦胧影，人生醉醒时。温柔乡一刻，童话入新诗。

悲雁

坠落命堪凄，埋头踏雪泥。患难成绝配，相爱结夫妻。
闯海同甘苦，随身作级梯。恨云遮日影，泣泪对天西！

晓行

拂晓雾飞扬，红霞饰院墙。苍芦秋气荡，白鹭浪尖翔。
涉世当勤勉，为人须善良。流星生命短，坠地路程长。

寺前鸟戏枫

佛寺听晨钟，天寒刺骨风。朝山香火旺，来客纸钱通。
历练霜粘树，逍遥鸟戏枫。草丛间浴血，硕果里飘红。

赞故乡

入耳鸟声鸣，枝头热土生。明霞流紫色，碧树爆花情。
鲜果丰粮获，大桥瀛岛行。芦秆塘里晃，逢客躹躬迎。

夜宿度假村水上木板房

水涌枕头边，池鱼啄背肩。开唇能舔月，侧耳可听泉。
织女银河盼，牛郎笑语牵。通宵沉睡里，必是梦成仙。

秋热

赤日烤焦林，苍山气息沉。树哀垂怨叶，竹老黯愁音。
飞雁行踪远，鸣蛙隐迹深。秋风携夏热，依旧响蝉吟。

逆境交友

小鸟早鸣枝，交朋并不迟。春回青绿涌，海阔浪潮驰。
慰语宵中尽，邀杯醉里痴。金针初度过，莫逆险为夷。

黄莺

光彩耀山林，重生贵似金。书窗尘不染，俗事耳无侵。
苦读前程艳，勤弹高籁音。黄莺怀好曲，未负我初心。

夕阳院落归

夕照把门推，霞光映我腮。风尘征鸟倦，思绪对人裁。
五柳田园问，三房院落回。应欣篱菊好，带月有娇陪。

小游邀酒

相约一天游，杯飞迎客楼。欢欣开笑眼，大话尽吹牛。
饮酒身歪桌，私房句出喉。灯光明丑态，狼藉不堪收。

农家晚餐

落日映残梅，乡风归雁催。天沉遮夜幕，人急带锄回。
播种农家累，丰收稻谷堆。炉膛温米酒，借月正倾杯。

趣题晨雾

两岸雾遮天，缠身藤蔓牵。五更鸡唱晓，千树露弹弦。
忙碌人勤早，休闲鸟乱颠。晨风清视野，构句上诗笺。

险阻

筚路雾遮浓，常遭恶虎凶。怕行称弱鼠，敢取峙强龙。
险阻情凝泪，欢欣喜上容。莺呼频鼓劲，燕舞共留踪。

黃鶯

光彩耀山林，
重生貴似金。
書窓塵不染，
俗事耳無侵。
苦讀前程艷，
勤彈高韻音，
黃鶯懷好曲，
未負我初心。

癸卯年春日陳洪法書

收帆夕照时

野水聚寒时，归帆夕照迟。曾经伤暗石，历练折琼枝。
病愈心情治，财盈善德施。浮光随夜幕，回首影参差。

饭后独步成吟

历浪怎逍遥？江湖百度邀。闲身幽径踱，惬意夜空摇。
平视天涯远，抬头月色娇。心情风景好，忆起旧寒寮。

登临有咏

林密暗无灯，全凭日月升。石泉流谷底，翔鸟入云层。
天境三生会，人间万物兴。彩霞铺碧路，朝夕梦攀登。

过长城

京鸟唱高声，残墙忆古情。烟霾悲要塞，耳际哭长城。
白草哀鸿断，青龙霸气盈。乃惊秦帝梦，华夏有强名。

新诗改律

意转柳梢莺，诗凝字里情。缠绵因纸小，窈窕为侬生。
玉枕牵幽梦，窗栊拨古筝。沉思明露滴，奈得夜三更。

长寿别解

美梦莫当真，南山未必神。勤修慈善道，须做正常人。
朝夕心情好，江河景色新。瑶池虚幻影，潇洒过年轮。

七律

七律任何部位都不可以出现四平声或四仄声，每句一、二、三字，三、四、五字只要符合格律规定，可以连续三平声或三仄声，后三字不允许出现三平声或三仄声。七律句子中若出现孤平，必须在两边用一仄声字改成平声字进行补救。在满足上述的情况下，一、三、五字可以不论，二、四、六字必须分明。在写诗造句过程中，一个平声字的两边如出现两个代表可平可仄的“十”符号时，其两个字中必须选择一个字为平声字，以补救出现的孤平。句式为七字八句，中间四句两联为对仗句，即：第三和第四句，第五和第六句。对仗必须严谨，对仗可分为工对、宽对、借对和流水对。

定律格式分为三种符号：“ — ” 平声字，“ | ” 仄声字，“ 十 ”可平可仄字。

示例

格一

首句入韵，平声开头

＋－＋｜｜－－(韵)＋｜＋－＋｜－(韵)

＋｜＋－－｜｜(句)＋－＋｜｜－－(韵)

＋－＋｜－－｜(句)＋｜＋－＋｜－(韵)

＋｜＋－－｜｜(句)＋－＋｜｜－－(韵)

咏孔明

隆中对策不彷徨，沥胆披肝佐汉王。
伐魏借风攻赤壁，联吴割地气周郎。
鞠躬报得情三顾，尽瘁忧思鼎永康。
五丈原前魂映日，茅庐只惜梦无长。

西施

耶溪杳渺梦依稀，浣石千秋隐翠微。
靓女风尘随越使，乡村巾帼作吴妃。
倾城舞里苏台折，霸业途中义泪挥。
终有范蠡情愫旧，五湖问道泛舟归。

插秧

野田广袤闹春韶，天气回温正莳苗。
水溅农姑飞手插，秧抛泥汉起肩挑。

而无退步如身世，唯有清心似翠浇。
碧浪千重平地滚，金秋展望稻香飘。

中国第一高楼上海中心

电梯直上九重天，耸立高楼沐紫烟。
万盏灯光云外送，千秋梦影月边圆。
凌空提起霞虹笔，蘸水挥书锦绣篇。
鸥鹭成群江海跃，壮观胜似鹊桥前。

江山潮

江山如画喜人心，振臂欢呼绝古今。
四季松涛掀碧浪，九天霞色集青林。
南丘虎穴遭狼占，东海龙宫遇鳖侵。
老汉甘当冲击手，诗潮滚滚壮华音。

雨季初观美国五角大楼有感

初观雾里薄烟收，两眼朦胧五角楼。
宇宙和平云夹雪，人间美满事逢秋。
孤枝独舞寒空寂，劳燕飘零苦水流。
但愿天晴三万里，光明世界没烦愁。

纪念红军长征 80 周年
步毛泽东原韵

狂澜力挽过千难，壮举空前未等闲。
万里雄风燃烈火，三军浩气捣残丸。
洪荒荡涤人民苦，碧血浇融赤县寒。
不息长征旗帜艳，江山辉映尽娇颜。

紀念紅軍長征八十周年

狂瀾力挽過千難，
壮舉空前未等閒。
萬里雄風燃烈火，
三軍浩氣搗残丸。
洪荒蕩滌人民苦，
碧血交融赤縣寒。
不息長征旗幟艷，
江山輝映盡嬌顔。

癸卯年春日陳洪法書

纪念建党 100 周年礼赞

江山高举斧镰旗，百载生辰庆党时。
国耻全凭民意雪，神州也盼国风驰。
雄强已是无人敌，腐败终成落马悲。
饮酒三杯论盛世，横刀杀敌显雄姿。

乌鸦变凤凰

浑身泥水丑乌鸦，口诵诗文气自华。
小子无名生草屋，穷苗有育爆琼花。
飞鸥击浪凭坚翅，奔马出征拖破车。
拔穗冒尖惊世俗，凤凰一跃动天涯。

满汉全席（品石诗）

珍馐绝妙饪厨娘，贯耳名声旧滥觞。
亿万年惊来梦底，三千界誉得天方。
人邀大席钦尊贵，雁落寒沙僻古荒。
合璧精华无上宴，阮元在世必亲尝。

“五四”遐想

中华血脉出精英，逆水行凭北斗明。
沧海无边风起浪，墨壶有底笔掀情。
霞扶旭日驱烟尽，国拥鲜花着色清。
快马加鞭奔正道，破除封建唤和平。

重游明珠湖

风吹襟袂碧波清，驾得兰舟托浪行。
杨柳丝丝堤上晃，诗心荡荡景中生。

飘来水面荷香味，动听船边小鸟鸣。
疑是瑶池添美景，花红叶茂是崇明。

读朱元璋

前程未卜弈如棋，流浪尘埃被犬欺。
托钵翻开新史册，穷途挥起大王旗。
人歌人泣风烟卷，神载神归鼎革施。
暴虐无端多枉杀，清除腐败不延迟。

观梅写意

可怜篱菊被霜封，仰慕瑶枝展美容。
簇拥冰花铺曲径，昂扬玉树舞虬龙。
无情刺骨悬空剑，有志凌云傲古松。
道是悲凉谁理我？当初人影不留踪。

街头问卦

设摊诡异暗街边，绝似巫师蛮搅缠。
问卦神迷生幻觉，得知鬼话弄虚玄。
眼遮墨镜心机挡，腹匿阴谋口舌颠。
人有吉凶天已定，忽悠诈我竟装仙。

鲲鹏

鲲鹏志旷赴瑶台，大翼横空气势恢。
击水三千潮北去，驾云九万路南来。
扶摇直上凭风助，腾仰前行必眼开。
远搏天边宽境界，雄姿亘古傲尘埃。

游浙南山景

峰峦高耸入云空，溪水循环岚气蒙。
景到来时随步履，蹊临去处接山风。
森然涧谷岩崖峙，隐约仙踪蹬道通。
此日游心增惬意，犹如霞客旧途中。

立夏游鼓浪屿

蒸腾烈日烤人群，闽海空茫不见云。
树岸追船喧燕雀，石坛息脚扰蝇蚊。
大娘快我爬坡步，少女怜她吊带裙。
跃上高台衣透汗，却随旷目阻氤氲。

坐船观景

水边美景面前游，起伏青山涨眼球。
浅壁莲花随浪涌，清风日丽逐波流。
岸旁五六翁垂钓，舷外二三鸥戏舟。
蓦地云遮天地暗，新奇世界雨中瞅。

外滩夜情

江流入海盛时观，览景逢年去外滩。
美德寻求能接踵，倾心欢喜可常看。
痴郎放胆如蝴蝶，倩女含羞似牡丹。
每见华灯傍晚灿，望情多少眼无拦。

比美

美人香草在天涯，明月西施旧浣纱。
碧玉胸前身上宝，粉腮夜里梦中花。

立夏遊鼓浪嶼

蒸騰烈日烤人群，
闊海空茫不見雲。
樹岸追船喧燕雀，
石壇息脚擾蠅蚊。
大娘快我爬坡步，
少女憐她吊帶裙。
躍上高臺衣浸汗，
却隨曠目阻氤氳。

癸卯年春日陳洪法書

金无足赤尤知贵，孩有调皮别过夸。
艳丽不生风雨气，浇浇冷水可除邪。

斜窗明月半凝寒

斜窗明月半凝寒，进入长宵梦不完。
倏忽掀帘晨气冷，蓦然对镜鬓丝残。
秋声肃杀欧阳赋，玉露凋伤杜老叹。
历尽风尘心态静，抚琴弄曲为谁弹？

龙门石窟览石刻

伊河两岸景观成，造像都从石窟生。
巧匠精工镌北魏，飞仙神态镂南城。
先人广掘三千洞，古穴深藏百万兵。
遗迹漫经风雨洗，大观山水世闻名。

携诸友同登泰山

假期邀友不偷闲，笑傲今生登泰山。
没怕悬崖危与险，何言辛苦累和攀。
心中蓄志当成事，峰上爬巅必过关。
回首低看人接尾，自知气喘又酡颜。

笔泄豪情

一声长啸向天歌，酷似当年效白鹅。
气壮登山探虎穴，力强游海闯龙窝。
江湖口颂三千界，墨彩胸开十万河。
红豆诱人心未老，激情横溢猛敲锣。

参观兵马俑

皇陵入地不孤单，兵马恢宏护卫安。
统领中原扶帝祚，伴随冷室匿香棺。
机关设计真完美，铠甲神奇令感叹。
今与时空重对接，两三千载后人看。

姜太公钓鱼

溪边坐石钓功名，自下昆仑历险程。
灭纣兴周明主辅，访贤载道替天行。
经年岁月风云幻，荐命江山帝业争。
力闯九重千万里，封神气度子牙情。

乡村春雾

风吹晨露洒晶莹，水岸迷茫望不清。
雾气蒸腾天掩地，田家远近耳听莺。
鸟如困顿枝前歇，人或飘浮路上行。
旭日曚昽光线暗，赶牛耕种击鞭声。

锦绣芙蓉石雕

祥云七彩映尊颜，妙手雕春未等闲。
柳绿风清松色碧，花香鸟悦水流潺。
状元及第求名榜，书剑登峰得誉还。
大马兼程官上任，喧天锣鼓动山湾。

读李渔《闲情偶寄》

闲情必读李渔书，文字尤当偶寄予。
樵客心声钦后辈，尘仙梦月善清居。

錦繡芙蓉石雕

祥雲七彩透仙山，
妙手雕春未等閑。
柳綠風清松石碧，
花香鳥悅水流潺。
狀元及第求高榜，
書劍登峰載譽還。
大馬魚程官上任，
喧天鑼鼓動山灣。

癸卯年春日陳洪法書

人生富贵名门是，世道精华俚语如。
纵有百科都涉遍，此间事理览无余。

幼鹿背金蝉（品石诗）

难能一见鹿回头，背上金蝉路上俦。
跨越南疆千迭水，腾飞北国万条沟。
经风有爱心胸阔，处世无猜意气投。
不倦行程人叹羡，于今谁肯久同舟？

品玉

一声霹雳坠寒泉，惬意摩诗惹梦癫。
龙域探寻三万里，羊脂品鉴五千年。
求金不及和田石，盖世难逢瑰宝缘。
莫道君王曾宠爱，怀悬斯玉便如仙。

见邻里吵架劝之

近邻缘分自来修，半世交情付水流。
风雨隔墙常问好，家庭合旅每同游。
闻香炒菜锅盆响，救急抚安钱物酬。
利益相争须大度，开怀一笑泯恩仇。

示例

格二

首句入韵，仄声开头

+|+—+|—（韵）+—+||——（韵）
+—+|——|（句）+|+—+|—（韵）
+|+——||（句）+—+||——（韵）
+—+|——|（句）+|+—+|—（韵）

中国作家协会入会喜赋

感荡时空弄海人，文坛榜上幸栖身。
平生赋句从心乐，往日风情掠影真。
百转滩前遨广宙，千重雾里出迷津。
十年一剑磨成梦，拙笔由衷铸绝伦。

读岳飞《满江红》词

记得将军恨啸天，江山破碎滚狼烟。
八千里路悲鹏举，三十功名恶梦连。
铁马未能酬壮志，金牌兀自逼英贤。
风波亭上遗忠骨，九百年来憾史篇。

貂蝉

日落惊鸿照影时，干戈何抵舞裙姿。
司徒巧设连环计，弱女终成报国姬。

讀岳飛滿江紅詞

記得將軍恨嘯天，
江山破碎滚狼煙。
八千里路悲鵬舉，
三十功名惡夢連。
鐵馬未能酬壯志，
金牌尤自逼英賢。
風波亭上遺忠骨，
九百年來憾史篇。

癸卯年春日陳洪法書

盖世襟怀藏剑胆，深闺血性胜须眉。
可歌可泣彰青史，千古貂蝉谁不知。

杨玉环

天宝朝廷似姓杨，嫣然粉黛乱中堂。
多情皇帝痴迷色，独宠佳人惹断肠。
舞乐梨园留魅影，渔阳战鼓破霓裳。
马嵬殒命成哀怨，憾恨同随社稷长。

游黄山

独上高空瞬跃天，陈郎梦里可知年？
苍松张臂当迎我，云海行游必渡仙。
骑背山峰能揽月，踏沙河岸正观莲。
光明世界从心镜，欲下翠微风险连。

甲午战争 125 周年有感

昔日休言两败时，倭人对我早窥之。
马关浩劫签条约，清帝无能被犬骑。
战火烽烟燃热血，舍身国土祭红旗。
风尘过眼当明视，只赖刀枪御外欺。

读曹植《七步诗》

七步成诗有苦衷，当时子建命途穷。
腹才更比皇权大，肝胆尤超剑气雄。
萁豆相煎烟火里，弟兄互杀血浆中。
同胞顿作仇家敌，世上亲情道是空。

腊八偶得

腊八锅中游八仙，刀山火海滚油煎。
必当创意诗词赋，还作闲聊文字编。
拼业谋求争食饱，成家期盼娶妻贤。
相思红豆痴情趣，浪迹江湖曲一弦。

鸿田望月

水绕芦洲久僻乡，鸿田望月桂枝香。
迎风振翼承天佑，沐雨披荆垦地荒。
已霁寒云明美景，甘抛热血铸琼浆。
当年愣目柴门陋，改换村家富丽堂。

愁喜

一缕幽魂飞出尘，风吹芦絮舞河滨。
林间且看花憔悴，路上常夸山绝伦。
困惑游鱼环境恶，浑然望月感情真。
天骄金色田头稻，满目凄清也喜人。

秋林

日落西山灿晚霞，归林野鸟乱飞斜。
风残叶坠天无助，径曲气浮心念家。
季到三秋多怅意，霜铺万里独欺花。
寒空季冷新衰草，只待枯枝雁踏沙。

《隋唐演义》

史载中华第几章，凭知演义悉隋唐。
烟飞战火军威震，祸起萧墙手足伤。

救世安民争帝座，普天庆国固疆场。
贞观之治还心愿，可叹长生误圣方。

南海观潮

且莫悲秋独倚栏，夕阳一落酒精残。
雪染须发生愁绪，日照丹枫显壮观。
冷雨沾身风入骨，孤鸿掠水浪掀滩。
向天长啸人无恙，仰望远空心自宽。

珍惜旧经书

断页残篇惜古今，谁能收集入丛林。
旧时歌曲如通史，妙理文章似度针。
伯乐情依千里马，稼轩弦续九霄音。
人间掌故闻悠远，晓读经书可觅金。

兄妹情

自出娘胎正缺粮，清风十里脱枯荒。
辛酸可拭儿时泪，快乐同行村学堂。
生日曾经争点烛，成家总是共牵肠。
芦花淡月亲情在，过节逢年问短长。

中国女航天员

感动鲲鹏正盛年，巡空忽到玉宫前。
扭腰甩发英姿美，揽月追星心愿全。
祖国红旗天外舞，电波通讯世间连。
腾飞科技中华梦，结伴嫦娥谁是仙？

老年生活

忽觉轻松万事安，聊天茶水弈棋欢。
额纹清晰如沟线，胡子拉碴似草滩。
世道艰难还敬业，人生自在胜当官。
扬长爱好休烟酒，养肾健身须保肝。

观书法家挥毫

莫问修功多少年，能知笔技得神传。
腕间气势挥云水，纸上锋痕出砚田。
效法谁家高手见，追踪古道妙观玄。
熏心最是瑰文字，只憾今生无墨缘。

枫泾简述

南北闻名隐一方，百年吴越古沙场。
寻枫有意人多少，问迹无因事短长。
泾水石桥街市老，店门杂货海鲜香。
徜徉不觉天将暮，阵阵寒风遣返乡。

咏海棠

纤弱娇娆色欲同，暮吟朝唱各西东。
无香未必迷蜂蝶，大美焉能断雁鸿。
秋到怀人偏溅泪，情濡遣句任由衷。
洁身自与群花合，附地依墙见植功。

奇石《一带一路》（品石诗）

耀我中华载道行，西途驼队送文明。
江湖足迹应知险，戈壁萍踪又怕横。

事业同心同命运，丝绸有爱有风情。
方针大略成天意，一路东来紫气迎。

幻影瑶池戏谑

幻影瑶池美意深，栏杆优质是真金。
桓伊吹笛云霞聚，织女欢歌花雨淋。
忘我无人观景点，游山有鹤晓仙心。
清晨小鸟柔声唤，恰似梦中枕上音。

偶得

登上顶楼身体凉，望江东去见汪洋。
春归绿叶虫爬草，风送良机浪击樯。
那处林梢修暖屋，这边筚路建康庄。
非凡世界人求梦，洞察拼争弱胜强。

崇明长江大桥

天堑如今不渡舟，江波横越八仙羞。
翔鸥羡我轻松过，闪电推澜快速流。
旧里荒滩曾苦语，新时壮景正欢瞅。
感恩盛世通途畅，架起长虹福祉留。

建国 70 周年喜赋

龙驾曦车拂曙光，漫延紫气耀东方。
九州荣誉抛穷窘，七秩忘衰夺小康。
丽日中天升福海，惠风盛世慰炎黄。
幸逢华诞同圆梦，举国欢歌颂富强。

建國七十周年喜賦

龍駕曦車拂曙光，
昇騰紫氣耀東方。
九州屹立抛窮窘，
七秩興衰奪小康。
麗日中天昇福海，
惠風盛世慰炎黄。
幸逢華誕同圓夢，
舉國歡歌頌富强。

癸卯年春日陳洪法書

白玉雕羊漫吟（品石诗）

眼悦金披白玉装，身分蹄蹾是三羊。
端详越觉离苏武，考释尤知属帝王。
难得琢痕成宝器，焉能开泰起祥光。
春来草茂盈羔乳，更有谁家哺育长？

寄语禽兽美石（品石诗）

说也奇来看也奇，难分禽兽费人思。
怜它出水初登陆，企足凝眸久盼谁？
枉自身娇披锦色，何由地阔献愁眉。
抬头忽见通衢路，挚友新逢盛世时。

夕阳吟

迈步征程可畅吟，何妨奋力搏当今。
依依柳岸遮花影，缓缓溪流伴鸟音。
薄雾轻烟迷夕日，冷风寒雨袭森林。
晚霞也把西天醉，再掘生涯一桶金。

鸿雁

跑海擒鱼五十年，迎风气冷水中颠。
庄生有梦追蝴蝶，娘子真心恋许仙。
杀手车轮亡旧爱，东方旭日续新缘。
此情虽已成追忆，幸福门庭一对联。

示例

格三

首句不入韵，平声开头

＋—＋丨——丨（句）＋丨＋—＋丨—（韵）
＋丨＋——丨丨（句）＋—＋丨丨——（韵）
＋—＋丨——丨（句）＋丨＋—＋丨—（韵）
＋丨＋——丨丨（句）＋—＋丨丨——（韵）

王昭君

明妃艳丽天姿质，选美当时误画工。
不是君王轻绝色，恐无宫女赛惊鸿。
相亲情化边沙雪，出塞姻联大汉风。
一曲琵琶千里月，茫茫花草揖娇红。

武则天

谁能字创明空曌？独数才人武媚娘。
隔俗尼姑尘外梦，超天胆略女中皇。
偶探政柄开周国，未遣江山断李唐。
绝代风流成一帝，须眉不让费思量。

育婴

怅然方遇残秋雨，街角谁人竟弃婴？
襁褓啼声心欲碎，蹒跚步履路难行。

寒中无助娇身颤，泪里能知爱意诚。
信是两缘今世系，咿呀学舌胜亲情。

中国梦

惊天一梦雄狮醒，崛起中华气宇张。
勇载神舟初揽月，威开航母又巡洋。
同心百姓争强盛，举国民生奔小康。
谁敢智昏侵犯我？定将利剑斩凶狼。

买官

抛钱可买官位坐，光耀门庭财路通。
万物随风身转北，千花舞岸面朝东。
低头鄙视荒凉草，仰脸高观富贵枫。
今日新桃开亮点，旧梅凋谢不如葱。

题与夏国振兄

相逢爱好聊无酒，义结兄时也是缘。
月兔行云如破浪，神龙降雨可滋田。
春风得意乾坤大，秋树休疑世态偏。
但使金樽东海水，人生酬愿共游船。

雄鹰

穿云落地腾翻势，迅猛乾坤气度生。
眼疾爪凶寻猎物，风驰雨击作汤羹。
曾闻东海神龟缚，有伴北溟鲲鸟行。
最是轻功游水底，擒鱼捉蟹世无争。

中國夢

驚天一夢雄獅醒，
崛起中華氣宇張。
勇載神州初攬月，
威開航母又巡洋。
同心百姓爭强盛，
舉國民生奔小康。
誰敢智昏侵犯我，
定將利劍斬兇狼。

癸卯年春日陳洪法書

觅诗

惊涛起兴情无限，释放雄姿笑杜鹃。
缭绕烟云宜入眼，流连客影可摩肩。
风流自古多花草，心愿如今广佛缘。
老汉贪婪嫌句少，浮光胜景觅佳篇。

心题

皤然鬓发何惆怅，使劲操劳实自伤。
老矣廉颇能饭肉，哀兮屈子诉衷肠。
尘中揖月心情注，伎外言诗意气扬。
住有草窝人性喜，心猿可怕起萧墙！

忆古论今

米公拜石成千古，我在攀岩也是颠。
落泊浮生凭执着，思潮绕梦有情缠。
盼来好事圆诗笔，觅得良机策马鞭。
莫道功名流水过，几回潇洒永流传。

寄陕北表舅

遥从陕北传书信，春去秋来离有年。
白草关前风雪度，丹枫日下火花鲜。
重重云隔人千里，厚厚情浓世一缘。
暮鼓无须敲得急，平安两字扎心田。

感叹

蔓藤田野缠何处？天地忧思总绕云。
碧玉曾经身上佩，香腮从此梦中闻。

夕阳西下愁离路，旭日东升幸识君。
昨别黄莺今到凤，循环祸福两边分。

白岳游历

天开云路金光灿，照亮平岩字刻留。
惬意仰观长寿壁，舒心俯视小兰舟。
山坡石畔清泉过，佛刹门前信众求。
但得重来寻白岳，一抛百事再优游。

景德镇行吟

瓷都打造优游地，金碧辉煌耀眼睛。
古镇千年天下识，高桥几座景中生。
出窑器皿姿形美，设计周全艺术精。
无愧人间赢盛誉，珍藏传世永留名。

冬游俄罗斯

俄罗斯国云天冷，游历高寒第一回。
漫对欧风身瑟瑟，乍临索契雪堆堆。
阳光不笑多阴雨，酒店有情常暖杯。
今日妻儿来电急，通宵梦寂缺人陪。

境里知

休提立意南洋闯，举步江湖人浩茫。
广袤烟寒能害病，艰难世态有凶狼。
徒然一梦先成业，历尽千辛也断肠。
老朽瞻前非顾后，平安但得跨濠梁。

老翁自聊

闲观壁角悬蛛网，捆缚蛾虫充肚饥。
每羡清风吹碧树，搜寻美景度佳期。
经商食宿掀波起，拼业家穷涉世疲。
老至有谁能共语？贤妻合枕一千诗。

外滩新赋

外滩见证层层浪，旧貌新颜惊世调。
漫步栏边闻燕语，停留岸上望江潮。
凌晨旭日升空美，傍晚霓虹饰物娇。
魅力无穷舒宇客，浦东艳丽景观邀。

男人

只因家困亲邻远，目睹豪门庭院深。
不信娘胎天智弱，却知日月暂时阴。
思谋蜕变男儿责，机遇施恩朋友心。
笨鸟勤飞终立业，后来居上赞诗吟。

换工之谜

非痴非笨投生路，炉灶新开火不红。
莫笑弱身无业绩，且看奇志搏苍穹。
佳人巧点朱颜粉，好马专营碧草丛。
成事在天机遇广，此山唤得那山风。

车过汤阴怀岳飞

车驰急速中原过，始对汤阴仰望尊。
记得贺兰酬壮士，曾经铁马荐忠魂。

外灘新賦

外灘見證層層浪，
舊貌新顏驚世調。
漫步欄邊聞燕語，
停留岸上望江潮。
凌晨旭日昇樓美，
傍晚霓虹兩岸嬌。
魅力無窮舒宇容，
浦東艷麗景觀邀。

癸卯年春日陳洪法書

江山失落偏南渡，父老悲哀折北辕。
劫数难逃奸佞害，一沉千古岳王冤。

暂闭几天疲惫眼

只需牢记南山诀，何必强求不死丹。
生命循环成妙趣，娘家往返任心观。
待人处处胸怀阔，遇事时时气度宽。
暂闭几天疲惫眼，翻身转体跨新栏。

鞭击人生

不须起早雄鸡唤，忙碌随时摸黑耕。
莫沮寻机常失落，偏欣觅石有声名。
读书万卷言无尽，行善千年信必成。
风物适宜宽眼界，天光结彩护前程。

谴责昆明火车站暴徒恐怖袭击

几声哭叫春城乱，恐怖街头百姓惊。
蒙面歹徒成兽性，降天特警变神兵。
乌云盖日冤魂失，热血牵情热泪盈。
十级狂风声讨猛，严惩恶霸保安平。

柴门咏叹

柴门何事深深闭，恐怕天光揭露财。
雪也懒惰雷不响，寒能盼日燕归来。
欲回妻问诗中意，还答心聊掌上杯。
等待小康温饱足，高楼美食锦衣裁。

石湖洞探幽

石门湖上光柔水，为使飘萍一叶舟。
雾霭泛波惊野鹭。晨曦抚柳隐琼楼。
寻仙未考龟长寿，得道难言洞里猴。
此是蓬莱疑梦境，逍遥快乐作神游。

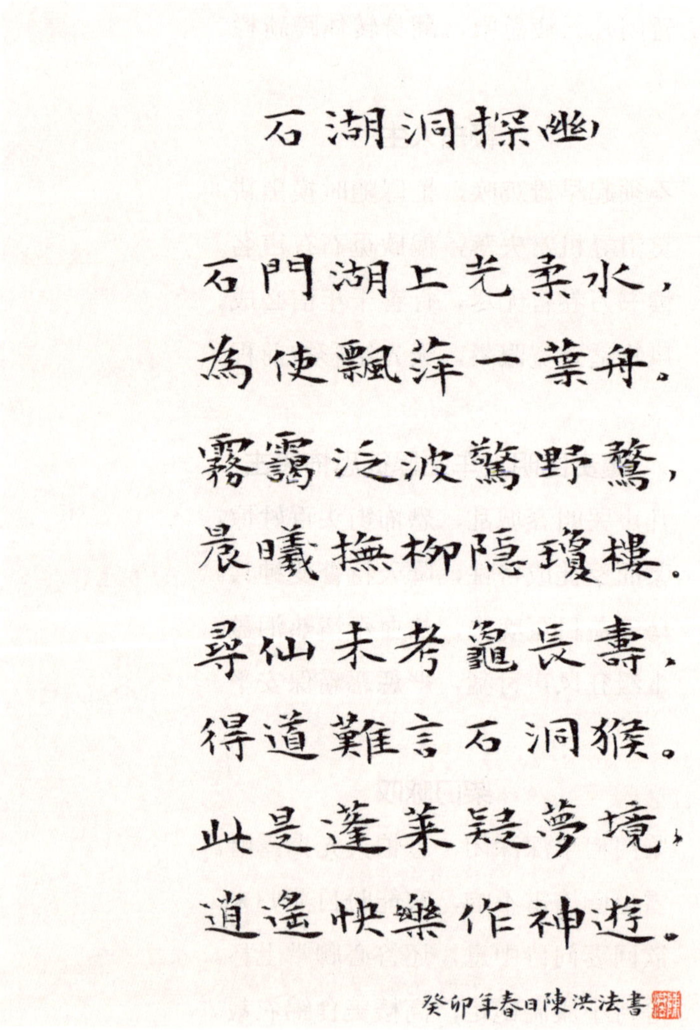

示例

格四

首句不入韵，仄声开头

＋｜＋——｜｜（句）＋—＋｜｜——（韵）
＋—＋｜——｜（句）＋｜＋—＋｜—（韵）
＋｜＋——｜｜（句）＋—＋｜｜——（韵）
＋—＋｜——｜（句）＋｜＋—＋｜—（韵）

野花

一踏河边观野草，人前挑逗眼眉斜。
无心随步三更晃，着意沉思六魄麻。
采撷忘归星月坠，恋迷欲醉绿枝遮。
幽香诱惑难招架，熬到深秋方返家。

祭妻

滚地车轮成杀器，无情灭顶血飞扬。
黄泉路上侬行急，白幛屏前我恸伤。
比翼时曾同织梦，持家日久总牵肠。
羁魂驾鹤飘摇去，感念重温夜梦香。

勘察之歌

夜枕沙丘天外阔，群星灰暗月光残。
情投草石愁滋味，口食霜风乐野餐。

鸟兽惊魂人不息，蛇虫搅梦觉难安。
地层深处淘奇宝，谁懂艰辛度苦酸？

恸母

天上散花飞冷雨，萱堂从此聚无机。
悲中涕泪呼慈母，膝下儿孙裹孝衣。
十里亲常伸挚手，八方邻每助温饥。
怀恩报答心尤碎，泣抚香棺入土归。

喜庆党的十九大召开

发射神舟天上梦，光明北斗耀云空。
议修宪法经群策，事涉民生正党风。
国力腾飞升火箭，宏图拓展放霓虹。
同携命运全人类，共享寰球路畅通。

墙头花

得意春风邀贵客，墙头高处看人家。
嗟无灵鹤腾天志，却像飞鸥倚浪花。
喜敬新朋三碗酒，重温旧梦六魂麻。
今朝既是仙枝到，明日华堂定结瓜。

笔绘浦东

饱蘸云霞挥巨笔，江山添绿海增泉。
曾邀世博千方客，又绘宏图百国天。
金贸冲霄成锦绣，明珠系月共婵娟。
中心闹市群楼立，高速交叉万里延。

喜慶黨的十九大召開

發射神舟天上夢，
光明北斗耀雲空。
議修憲法經群策，
事涉民生正黨風。
國力騰飛昇火箭，
宏圖發展放霓虹。
同攜命運全人類，
共享寰球路暢通。

癸卯年春日陳洪法書

征途

欲哭冰寒飘白絮，穷途立志气当昂。
人生有梦须流汗，岁月无情莫断肠。
放胆远征千里闯，烧心苦酒一杯尝。
经风沥雨艰中险，借得新潮载物忙。

龙井茶

自出西湖天下誉，浓醇堪比酒掀情。
梅家坞土培龙井，灵隐檀香诵佛声。
端静提神欣贵品，休闲悟道适恭行。
心源沥尽谁如我，最爱明前碧水清。

品茗

满树清香津液润，因贪新绿碧螺春。
揭开壶盖浓烟冒，品起琼浆精气伸。
初饮一杯三口味，相邀十里八乡邻。
人生彻悟知真谛，谈笑聊天胜酒醇。

同窗

昔日读书同学业，古稀不灭幼年狂。
东歪西倒三杯酒，阔论高谈九转肠。
少小无猜游课外，多时未见聚他乡。
相逢感喟人衰迈，手摸鬓毛都染霜。

古稀

碧落黄泉能怎奈？面临老境在窗前。
秋空有待腾仙鹤，灵耳无端听杜鹃。

醒夜频频飞往事，行山叠叠泣寒蝉。
凋零草木还犹发，度得光阴渐减天。

风水转

白露降霜寒意绕，怦然景色渐萧条。
林中草木当青绿，朝夕风烟须雨浇。
非是苍天时节改，只因科技气温调。
世间贫富酬勤转，冬冷秋凉夏火烧。

隐翁

莫道沽名情未尽，归林倦鸟乐无穷。
休闲露脸行江口，消趣耕田沐野风。
交际倾杯茶酒合，谈诗论剑语言同。
秋光得力追尘履，裹满仙霞御隐翁。

叹人生

未见枫衰冬已尽，飘摇柳絮舞云鸿。
江山不朽和天共，鸡鸭卑微与草同。
黑白阴阳分各色，循环日夜倒时空。
神仙秘诀谁能得？彭祖延年也寿终。

解读西游神话

佛法无边天地震，迷蒙世界起纷争。
妖魔静待神猴伏，圣德还随赤胆赢。
妙境灵山风雨阻，漫行险地虎狼迎。
师徒决意真经取，得道还原福众生。

花甲解懷

歲月長河潮不返，
欣逢甲子一輪來。
此生無悔詩和石，
大業難違喜與哀。
已預身心疏宴酒，
曾觀世俗重錢財。
天時不薄添磚瓦，
余力猶能搏幾回。

癸卯年春日陳洪法書

寺前老树

八百年参天古树，凌霄气宇显威仪。
迎来信众三门立，拦阻风尘五味知。
世界辉煌观态势，梵音和悦护枝时。
香烟受尽身姿美，守寺忠诚善德为。

偶观少林寺练武

五乳峰前多壮气，庄严僧馆出豪雄。
时从梁晋成名地，代自隋唐习武风。
力猛身强敲石碎，棍长刀利击魔终！
男儿有志禅林事，正义安民勤练功。

花甲解怀

岁月长河潮不返，欣逢甲子一轮来。
此生无悔诗和石，大业难违喜与哀。
已预身心疏宴酒，曾观世俗重钱财。
天时太薄添砖瓦，余力犹能搏几回。

南京大屠杀血祭

警报哀鸣人众泣，曾经国辱血浆流。
无辜杀戮屠城耻，广袤侵凌结世仇。
华夏狮威雄胆气，金陵日祭怵心头。
醒来噩梦同声讨，恨不挥鞭鬼子抽。

读鲁迅偶得

民族之魂夸铁骨，笔锋锐利胜刀枪。
家园杀戮平安失，世道忧愁黑暗长。

步莫彷徨行狭路，声随呐喊著文章。
从来未怕风和雨，感化苍天出曙光。

读史偶得

涉世红尘寒暖晓，奔忙倦客转头空。
开花结果苍天意，送菊迎梅大地功。
万物回春夸景气，一程逆水赞征鸿。
炎凉历尽沧桑路，霜叠枯枝又咽风。

洞庭西山晚照

万顷湖光归落照，钱财成叠世间空。
渔歌梦断怀吴史，秋月烟稀念石公。
林屋洞箫诗里咏，鸡笼梅雪岛前冲。
今来只跨长桥水，云彩飘摇画卷中。

五经鉴道行

莫怨无成疏国学，五经苦读总消磨。
春风不顾儒家事，恒古非关文理科。
仁义操行君子几，贤能格调俗人多。
观书知悟明于道，鉴以平生自律何？

鸟登山

幼鸟登山怀壮志，雄关险壁洞门开。
无边困苦萧萧过，不尽甘甜悄悄来。
万丈青峰迎贵客，千秋功业筑高台。
扫除迷雾光华透，脱去风衣锦瑟回。

洞庭西山晚照

萬頃湖光歸落照，
钱财成叠世間空。
漁歌夢斷懷吴史，
秋月煙稀念石公。
林月洞簫詩裏詠，
雞籠梅雪島萇衡。
今来只跨長橋水，
雲彩緊隨畫卷中。

癸卯年春日陳洪法書

有感同胞相争

自古奇冤箕煮豆，家园祸起斗锋芒。
披荆斩棘征兵马，浴血挥旗出井冈。
万里乾坤拼意志，千年抱负战疆场。
而今兄弟求和好，同结一心赢列强。

湖上鸳鸯谱

别样游湖舒美景，男欢女乐笑盈盈。
雷声隐隐还携雨，柳絮依依自煽情。
耳纳江流波浪响，曲随风转世间鸣。
忽然水涌鸳鸯语，贴近荷花听几声。

长律

五律和七律在八句以上统称为长律（不包括八句），长律的平仄、押韵及对仗等格律要求均相同于五律与七律，唯一不同的是，长律要求除了首尾各两句无须对仗外，其余的中间句都必须两句一对仗。总之，诗写得越长，对仗句也越多，以此类推。长律不能以单句结束，一律逢双句收尾。

长律的定格可参考五律和七律，八句以上者根据律诗格式顺延类推，在这里不再明示定格标记。

示例

小　草

江山披绿袍，原野涌波涛。
掌叶包天地，豆心围李桃。
春风磨利剑，泥石炼尖刀。
六伏阳光烤，九寒冰雪遭。
平凡无显贵，诚实不攀高。
雨润新苏醒，雷鸣励志豪。

仙草咏叹

拂尘景里颠，出俗沐清泉。
放眼阳光艳，品尝滋味鲜。
烟云天地盖，泥水足根连。
蝶戏含羞草，鱼欢并蒂莲。
迎风规有序，见客礼躬先。
起伏苍穹里，飘摇广袤前。
花香闻鸟语，月影拨琴弦。
震耳惊雷响，高吟无数篇。

记儿时往事

漫忆崇明岛，儿时记得全。
青苗泥水泡，黄土雪霜煎。
懒鸟枝中躲，倦牛沟里牵。
三餐常少吃，一宿总无眠。
上学书摊桌，下田肥背肩。
添柴炉火旺，挑担腿腰坚。
跑海擒鱼去，飞梭织网编。

仙草詠歎

佛塵雲裏顛，出俗靠清泉。
色彩青紅艷，精華味道鮮。
煙雲頂上蓋，泥水足根連。
蝶愛含羞草，魚歡并蒂蓮。
迎風規有序，見客禮躬先。
起伏蒼穹裏，飄搖廣袤前。
花香隨鳥語，月影撥琴弦。
震耳驚雷響，高吟仙草篇。

癸卯年春日陳洪法書

記兒時往事

漫憶崇明島，兒時記得全。
青苗泥水泡，黄土烈焰煎。
懶鳥枝頭躲，倦牛溝裏牽。
三餐常缺食，一宿總無眠。
上學書攤桌，收鐮粮背肩。
添柴爐火旺，挑擔腿腰堅。
跑海擒魚去，飛梭織網編。
房檐掏鴿蛋，河岸折蘆船。
鼠鬧通宵趕，蚊叮滿帳顛。
墻頭穿壁洞，屋頂漏星天。
錦食勤中換，華堂錢裏遷。
夕陽余熱在，老嘴笑山巔。

癸卯年春日陳洪法書

房檐掏鸽蛋，河岸折芦船。
鼠闹通宵赶，蚊叮满帐颠。
墙头穿壁洞，屋顶漏星天。
锦食勤劳换，华堂钱币迁。
夕阳余热在，老嘴笑山巅。

十韵钱国梁上将

漫长岁月惊天梦，戎马生涯屡建功。
少壮出征当勇士，退休搭舍作田翁。
沙场奋战擒穷寇，荒漠点兵揪毒熊。
昂首江山成典范，投身革命是英雄。
多观商界皆图利，独数将军未屈躬。
触摸旧伤思往事，缅怀先烈慕高风。
蓄将白发垂青史，记取红心耀碧空。
但盼东洋波浪息，且听南海炮声隆。
摩拳擦掌枪开靶，拍案扬眉箭上弓。
铁剑钢刀还不锈，情关家国夕阳红。

吴刚自酿新年酒

人凄冠状草悲虫，万丈高峰失绿红。
锦绣江山寒气逼，繁荣景象雪珠攻。
鱼虾沉底痴呆里，鸡鸭离窝涉险中。
黄土归魂埋俗骨，青烟带血化霞虹。
生灵浴火逢阳疾，岁月航程遇鬼风。
微信传闻虚说实，专家评语假言忠。
放开瘟疫追身得，封闭民声震耳聋。

四海收容云外雨，五洲告别病间翁。
虎狼合伙成财阀，猫鼠联盟结股东。
商贩有门钱袋鼓，贫孤缺食腹囊空。
庄周梦蝶心思动，洪法吟诗智慧通。
未见长霄雷电闪，却听远寺梵音宏。
良方秘诀星球降，车马银河桥岸冲。
疗毒华佗施妙术，射魔后羿挽强弓。
牛郎织女筹医所，玉兔姮娥搭药篷。
太乙挥尘肝肺护，老君携罐寿丹供。
九天侠士称豪杰，八洞神仙作义雄。
欲问灾难何日止？恰经除夕暂无终。
吴刚酿造新年酒，宴席邀宾松鹤宫。
唾沫纷飞喷咳响，手端茶水雾朦胧。

古体诗

古体诗更早于律诗，也称古风。它除了押韵之外，无须受到格律的束缚。古风的句式有字数相同整齐的，也有字数不等的长短句，句式字数整齐的有三字、四字、五字、六字、七字、八字、九字等，还有九字以上的长句，长短句不受字数和句式的限制。古体诗虽无平仄要求，但尽量做到阴阳平衡，平仄参差，这样读起来朗朗上口，听起来声调起伏。古风不但可以押平声韵，也可以押仄声韵或平仄韵交叉转换，用韵有一韵到底的，也有一首长诗换许多个韵的。平声韵可以转换仄声韵，仄声韵也可以转换平声韵，出笔自由，长短不论，交叉活用，随意切换，一切根据诗意的需要而定。古风用韵按规定逢双句押韵，首句可押韵也可不押韵，但换韵后的第一句最好能押后面的韵。总之，这是一种半自由体的诗。

示例

寺桃

红雨飘山寺，禅钟传情意。
香火催桃熟，醍醐蜜汁赐。

蔷薇

院外香撩人，可观不可戏。
蔓延艳丽争，须防温柔刺。

渔夫

行舟赶夜人，竹篙水中搅。
疑我孙大圣，龙王献水宝。

实践出真知

未在水中颠，不识浪滔天。
不食螃蟹肉，怎知味道鲜？

鸿雁

大展鸿雁翼，芦花舞动时。
风雨循环里，转身苦谁知？

数星空

月亮全身裸，怕是粘上我。
通宵数星空，总是少一颗。
不知躲何方？落在我身旁。

姥爷逗娃

姥爷逗孙娃，摇篮绿色遮。

哭来群星灿，晃没满天霞。
烟雾迷岸堤，眼雨开沟溪。
擦脸仿猫爪，望林学鸟啼。
汪汪守门狗，喔喔报晓鸡。
跨步牛推磨，跑调唱怪歌。
折枝花频点，端盆敲响锣。
嘻哈俯身妙，抬头咔嚓笑。

出墙红杏

红杏墙头高过栏，可供燕鸟进窝欢。
春风一拂心潮动，众生欲动世态观。
忽见迎风红影闪，蜂欢蝶拥令人叹。

伤悲

逆境不饮伤悲酒，天机莫测当忍受。
霜剑风刀磨砺时，云安霞慰平川走。

燕子采春

枝头落梅春里尽，昨夜雨洗头。
筑巢燕子空悲泣，拌泥泪水流。
忽见隔溪牡丹好，两眼抛绣球。
腾空而起连声叫，翅膀泛飞舟。

调笑行

茅草田野金钻藏，风磨雨洗脱泥装。
真身显示惊天地，万众瞩目闪光芒。
丈夫四十刚立马，神龙惊醒出穷乡。

大江南北交义士，华丽转身别穷荒。
赈灾行善誉申城，品石吟风史留名。
花开盛世人间好，夫妻恩爱朝夕笑。
此诗不作闲话聊，愿盼长吟千年调。
前行响遍时代风，马前甘当嘴边料。

怀秋心曲

西风不约惊秋早，绿叶姣容方过老。
过境飞鸿几留声，闯滩越浪隔岸叫。

楼顶俯眺

阳光灿烂视野宽，柔风拂面不觉寒。
燕子徘徊无落处，楼前转翅去何滩？

相思

佳人闺阁临南浦，天空行雁结成伍。
缕缕轻烟上云层，叠叠相思下丝雨。
倚栏抚笛心气浮，一片深情寄春秋。
入夜无眠扶孤枕，透帘明月眉眼柔。

题老身余光

古稀不服老？谁不追祖先。
身瘦食频减，发白头再添。
迈步身晃动，精力不如前。
黄土似半埋，阅人如过川。
功名皆享矣，业绩已超前。
莫管夕阳老，人生待续篇。

初恋之夜

怦动秋意深，纵观月秀色。
情窦正初开，郎君喉咙塞。
心海涌潮流，眼容万里宇。
并肩双手牵，把握春光驭。

狂夫

眼光射北斗，气冲明月斜。
脱贫性格旺，行海闯天涯。
筋脉通碧树，热血铸琼花。
栽种朝阳里，收果揽晚霞。

梅花吟

冰融早春归，瑶华白雪围。
日出迎红粉，入夜贴冰肌。
有缘慕春华，高眼怜谁家？
偏随诗人说，傲骨没虚夸。
含笑韶光合，随风落红霞。

樵夫

深山忘岁月，隐树转攀石。
砍伐觅枯枝，上坡涉蹊陌。
行踪见朝暾，归途见晚夕。
扁担颠簸里，猫犬迎草宅。

年关雨

闷郁何失落？连日暗云空。

梅花吟

冰融早春歸，瑶華白雪依。
日出迎紅粉，蠶蟲啃桑肥。
有緣慕百花，高眼憐誰家。
偏隨詩人説，傲骨没虛夸。
夢與韶光合，隔空攬煙霞。

寄無兒老人

誰道無兒似孤老，
幸生小女貼心好。
只乞殘年度平安，
朝陽床前百歲照。
老樹開花也艷紅，
休愁過冬無芳草。

癸卯年春日陳洪法書

寒天总无度，云沉夹阴风。
气象先预报，年关道苦衷。
飞雪前程阻，归燕路难通。

祭母

长恸自难消，缅怀泪流迹。
秋深寒意重，添衣护心魄。
院前草铺霜，枝头鸟泣凉。
慈母别念我，今朝我上香。

街口送友

汽笛催鸣街口送，今日知交返闵行。
但得有梦怀揣走，揖把相思留草堂。

寄无儿老人

谁道无儿似孤老？幸生小女贴心好。
只乞残年度平安，朝阳床前百岁照。
老梅开花也艳红，莫愁冬过无芳草。

蟾蜍送宝（品石诗）

天鹅妒蟾蜍，生来自有福。
龙颔掉铜丸，张嘴接神速。
事遥不记年，迢迢过水陆。
衔宝费辛劳，功遂方匍匐。
呱呱问世人，谁能得此肉？
求财莫心贪，勤奋好运作。
收获在良机，错失空忙碌。

恩赐我若惊，余辉射堂屋。

巴儿狗化石（品石诗）

惯见人间宠，贵仰天上凤。
自诩锦毛生，腿短不常动。
绕脚得人欢，巴结功夫重。
同豢不类群，妒忌汪汪众。
今生福有余，转世图享用。
天意未从心，轮回遭噩梦。
但求昔日姿，如玉任摩捧。

闲话燕子

灵敏朝夕舞，心气特平和。
结草腾田野，衔泥过岸河。
企求春风度，困惑秋雨多。
清晨出远路，傍晚归草窝。
潮流易适应，意气未蹉跎。
广漠留足迹，辛劳逐山坡。
搏击勤修炼，低调每掠波。
声鸣似童话，香风一曲歌。

慕松

天地集灵光，傲世寿龄长。
模仿杨柳树，根扎深土强。
时空年轮计，胸阔纳天际。
松柏四季青，鹤翅万年系。
苍天不偏谁，自主度安危。

天帝非主宰，历练搏天时。
身处夕阳下，直爽更尊仪。

儿时一段歌

穷窘远近知，家境感时卑。
有梦心胸大，无路也行思。
屋破曾避寺，意乱皱愁眉。
江湖掀起浪，求变撒网时。
弯腰喝河水，饱肚糠充饥。
油灯照夜幕，翻书伴月移。
机遇人初揭，奋发未迟疑。
风潮连广宇，勤劳补根基。
苍天怜穷汉，流年从不欺。
夕阳擦老泪，动情赋歌词。
年衰心未老，人依松柏枝。

偶值乡庙一瞥

溪边傍小庙，虔诚佛光照。
侧耳若无声，定睛多奇妙。
人潮接龙来，信众知多少？
卜卦前后事，分明把鱼钓。
夹随沼泽中，时听收网调。
曾信吉祥物，中奖魂魄掉。
拈点香火钱，转身进寺庙。
奈何拜谒诚，投币佛面笑。

返乡旧吟稿

原是本乡人，何而成异客？
少年旧田园，重回踏野陌。
春辞落桃花，夏初收田麦。
感念顿时生，诗缘慰心藉。
归鸟正叽喳，栖枝三五只。
忽觉肠胃空，致富当良策。

漫步谣

行事见仁慈，荣枯凭天造。
世道叹漫长，机缘嗟来巧。
风雨伞来遮，路烂防滑倒。
生前死后名，秋来变衰草。
投胎无性随，自私已载道。
知人必知心，交友须识宝。
红尘雾纷纷，贪婪仿自焚。
遇事讲原则，致富当耕耘。

事说兄弟

前世兄弟谁？闲来常有思。
父母牵手足，亲情血缘随。
老人驾鹤去，藤瓜自分离。
儿女抚养大，心中各怀私。
红脸争利急，白眼两相持。
让枣推梨义，古人本性慈。

独吞家产罢，刨根砍断枝。
兄肥弟瘦事，援助成白痴。
此事非虚构，唯独自身知。

海鸥

天水一遨游，孤身必辛苦。
礁浪溅流星，海风助飞羽。
闪电孕惊雷，忽来连天雨。
觅食能力强，苍天定命数。
枝头必开花，摘果方归府。
生命价值高，成功弱者抚。

野游

需求品位高，采多非奢侈。
驱车是野游，绕山驰百里。
闯过一石崖，盘曲两峰峙。
岚谷多蘑菇，赶尝鲜枣子。
硕果皆挂树，酸甜适啖齿。
草茵腹知饥，野饕烹如此。
来时步轻松，归去身疲累。
几回度秋情，最数今朝美。

春风拂意应尽欢

君可听见霹雳声声令人惊，天河地江连成营。
君可看到沧桑累累熬风骨，青丝铺雪白头迎。
君可知道人生知足心态好，黄莺出谷响脆声。

生生相克矛与盾，历历在目败与成。
蔷薇花开红百日，秋草跌落泪晶莹。
亿万货币谁携带？野火烧灰风里行。
常动脑，不会痴。
长流水，慈善施。
弹唱逍遥曲，笑口常开绽莲枝。
追风马，闪电驰。
潇洒过一世，作赋吟诗。
五花肉，尽管吃，不怕肥胖每天食。
呼儿买来将军酒，随身携带常漱口。
浅水一条小鲤鱼，几跃龙门功名首。
当年穷困抓把泥，被人羞辱自不提。
鸡棚出凤能有几？时来运转高声啼。

蹉跎

笑我穷者，小人之心难长久。
盼我成者，善良之人我敬酒。
沧桑岁月，粘霜飘雪成白发。
人生在世别荒芜，蓬莱仙境落江湖。
别笑黄雀窝小溪，跃过天门九霄低。
迷恋美梦何必真，平步青云才是神。
别说风水帮富人，永不言败创绝伦。
谁说快刀断水不再流？谁说苦酒入口愁上愁？
望见富人当官楼上楼，更信穷人登天更是牛。
风里煎，浪里颠。
一眨眼，我的小舟独领先。

一动脑，我的意识已超前。

酒神花仙

风中正飞雨，泻地滋花仙。
好景须水洗，浇灌色彩鲜。
茅台张口杯底空，嫦娥投影两颊红。
夜半明月偷窥我，银线入图绣酒中。
思潮不息赋诗篇，解醉还须望婵娟。
人生该乐须尽乐，莫待秋后无力颠。
梦里佳人怀里抱，吟风达意美景造。
一松一紧拂春风，翻云覆雨未觉老。

登楼杂咏

登楼凌天顶，美景入眼中。
信鸽丰羽翼，如今已出笼。
塘边蛙鼓唱，有惊跳草丛。
鞭击牛耕地，放羊见牧童。
施恩当图报，蓄志效征鸿。
勤练龙门跳，跃过凭真功。
荒谷长枯草，原野披雪绒。
阳光除烟雾，爆绿护苍穹。
发芽凭润雨，护国靠强弓。
不怕西天黑，只唱东方红。
有迷外国货，乱信东洋疯。
众相各人异，心脏生不同。
家国待清洗，江山揪蛀虫。

百花消灾艳，万物披彩虹。
世道朝夕变，华夏渐渐葱。
幼苗勤培育，栋梁耸长空。
雁鸟叽喳叫，海陆车船通。
大地辉煌里，时代出英雄。
欣然觅佳句，畅望感无穷。

心雨

朝望秋霜冷，夜看北山寒。
乱云迷心态，弦断琴空弹。
郎君隐何角？平时可娱乐？
瞬间现奇观，妻儿进迷觉。
归乡似箭盼假期，心乱如麻理也悲。
近水鸳鸯患难共，高空明月正相思。
朱颜调匀又沾露，妆台自语对谁诉？
杯酒难消心里愁，寒风刺激满眼雾。
隔空情侣隔空弦，夫妻酷似鹊桥仙。
凌晨山野阴有雨，前院梧桐又流泉。

南汇桃花吟

江南三月当问柳，何处桃花正燃期？
城外轻辙芳尘路，芳香豁然八面姿。
千姿秾柯迷日映，万顷平林绯云披。
慕绿眸前神陶醉，怡红陌里意相随。
桃花堪怜也堪赋，风骚雅韵几多遗。
花蹊氤氲花溪楫，怦然心动武陵陂。

红颜美腮千载事，我也寻春笑谈诗。
落英寻常徒伤感，此生怕吟葬花辞。
折枝脉脉眼前视，情债一炬泪纷垂。
天上仙桃酡颜熟，世间蜜汁内心滋。
雷惊梅朵冷香透，春阁佳人小窗移。
姝丽唯恐凋零急，容妆顿觉夭灼迟。
忍对萼残风雨逼，一朝茎断果离枝。
勤耕育成花叶茂，燕子降临忘情痴。
目睹群芳天地饰，彩霞紫雾艳春时。

重阳

踏岸人忧伤，小河翻愁水。
随风望远方，翻滚潮不止。
烟雾迷蒙浪花弹，夜来降温几度寒。
吴刚遥空美酒敬，嫦娥云霄连声叹。
八旬爹娘可平安？辛苦贤妻把茶端。
胸中涌动思情水，魂跨远天九重栏。
窗前梦约秋夜月，同心洒落合枕发。
高墙拒纳外来枝，细雨常敲别界越。
忽听喜鹊枝头叫，恰似多情含露草。

邻家来了巧姑

邻家巧姑嫁穷儿，今朝过门众惊之。
香腮柳腰过街市，落雁沉鱼靓美姿。
为情不管贫与富，恩爱只是肚里知。
香车宝马皆空物，暖衣饱食勤操持。

重陽

踏岸人憂傷，小河翻愁水。
隨潮望遠方，飜滾浪不止。
煙霧迷濛浪花彈，夜来降温幾度寒。
吳剛一杯美酒敬，嫦娥九霄連聲歎。
八旬爹娘可平安，辛苦賢妻把茶端。
潮中情涌人心念，遠天視綫雲霧攔。
他鄉夢見三更月，共枕兩頭合鬢髮，
高墻拒納外来枝，細雨常敲別界越。
忽聽喜鵲枝頭叫，恰似多情含露草。

癸卯年春日陳洪法書

独特天智心眼好，农活家务有作为。
小村亲朋同夸奖，上世修来并蒂枝。
家境三年穷貌改，祖孙一堂众羡时。
可怜旧俗盛当今，论婚结缘只认金。
隔山隔水凤飞到，登上枝头唱佳音。
时代新风吹进门，一方唱罢万人吟。

此生

鸿田村外小径斜，荒草野田盐夹沙。
春来冬去迎候鸟，江风海气傍人家。
自降人间居陋室，幼小冷暖破衣遮。
灶火闪烁翻书本，窗月照明写字娃。
弱身帮家滚爬跌，奋斗甘冒风雨雪。
回顾那年洪水漫，屋漏偏逢泥墙裂。
难耐署溽息梧桐，叮嘘蚊蝇也欺穷。
夜半冻醒常无眠，草糠填胃苦少年。
勤俭持家为生存，望子成龙父心切。
历经十年浩劫度，天赐良机迷茫揭。
闯荡江湖搏浪坚，从来人生优汰劣。
潮中时遇旋涡奇，闯荡总遇运高低。
马蹄声声悦耳脆，沿途直奔夕阳西。
积德行善感苍天，赈灾扶贫德非薄。
忽发奇想玉石寻，踏山探水涉沙漠。
雕言琢句作剑磨，风骚天下出名手。
桑榆未晚彩云飞，腰包已满何求有。
已泣梅花恶风摧，但伴牡丹长相守。

大梦三千人无恙，因之耿耿常回首。
衣锦还乡锣鼓声，不负曾经背水行。
试看柴棚出娇子，风波一棹慰此生。

大自然轮回诗

飘摇桑叶雨，萧条风摘花。
恶极秋霜逼，落日寒云遮。
枯叶枝头别，无奈落天涯。
闪电怨雷公，潮落恨龙宫。
绿色树开花，但求果实红。
拂晓雄鸡叫，忙碌日出东。
夕阳未下山，伸手折花颜。
日月颠翻急，今去明又还。
后浪推前浪，到时该换班。
夜来好逐波，鸳鸯戏小河。
不饮孤单酒，沉醉唱情歌。
美景胜从前，携手共婵娟。

相思

江河有浪潮不平，白帆鼓气逆流行。
远方目标千万里，明月当空照前程。
沿途辗转避礁石，海鸥穿波任纵横。
夜来降露衣服湿，惊动深水鱼儿惊。
春潮涌动急匆匆，大雁喜盼朝霞红。
航船逐浪海中抱，滴露迷野眼朦胧。
心河涌动心里愁，一年四季不停流。

昨夜梦语无唤回，藏身少女拒出台。
吴刚相思觉难醒，嫦娥影没又自来。
明月巡天又院空，又到凌晨日出东。
何不请来喝一盅，与我交杯女儿红。
闻得飘送稻花香，隐约岸边桂花黄。
清风扑鼻海鲜味，天地梳妆灿烂光。
秋蝉乐观唱天涯，今年丰收又到家？
梦中相依醒来别，思君眼涌宝石花。
长河急浪返归途，明月倒钩挂树杈。
灵燕奋勇跃高山，俯冲弄潮几循环。
潮中有志倚风浪，满载船舱载誉还。

白头吟

风寒霜冷菊花黄，脱落黄叶满地扬。
景色凄凉暗灰色，杨柳可怜摇草塘。
空中游蝶结成营，风雨常阻翅难行。
朝夕觅食人禽事，轮到金蝉不断鸣。
昨日风光难挽挽，夜半梧桐泪盈盈。
临暮愁绪古到今，最是白头不堪吟。
江南塞北天无异，美景谁不永倾心？
不信凡物同天老，总把青春惜如金。
枯木逢春又复苏，人额难填车轮深。
无奈时空连续雨，莫怕风雪天消沉。
老天眷顾苍生苦，转过山弯见绿林。
仰望蜡梅勤散步，有限岁月常抚琴。
隔岸山隅又一村，喝茶饮酒流水音。

江船邂逅

邂逅江上船，交友共聊天。
扑浪溅衣襟，到床身子颠。
饮酒须量力，论经知圣贤。
春梦心潮动，谈诗夜无眠。
临别连连问，何时续新篇。

呆头鹅

昨夜梦银河，沐浴见嫦娥。
为何不戏水，怕是呆头鹅。

农民

挥去寒空雨，除草禾下土。
度日温饱中，汗珠米粒数。

重逢

别离三十载，花甲两相逢。
一见疑花眼，竟是老顽童！

问路遥

父母拉着孩子走，问声书店何处有。
此去步行百步时，路口南转傍街右。
大人举步无谢言，忽听童言吐出口。
谢谢爷爷路指明，老叟含笑三挥手。

春风美意

吹箫秋夜月，抚琴蝶恋花。

无须金钱雨，只要闪光华。

浩浩霜满天，依依接情弦。

南山脚下仙鹤寿，青松岭上万年牵。

试制娘衣

母亲身上衣，女儿精心制。

针线歪歪缝，娘手再三示。

母口笑开颜，女大接娘事。

眺望太湖烟波以吟西施

浩瀚烟波动，萦绕一段史。

才别苎萝山，又泛太湖水。

越溪引妖娆，吴宫宠娇美。

捧心自蹙眉，效颦人笑指。

祸水引太湖，浣巾伴主诚。

遍地狼烟起，吴越起纷争。

元气失江山，霸主痛自毁。

人事久传神，行事合情理。

一驾五湖舟，演绎浪名起。

故事延盛世，年遥犹贯耳。

眺望太湖吟西施

浩瀚烟波動，縈繞一段史。
才别苎蘿山，又泛太湖水。
越溪引妖娆，吴宫寵嬌美。
捧心自蹙眉，效果人笑指。
禍水太湖清，浣巾伴主誠。
遍地狼烟起，禍水起紛争。
元氣失江山，霸主痛自毁。
人事久傳神，行事合情理。
一駕五湖舟，演繹浪名起。
故事延盛世，年遥猶貫耳。

癸卯年春日陳洪法書

诗韵举要

（一）上平声

【一东】东同童僮铜桐峒筒瞳中（中间）衷忠虫冲终忡崇嵩（崧）戎狨弓躬宫融雄熊穹穷冯风枫丰酆充隆空（空虚）公功工攻蒙濛朦幪笼（名词，董韵同，又动词，独用）胧聋栊龐昽洪红虹鸿丛翁忽葱聪骢通棕蓬

【二冬】冬彤农宗锺钟龙舂松衝容溶庸蓉封胸凶汹兇匈雍（和也）浓重（重复，层）从（随从、顺从）逢缝（缝纫）峰锋丰蜂烽纵（纵横）踪茸邛筇慵恭供（供给）

【三江】江缸窗邦降（降伏）双泷庞舡撞（绛韵同）

【四支】支枝移为（施为）垂吹（吹嘘）陂碑奇宜仪皮儿离施知驰池规危夷师姿迟龟眉悲之芝时诗棋旗辞词期祠基疑姬丝司葵医帷思（动词）滋持随痴维卮螭麾墀弥慈遗（遗失）肌脂雌披嬉尸狸炊湄篱兹差（参差）疲茨卑亏蕤骑（跨马）歧岐谁斯私窥熙欺疵赀羁彝髭颐资糜饥衰锥姨夔祇涯（佳麻韵同）伊追缁箕治（治理，动词）尼而推（灰韵同）縻绥羲羸其淇麒祁崎骐锤羅罹漓鹂璃骊猕罴貔仳琵枇尸鳷栀匙蚩篪絺鸱踟嗤隋虽睢咨淄鹚瓷萎惟唯厮澌缌逶迤贻裨庳丕嵋郿劙蠡（瓠勺，齐韵同）氂痍猗椅（音

漪，木名）

【五微】微薇晖辉徽挥韦围帏违闱霏菲（芳菲）妃飞非扉肥威祈旂畿机几（微也，如见几）稀希衣（衣服）依归苇饥矶欷

【六鱼】鱼渔初书舒居裾车（麻韵同）渠余予（我也）誉（动词）舆馀胥狙耡（钼、锄）疏（疏密）疎（同疏）蔬梳虚嘘徐猪闾庐驴诸除如墟於畲淤妤玙蜍储苴菹沮龃龉据（拮据）鶋蕖歔茹（茅茹）洳摅榈

【七虞】虞愚娱隅刍无芜巫于衢儒濡襦须株蛛诛殊铢瑜榆愉谀腴区驱躯朱珠趋扶凫雏敷夫肤纡输枢厨俱驹模谟蒲胡湖瑚乎壶狐弧孤辜姑菰徒途涂荼图屠奴吾梧吴租卢鲈炉芦苏乌汙（汙秽）枯粗都茱侏徂樗蹰拘劬岖鸜芙苻符鄜桴俘须臾繻吁滹瓠蝴糊鄠醐鹕呼沽酤泸舻轳鸬驽孥逋匍匍铺殳酥菟洿诬呜鼯逾（踰）禺萸竽雩渝貐揄瞿

【八齐】齐黎藜犁梨妻（夫妻）萋凄悽堤隄低题提蹄啼鸡稽兮倪霓（蜺）西栖犀嘶梯鼙齑赍迷泥（泥土）溪圭闺携畦嵇跻鸡鷖脐奚醯蹊鼙蠡（支韵同）醍鹈珪暌

【九佳】佳＊街鞋牌柴钗差（差使）崖涯＊（支麻韵同）偕阶皆谐骸排乖怀淮槐（灰韵同）豺侪埋霾斋娲＊蜗＊蛙＊

（有＊号的字，词韵属第十部；其余属第五部。）

【十灰】灰恢魁隈回徘（音裴）徊（音回）槐（音回，佳韵同）梅枚媒煤雷罍隤（颓）催摧堆陪杯醅嵬推（支韵同）诙胎陨诙裴培崔纔＊开＊哀＊埃＊臺＊苔＊该＊才＊材＊财＊裁＊来＊莱＊栽＊哉＊灾＊猜＊孩＊騋＊腮＊

（有＊号的字，词韵属第五部；其余属第三部。）

【十一真】真因茵辛新薪晨辰臣人仁神亲申身宾滨邻鳞麟珍瞋尘陈春津秦频蘋颦银垠筠巾困民岷贫蓴淳醇纯唇伦纶轮沦匀旬巡驯钧均榛遵循甄宸郴椿鹑嶙辚磷驎泯（轸韵同）缗邠嚬诜駪呻伸绅湑寅夤姻荀询郇峋氤恂逡嫔皴

【十二文】文闻纹蚊雲分（分离）纷芬焚坟群裙君军勤斤筋勋熏曛醺云芹欣芸耘沄氲殷汶阌氛濆汾

【十三元】元＊原＊源＊鼋＊園＊猿＊垣＊烦＊蕃＊樊＊暄＊萱＊喧＊冤＊言＊轩＊藩＊魂袁＊沅＊援＊辕＊番＊繁＊翻＊幡＊璠＊壎＊（埙）骞＊鸳＊蜿＊浑温孙门尊樽（罇）存敦蹲暾豚村屯盆奔论（动词）昏痕根恩吞荪扪

（有＊号的字，词韵属第七部；其余属第六部。）

【十四寒】寒韩翰（羽翮）丹单安鞍难（艰难）餐檀壇滩弹残干肝竿乾（乾湿）阑栏澜兰看（翰韵同）丸完桓纨端湍酸团攒官棺观（观看）冠（衣冠）鸾銮峦欢（驩）宽盘蟠漫（水大貌）叹（翰韵同）邯郸摊玕拦磻珊狻

【十五删】删潸关弯湾还环鬟寰班斑蛮颜姦（奸）攀顽山閒艰闲间（中间）悭患（谏韵同）孱潺

（二）下平声

【一先】先前千阡笺天坚肩贤絃弦烟燕（国名）莲怜田填年颠巅牵妍眠渊涓边编悬泉迁仙鲜（新鲜）钱煎然延筵毡羶蝉缠连联篇偏扁（扁舟）绵全宣镌穿川缘鸢捐旋（回旋）娟船涎鞭铨专圆员乾（乾坤）虔愆权拳椽传（传授）焉鞯褰搴汧鬈铅舷跹鹃蠲

筌痊诠悛遣鹯旃鳣禅（参禅，逃禅）婵单（单于）躔颛燃涟琏便（安也）翩楩骈癫阗畋钿（霰韵同）沿蜒臙

【二萧】萧箫挑（挑担）貂刁凋雕彫鵰迢条髫跳苕调（调和）枭浇聊辽寥撩寮僚尧宵消霄绡销超朝潮嚣骄娇焦樵椒饶桡烧（焚烧）遥徭摇谣瑶韶昭招镳瓢苗猫腰桥乔妖飘逍潇鸮骁翛祧鷮鹩缭獠嘹夭（夭夭）幺邀要（要求，要盟）飖姚樵侨颵标飙嫖漂（漂浮）剽徼（徼幸）

【三肴】肴巢交郊茅嘲钞包胶爻苞梢蛟教（使也）庖匏坳敲胞抛鲛崤啁鸡鞘抄蝥咆哮

【四豪】豪毫操（操持）髦翛刀萄猱褒桃糟旄袍挠（巧韵同）蒿涛皋号（号呼）陶鳌曹遭羔高嘈搔毛滔骚韬缫膏牢醪逃劳（劳苦）濠壕舠饕洮淘叨咷篙熬遨翱嗷臊

【五歌】歌多罗河戈阿和（平和）波科柯陀娥蛾鹅萝荷（荷花）何过（经过，箇韵同）磨螺禾珂蓑婆坡呵哥轲（孟轲）沱鼍拖驼跎柁（舵，哿韵同）佗（他）颇（偏颇）峨俄摩麼娑莎迦靴痾

【六麻】麻花霞家茶华沙车（鱼韵同）牙蛇瓜斜邪芽嘉瑕纱鸦遮叉奢涯（支佳韵同）夸巴耶嗟遐加笳赊槎（查）差（差错）楂杈蟆骅虾葭袈裟砂衙枒呀琶杷

【七阳】阳杨扬香乡光昌堂章张王（帝王）房芳长（长短）塘妆常凉霜藏（收藏）场央鸯秧狼床方浆觞梁娘庄黄仓皇装殇襄骧蚕相（互相）湘箱创（创伤）亡忘芒望（观望，漾韵同）尝偿樯坊囊郎唐狂强（刚强）肠康冈苍匡荒遑行（行列）妨棠翔良航疆粮穰将（送也，持也）墙桑刚祥详洋粱量（衡量，动词）羊伤汤彰璋猖商防筐煌凰徨纲茫臧裳昂丧（丧葬）漳嫜阊螀蒋（茹蒋）

韁僵羌枪抢（突也）锵疮杭舫肓篁簧惶璜隍攘瀼亢廊阆浪（沧浪）琅梁邙旁滂傍（侧也）骦当（应当）珰糖沧鸧尪飏泱殃鞅佯

【八庚】庚更（更改）羹盲横（纵横）觥彭亨英烹平评京惊荆明盟鸣荣莹（径韵同）兵兄卿生甥笙牲擎鲸迎行（行走）衡耕萌氓甍宏茎罂莺樱泓橙争筝清情晴精睛菁晶旌盈楹瀛嬴赢营婴缨贞成盛（盛受）城诚呈程声征正（正月）轻名令（使令）并（交并）倾萦琼峥撑嵘鹏秔坑铿瘿鹦勍

【九青】青经泾形刑型陉亭庭廷霆蜓停丁仃馨星腥醒（迥韵同）俜灵龄玲伶零听（聆听，径韵同）汀冥溟铭瓶屏萍荧萤荥扃坰鹡蜻硎苓舲聆鸰瓴翎娉婷宁暝瞑

【十蒸】蒸烝承丞惩澄（澂）陵凌绫菱冰膺鹰应（应当）蝇绳渑（音绳，水名）乘（驾乘，动词）昇升胜（胜任）兴（兴起）缯凴凭（径韵同）仍兢矜徵（徵求）称（称赞）登灯（镫）僧增曾憎矰层能朋鹏肱薨腾藤恒棱罾崩滕縢崚嶒姮

【十一尤】尤邮优忧流旒留骝刘由游遊猷悠攸牛修脩羞秋周州洲舟酬雠柔俦畴筹稠邱抽瘳遒收鸠搜（蒐）驺愁休囚求裘仇浮谋牟眸侔矛侯喉猴讴鸥楼陬偷头投钩沟幽虬樛啾鹙鞦楸蚯赒踌裯惆馐揉勾鞲娄琉疣犹邹兜呦售（宥韵同）

【十二侵】侵寻浔临林霖针（鍼）箴斟沉砧（碪）深淫心琴禽擒钦衾吟今襟（衿）金音阴岑簪（覃韵同）壬任（负荷）歆森禁（力能胜任）祲骎嵚参（音深，星名，又音岑的阴平，参差）琛涔

【十三覃】覃潭参（参拜，参考）骖南枏男谙庵含涵函（包函）岚蚕探贪耽龛堪谈甘三（数目）酣柑惭蓝担（动词）簪（侵韵同）

【十四盐】盐檐（簷）廉帘嫌严占（占卜）髯谦奁纤签瞻蟾炎添兼缣霑（沾）尖潜阎镰幨黏淹箝甜恬拈砭銛詹蒹歼黔钤

【十五咸】咸鹹函（书函）缄岩谗衔帆衫杉监（监察）凡馋芟搀巉镵啣

（三）上声

注意：许多上声字现在都读成去声

【一董】董动孔总笼（名词，东韵同）澒桶洞（澒洞）

【二肿】肿種（种子）踵宠垄（陇）拥壅冗重（轻重）冢奉捧勇涌（湧）踊（踴）恐拱竦悚耸栱

【三讲】讲港棒蚌项

【四纸】纸只咫是靡彼毁燬委诡髓累（积累）妓绮觜此蕊徙尔弭婢侈弛豕紫旨指视美否（臧否，否泰）兕几姊比（比较）水轨止市徵（角徵）喜已纪跪技蚁（螘）鄙晷子梓矢雉死履被（寝衣）垒癸趾以已似耜祀史使（使令）耳里理裹李起祀裹李起杞跂士仕俟始齿矣耻麂枳址畤玺鲤迩氏庀驶已滓苡倚七跬

【五尾】尾苇鬼岂卉（未韵同）几（几多）伟斐菲（菲薄）匪篚

【六语】语（言语）圉吕侣旅杼伫与（给予）予（赐予）渚煮汝茹（食也）署鼠黍杵处（居住，处理）贮女许拒炬所楚阻组沮叙绪序屿墅巨宁褚础莒举讵榉秬溆禦籞去（除也）

【七麌】麌雨宇舞府鼓虎古股贾（商贾）蛊土吐（遇韵同）圃庾户树（种植，动词）煦诩努辅组乳弩补鲁橹覩腐数（动词）

簿五竖普侮斧聚午伍釜缕部柱矩武苦取抚浦主杜坞祖愈堵扈父甫怒（遇韵同）禹羽腑俯（俛）罟估赌卤姥鹉偻拄莽（养韵同）

【八荠】荠礼体米启陛洗邸底坻弟坻柢涕（霁韵同）悌济（水名）澧醴蠡（范蠡，彭蠡）祢棨诋觝眯

【九蟹】蟹解灑楷獬澥拐矮

【十贿】贿悔改＊采＊採＊彩＊綵＊海在＊（存在）罪宰＊醢＊馁铠＊恺＊待＊殆＊怠＊倍乃＊每载＊（载运）

（有＊号的字，词韵属第五部；其余属第三部。）

【十一轸】轸敏允引尹尽忍準隼笋盾（阮韵同）闵悯泯（真韵同）蚓牝殒紧蠢陨愍矧哂朕（朕兆）

【十二吻】吻粉蕴愤隐谨近（远近）忿（问韵同）

【十三阮】阮＊远＊（远近）晚＊苑＊返＊阪＊饭＊（动词）偃＊蹇＊（铣韵同）郾＊巘＊琬＊混本反损衮遁（遯，愿韵同）稳盾（轸韵同）

（有＊号的字，词韵属第七部；其余属第六部。）

【十四旱】旱暖管琯满短馆（翰韵同）缓盥（翰韵同）盌懒繖（伞）卵（晉韵同）散（散布）伴诞罕瀚（浣）断（断绝）侃算（动词）欵但坦袒篡

【十五潸】潸眼简版琖（盏）产限栈（谏韵同）绾（谏韵同）柬拣板

【十六铣】铣善（善恶）遣浅典转（自转，不及物动词）衍犬选冕辇免展茧辩辨篆勉翦（剪）卷（同捲）显饯（霰韵同）眄（霰韵同）喘藓软蹇（阮韵同）演兖件腆鲜（少也）跣缅沔渑（音缅，渑池）缱绻觍殄扁（不正圆，又扁额）单（音善，姓也，又

单父，县名）

【十七篠】篠小表鸟了晓少（多少）扰绕遶绍杪沼眇矫皎皦杳窈窕袅（褭）挑（挑引）掉（啸韵同）肇缥缈渺淼茑嫋赵兆旐缴缭朓窅夭（夭折）悄

【十八巧】巧饱卯狡爪鲍挠（豪韵同）搅绞拗咬炒

【十九皓】皓宝藻早枣老好（好丑）道稻造（造作）脑恼岛倒（仆也）祷（号韵同）擣（捣）抱讨考燥扫（号韵同）嫂保鸨稿草昊浩镐颢杲缟槁堡皂碯

【二十哿】哿火舸彈柁（歌韵同）我娜荷（负荷）可坷左果裹朵锁（鏁）琐堕惰妥坐（坐立）裸跛颇（稍也）夥颗祸卵（旱韵同）

【廿一马】马下（上下）者野雅瓦寡社写泻（祃韵同）夏（华夏）也把贾（姓贾）假（真假）捨（舍）厦惹冶且

【廿二养】养像象仰朗桨奖敞鳖枉颡强（勉强）盪惘两曩杖响掌党想榜爽广享丈仗（漾韵同）幌莽（魔韵同）纺长（长幼）上（升也）网荡壤赏倣（仿）罔蒋（姓蒋）橡慷漭谠傥往魍魉鞅

【二十三梗】梗影景井岭境警请饼永骋逞颖顷整静省幸颈郢猛丙炳杏秉耿矿颍鲠领冷靖

【二十四迥】迥炯挺梃艇醒（青韵同）酩酊並等鼎顶洞肯拯铤

【二十五有】有酒首口母＊後柳友妇＊斗狗久负＊厚手守右否＊（是否）醜受牖偶阜＊九后咎薮吼帚（箒）垢畝＊舅纽藕朽臼肘韭剖诱牡＊缶＊酉苟丑灸笱扣（叩）塿某＊莠寿（宥韵同）绶叟

【二十六寝】寝饮（饮食）锦品枕（衾枕）审甚（沁韵同）廪衽（衽）稔沈凛懔朕（我也）荏

【二十七感】感览揽胆澹（淡，勘韵同）噉（啖）坎惨（憯）敢颔撼毯黪糁湛

【二十八俭】俭焰敛（艳韵同）险检脸染掩点簟贬冉苒陕谄忝（艳韵同）俨闪剡琰奄歉芡崭

【二十九豏】豏槛範减舰犯湛斩黯范

（四）去声

【一送】送梦凤洞（岩洞）众瓮贡弄冻痛栋仲中（射中，击中）粽讽恸鞚空（空缺）控

【二宋】宋用颂诵统纵（放纵）讼種（種植）综俸共供（供设，名词）从（仆从）缝（隙也）雍（州名）重（再也）

【三绛】绛降（升降）巷撞（江韵同）

【四寘】寘置事地志治（治安，太平）思（名词）泪吏赐自字义利器位戏至次累（连累）伪为（因为）寺瑞智记异致备肆翠骑（车骑，名词）使（使者）试类弃饵媚鼻易（容易）辔坠醉议翅避笥帜粹侍谊帅（将帅）厕寄睡忌贰萃穗二臂嗣吹（鼓吹，名词）遂恣四骥季刺驷泗寐魅积（储蓄）食（以食食人）被芰懿觊冀愧匮馈（餽）庇洎暨塈穊质（抵押）豉柜篑痢腻被（覆也）祕比（近也）鸷閟啻示嗜饲伺遗（馈遗）意薏祟值识（音志，记也，又标识）

【五未】未味气贵费沸尉畏慰蔚魏纬胃渭彙谓讳卉（尾韵同）

毅既衣（著衣）蝟

【六御】御处（处所）去（来去）虑誉（名词）署据驭曙助絮著（显著）豫箸恕与（参与）遽疏（书疏）庶预语（告也）踞薯饫

【七遇】遇路辂赂露鹭树（树木）度（制度）渡赋布步固素具数（数量）怒（麌韵同）务雾骛骛附兔故顾句墓暮慕募注驻祚裕误悟寤住戍库护屦诉蠹妒惧趣娶铸绔（袴）傅付谕喻妪芋捕哺互孺寓吐（麌韵同）赴冱孺汙（动词）恶（憎恶）忤晤

【八霁】霁制计势世丽岁济（渡也）第艺惠慧币砌滞际厉涕（荠韵同）契（契约）弊毙帝蔽敝髻锐戾裔袂繫祭卫隶闭逝缀翳製替细桂税壻例誓筮蕙诣砺励瘗噬继脆叡（睿）毳沴曳蒂睇妻（以女妻人）递逮棣蓟罽係系彗嘒芮蚋薜荔唳捩粝泥（拘泥）篦嬖繐篲睥睨

【九泰】泰＊会带＊外＊盖＊大＊（箇韵同）旆濑＊赖＊籁＊蔡＊害＊最贝霭＊蔼＊沛艾＊丐＊柰＊奈＊绘脍（鲙）荟太＊霈狈汰＊蕞＊

（有＊号的字，词韵属第五部；其余属第三部。）

【十卦】卦＊挂＊懈廨隘卖画＊（图画）派债怪坏诫戒界介芥械薤拜快迈话＊败稗晒虿瘵玠

（有＊号的字，词韵属第十部；其余属第五部。）

【十一队】队内塞＊（边塞）爱＊辈佩代＊退载＊（年也）碎态＊背秽菜＊对废诲晦昧碍＊戴＊贷＊配妹喙溃黛＊吠概＊岱＊肺溉＊慨＊耒块在＊（所在）耐＊鼐＊佩玳＊（瑇）再＊碓久刈

（有＊号的字，词韵属第五部；其余属第三部。）

【十二震】震印进润阵镇刃顺慎鬓晋骏闰峻衅（衅）振俊（隽）舜吝烬讯仞迅趁汛榇搢仅觐信轫浚

【十三问】问闻（名誉）运晕韵训粪忿（吻韵同）酝郡分（名分）紊汶愠近（动词）

【十四愿】愿＊论（名词）怨＊恨万＊饭＊（名词）献＊健＊寸困顿遁（阮韵同）建＊宪＊劝＊蔓＊券＊钝闷逊嫩溷远＊（动词）侃＊（衎）苑＊（阮韵同）

【十五翰】　翰（翰墨）岸汉难（灾难）断（决断）乱叹（寒韵同）观（楼观）幹榦散（解散）旦算（名词）玩（翫）烂贯半案按炭汗赞讚漫（寒韵同，又副词独用）冠（冠军）灌爨窜幔粲燦换焕唤悍弹（名词）惮段看（寒韵同）判叛涣绊盥鹳幔畔锻腕惋馆（旱韵同）

【十六谏】谏雁患（删韵同）涧间（间隔）宦晏慢盼豢栈（潸韵同）惯串绽幻瓣苋丱办绾（潸韵同）

【十七霰】霰殿面眄（铣韵同）县变箭战扇膳传（传记）见砚院练炼燕谳宴贱馔荐绢彦掾便（便利）眷麪线倦羡奠徧（遍）恋啭眩钏倩卞汴片禅（封禅）谴善（动词）溅饯（铣韵同）转（以力转动，及物动词）卷（书卷）甸钿（先韵同）电嚥旋（已而，副词）

【十八啸】啸笑照庙窍妙诏召邵要（重要）曜耀（燿）调（音调）钓吊叫少（老少）眺诮料疗潦掉（篠韵同）峤徼（边徼）烧（野火）

【十九效】效効教（教训）貌校孝闹豹罩櫂（棹）觉（寤也）较乐（喜爱）

【二十号】号（号令，名号）帽报导祷（皓韵同）操（所守也）盗噪灶奥告（告诉）诰暴（强暴）好（喜好）到蹈劳（慰劳）傲耗躁造（造就）冒悼倒（颠倒）爆燥扫（皓韵同）

【二十一箇】箇個贺佐大（泰韵同）饿过（经过，歌韵同，又过失，独用）和（唱和）挫课唾播座坐（行之反，又同座）破卧货涴簸轲（轗轲）

【二十二祃】祃驾夜下（降也）谢榭罢夏（春秋）霸暇灞嫁赦藉（凭藉）假（借也，又休假）蔗炙（音蔗，炮火，名词）化舍（庐舍）价射骂稼架诈亚麝怕借泻（马韵同）卸帕

【二十三漾】漾上（上下）望（观望，阳韵同，又名望，独用）相（卿相）将（将帅）状帐浪（波浪）唱让旷壮放向嚮仗（养韵同）畅量（度量，数量，名词）葬匠障瘴谤尚涨饷样藏（库藏）舫访贶嶂当（适当）抗酿妄怆宕怅创（开创）酱况亮傍（依傍）丧（丧失）恙王（王天下，霸王）旺

【二十四敬】敬命正（正直）令（命令）政性镜盛（多也）行（品行）圣咏姓庆映病柄郑劲竞净竟孟诤獍更（更加）併（合併）聘横（横逆）

【二十五径】径定罄磬应（答应）乘（车乘，名词）赠媵佞称（相称）邓莹（庚韵同）证孕兴（兴趣）剩（賸）凭（蒸韵同）迳甑听（聆也，青韵同，又听从，独用）胜（胜败）宁

【二十六宥】宥候就授售（尤韵同）寿（有韵同）秀绣宿（星宿）奏富＊兽鬥漏陋狩昼寇茂旧胄宙袖（褎）岫柚覆（盖也）救厩臭佑（祐）囿豆窦瘦漱咒究疚谬皱逅嗅遘溜镂逗透骤又幼读（句读）副＊

（有＊号的字，在词韵中兼入遇韵。）

【二十七沁】沁饮（使饮）禁（禁令，宫禁）任（负担）荫浸谮谶枕（动词）甚（寝韵同）噤

【二十八勘】勘暗（闇）滥啗（啖）担（名词）憾缆瞰暂三（再三）绀憨澹（感韵同）轗

【二十九艳】 艳（艶）剑念验赡堑店忝（俭韵同）占（占据）敛（聚敛，俭韵同）厭焰（俭韵同）垫欠僭酽潋滟玷（俭韵同）

【三十陷】陷鉴监（同鉴，又中书监）汎梵忏赚蘸嵌

（五）入声

【一屋】屋木竹目服福禄榖熟谷肉族鹿漉腹菊陆轴逐苜蓿牧伏宿（住宿）夙读（读书）犊渎牍黩毂復粥肃碌骕鬻育六缩哭幅斛戮僕畜蓄叔淑菽俶倏独卜馥沐速祝麓辘恧镞簇蹙筑穆睦秃縠覆（翻也）辐瀑曝（暴）郁舳掬踘蹴踽茯複蝮鸹鹏髑

【二沃】沃俗玉足曲粟烛属录辱狱绿毒局欲束鹄梏告（音梏，忠告）蜀促触续浴酷躅褥旭欲笃督赎斸顼蓐渌騄

【三觉】觉（知觉）角桷榷嶽（岳）乐（礼乐）捉朔数（频数）卓斲啄（啅）琢剥驳（駮）雹璞朴（朴）壳确浊濯擢瀖渥幄握学榷涿

【四质】质（性质）日笔出室实疾术一乙壹吉秩密率律逸（佚）失漆栗毕恤（卹）蜜橘溢瑟膝匹述慄黜跸弼七叱卒（终也）蝨悉戌嫉帅（动词）蒺侄轾踬怵潏蟋蟀筚篥宓必筚秫栉窸飋

【五物】物佛拂屈鬱郁乞掘（月韵同）讫吃（口吃）绂黼弗

髴勿迄不绋

【六月】月骨髮阙越谒没伐罚卒（士卒）竭窟笏钺歇发突忽袜鹘（黠韵同）厥蹶蕨曰阀筏暍殁橛掘（物韵同）榾搰蠍勃纥龁（屑韵同）孛渤揭（屑韵同）碣（屑韵同）

【七曷】曷达末阔活钵脱夺褐割沫拔（拔起）葛闼渴拨豁括抹遏挞跋撮泼斡秣掇（屑韵同）怛妲聒栝獭（黠韵同）剌

【八黠】黠拔（拔擢）鹘（月韵同）八察杀刹轧戛瞎獭（曷韵同）刮刷滑辖鎩猾捋

【九屑】屑节雪绝列烈结穴说血舌洁别缺裂热决铁灭折拙切悦辙诀泄洩咽噎傑彻澈哲鳖设齧劣掣玦截窃孽浙孑桔颉拮撷揭（月韵同）缬襭龁（月韵同）羯碣（月韵同）挈抉亵薛拽（曳）爇冽臬蘖瞥撇迭跌阅辍掇（曷韵同）

【十药】药薄恶（善恶）作乐（哀乐）落阁鹤爵弱约脚雀幕洛壑索郭错跃若酌托削铎凿却鹊诺萼度（测度）橐漠钥著（着）虐掠穫泊搏籥锷藿嚼勺谑廓绰霍镬莫镈缚貉濩各略骆寞膜鄂博昨柝拓

【十一陌】陌石客白泽伯迹（跡）宅席策册碧籍（典籍）格役帛戟璧驿麦额柏魄积（积聚）脉夕液尺隙逆画（同划）百辟虢赤易（变易）革脊获翮屐適帻戹（厄）隔益窄核覈舄掷责坼惜癖辟僻掖腋释译峄择摘奕帟迫疫昔赫瘠谪亦硕貊跖（蹠）鹡碛蹐绤隻炙（动词）踯斥吓奭皙淅鬲骼舶珀

【十二锡】锡壁历枥击绩笛敌滴镝檄激寂觋析溺觅狄荻幂鹢戚慼涤的喫沥霹雳惕剔砾翟籴倜

【十三职】职国德食（饮食）蚀色力翼墨极息直得北黑侧贼

饰刻则塞（闭塞）式轼域殖植敕（勅）饬棘惑忒默织匿亿臆特勒劾仄昃稷识（知识）逼（偪）克即弋拭陟测翊恻洫穑鲫鹫（鹮）克嶷抑或

【十四缉】缉辑戢立集邑急入泣溼习给十拾袭及级涩粒揖楫（葉韵同）汁蛰笠执隰汲吸縶葺挹浥岌裛悒熠

【十五合】合塔答纳榻閤杂腊蜡匝阖蛤衲沓榼鸽踏飒拉遝盍塌咂

【十六葉】葉帖贴牒接猎妾蝶叠箧惬涉鬣捷颊楫（檝，缉韵同）摄蹑协侠荚魇睫浃慑熠蹀挟铗靥燮詟摺衱馌蹅辄婕屧聂镊渫谍堞氎

【十七洽】洽狭（陿）峡法甲业邺匣压鸭乏怯劫胁插锸歃押狎袷业眨夹恰蛱硖

注：

本篇所收的字大致以《杜甫诗全集》中所用的字为标准，此外酌收一些杜诗中未出现的常用字。一字收入两韵以上者，注明它在某韵中的意义。如果是同义的，则注“某韵同”。通用字、异体字也择要加括号注明。

【词语】

词由各种词牌的曲谱来规范。早期的词称为“曲词”或“曲子词”，可弹可唱，是用来配音乐的。词与乐府诗本是同一体裁的民间文学，后来成了诗的别体和音乐渐渐分开，被称为“诗余”。每一首词牌都有固定的词调格式，所以，每个词牌的字数、平仄、押韵等规定都不相同，词由长短句组成，平仄以及押韵是有规律的。词有押平声韵、仄声韵，也有平仄韵转换等几种模式。

词分为小令、中调、长调三种，一般 58 字以下为小令，59 字至 90 字为中调，91 字以上为长调。许多填词爱好者，选择小令和中调居多，因长调字数多，难度大，平仄、押韵、字数等不易把握。词分单阕、双阕、三阕和四阕。单阕都是小令，中调分上下段，长调两至四段，每段的句式押韵有相同，也有不同，字数有相同的，犹如曲谱配着歌词，字数不相同的，一般出现在开头几句，称为“换头”。

词在千百年来的传承发展过程中，其格律虽然严谨，但也有灵活性，如“沁园春”后阕第八句词谱定格符号为“十—十|”，而毛泽东却把《沁园春·雪》中“成吉思汗”的“吉”

字活用了仄声（入声），因为“成吉思汗”是人名。第十句“俱往矣”第一字应是平声字，却换成仄声字，这一字改得好，只有这样，才能显示领袖强大的气势和驾驭文字的能力。当然，我们填词还是要严格遵循传统的“依声填词”规矩，因为，格律是一门严肃的课题，在创作各种词牌的过程中，没有十足的理由不可以对格律“动刀”。

词原是首创人的“自度曲”，经过长年累月的弹唱自然形成了词牌。后人撰写时也严格遵守原创人的格律，甚至连标点也照搬。词牌所有的规则都是围绕着内容服务的，内容也讲究起、承、转、合。填词要填出意境，达到人诗合体，情景合体，声律合体，升华到一个新的高度。为了配合乐谱的节奏，制作词谱音律应富有节拍，这种节拍必须切入时代的脉搏，这种节拍如空气一样流动，从远古传来，向未来传去，这就是传承的生命力。

本集所选用的词牌是上千种词牌中常见的一部分，皆为时下填词人所熟悉的。考虑到选用词牌的多样性，在本集分别选用了词牌平韵、仄韵、平仄韵转换、平仄韵通叶、平仄韵错叶五种格式，按字数多少为次序。词牌标明了定格，定格中显示了平仄、押韵、标点等。作者在填词前，必须根据自己的填词题材，正确选择恰当的词牌及用韵，构思出诗情合拍的佳作。如《满江红》《沁园春》《念奴娇》等词牌，其填词出句用韵必须铿锵有力，壮怀激烈，具有压倒一切的气势。如选用《满庭芳》《木兰花》《蝶恋花》等词牌，其曲调和语言必须有优美动听，轻灵婉转，情意绵绵的感觉。总之，每种词牌的格调都有明显区别。

我精选了三百余首词，作为本集范例，分别附在150余首词牌后面。还有我的几首《自度曲》，但因是自创格律，只当酒足饭饱后清水漱个口，喝进吐出，不必参照研学。

如今诗词复兴，而填词者大多由原先的“倚声填词”趋向“依谱填词”。填词者参阅词谱，而词的音韵格律则参阅《词林正韵》。本集所选用的词谱，词韵所选用的词谱，借用自龙榆生先生所编的《唐宋词格律》。

平韵格

平韵格是以平声字押韵的，其定律分为三种符号，“一”为平声韵，“|”为仄声韵，“十”为可平可仄，平韵格押平声韵，标明逗号、句号、押韵，叠韵、对仗及字数等，并提示领格字宜用“去”声等。某些词牌还另有变格。

○ 十六字令

又名《苍梧谣》《归字谣》，十六字，三平韵。

定格

—（韵）+|——||—（韵）——|（句）+||——（韵）

示例一 · **水中天**

天，也入江湖急浪颠，无安定，上下碧波连。

○ 南歌子

又名《南柯子》《风蝶令》。二十六字，三平韵，从对句起。单调，也有人后面照原样加一片，变成双调。双调前后片字相同，音韵平仄相同。

定格

||——|（句）——||—（韵）+—+||——（韵）+|+—+||——（韵）

示例一 · **画像**

柳绿桃花艳，窗前小鸟鸣。佳人端坐笑盈盈，一抹阳光投脸亮晶晶。

示例二 · **务农娃**

物博勤儿女，田肥旷稻花。丰收日子坐豪车，富了乡村阔气务农娃。

定格（双调）

||——|（句）——||—（韵）+—+||——（韵）+|+—

＋||——（韵）

||——|（句）——||—（韵）＋—＋||——（韵）＋|＋—＋||——（韵）

示例三·**春忙**

燕起身披露，牛耕日出东。春来辛苦共经风，总到斜阳不落不收工。

草树青苗绿，鲜花果子红。少年汉子老年翁，垦土施肥播种兆粮丰。

示例四·**晨思**

落地凡胎降，平生俗世游。寻常百姓少心忧，儿女情长指望岂能求。

季到飘残叶，拼争进晚秋。腰缠万贯为谁留，都作奈何桥下水东流。

示例五·**崇明富人家**

紫燕飞天唱，瀛龙入岛夸。青枝翠叶共繁华，百鸟争鸣无处不开花。

志气容流水，勤劳慰日霞。齐心协力聚金沙，万业升空财富喜千家。

○ 渔歌子

又名《渔父》，原为唐教坊曲。二十七字，四平韵，中间三言二句，例用对偶。

燕起身披露，牛耕日出東，春来辛苦共經風，總到斜陽不落不收工。

草樹青苗綠，鮮花果子紅。少年漢子老年翁，垦土施肥播種收糧豐。

南歌子 癸卯年初春陳洪法書

定格

十|——||—（韵）十——||——（韵）—||（句）|——（韵）——|||——（韵）

示例一·**蜜蜂**

塞外桃枝引蜜蜂，每天朝起沐春风。观树绿，守花红，寻欢作乐不归踪。

示例二·**两情相悦**

前世依缘恨见迟，今生如梦蝶双飞。天可证，地应知，情深两聚不分离。

○ 忆江南

又名《梦江南》《江南好》。全篇二十七个字，三平韵。中间七言二句，以对偶为宜，单调和双调，一般多写双调。

定格（单调）

—十|（句）十||——（韵）十|十——||（句）十—十||——（韵）十||——（韵）

示例一·**采茶唱春歌**

冰化也，流水泻长河。飞鸟枝头陪蝶舞，采茶少女唱情歌，对唱小阿哥。

定格（双调）

—十|（句）十||——（韵）十|十——||（句）十—十||——（韵）

十 | | — —（韵）

— 十 |（句）十 | | — —（韵）十 | 十 — — | |（句）十 — 十 | | — —（韵）十 | | — —（韵）

示例二 · **感悟**

花甲矣！耳聋眼睛花。好友同龄归墓穴，功名富贵闪光华，坠落变泥渣。

悲事毕，恢复乐哈哈。岁月沧桑熬意志，夕阳余热映枝丫，老树发新芽。

○ 潇湘神

唐代潇湘间乃祭祀湘妃之词曲。全篇二十七字，三平韵，一叠韵。

定格

— | —（韵）— | —（叠）| — 十 | | — —（韵）十 | | — — | |（句）— — — | | — —（韵）

示例一 · **车祸**

龙卷风，龙卷风，祸灾一眨月朦胧。撒手世间杨柳折，缘何归去急匆匆？

○ 捣练子

又名《深院月》，共二十七字，三平韵。

定格

—||（句）|——（韵）||——||—（韵）十||——||（句）|——||——（韵）

示例一 · **洋洋得意（品石词）**

昂尔首，势如行，最是洋洋得意声。芳草世间随处觅，为谁哺乳报恩情？

示例二 · **空心树**

看似大，不经风，膀大腰圆腹内空。若作栋梁中柱砥，体能难耐败如葱。

○ 浪淘沙

五代时期始流行双调小令，又名《卖花声》。双调，五十四字，前后片各四平韵，前后片字相同。也有句式完全与《七绝》相同，平声开头或仄声开头，平仄声开头必须一、二、四句押韵，其字数也完全和七绝一样。还有分三节的长调，一百四十五字，一般无人涉及，故此不再举例。

定格

十|——十|—（韵）十—十||——（韵）十—十|十—|（句）十|——||—（韵）

示例一 · **采茶**

眼望浓烟田野迷，时闻高树鸟儿啼。采茶少女山歌唱，一片青云一手提。

别格

十||——（韵）十|——（韵）十—十||——（韵）十|十——||（句）十|——（韵）

十||——（韵）十|——（韵）十—十||——（韵）十|十——||（句）十|——（韵）

示例二 · **汶川地震**

霹雳响晴天，地晃江颠。霎时惨境碎心田。遍地横尸悲目睹，浩劫山川。

举世泪相弹，呐喊挥拳。生灵抢救废墟间。蜀道情援华夏脉，大爱千般。

示例三 · **蚂蚁精神**

性格勇于勤，不屈精神。难忘使命野田巡。沐雨经风粮广积，浴尽艰辛。

友好做帮邻，永不沉沦。同心协力抗风云。挖洞储粮从不霸，愧世间人。

示例四 · **飞雁匆匆**

寂寞望长空，飞雁匆匆。许多遗恨锁眉峰。此去桃源深不测，未感轻松。

酒后醉朦胧，流泪梧桐。只因雨后落英红。落水浮花风里去，再觅无踪。

示例五 · **江南村好**

昨夜醉蒙眬，酒醒晨钟。窗前几鸟叫声同。楼下一波车下客，快意轻松。

性格勇於勤，不屈精神，難忘使命野田巡。
沐風經雨粮廣結，落盡艱辛。
友好做幫鄰，永不沉淪，同心協力抗風雲。
挖洞儲粮從不霸，愧世間人。

浪淘沙 癸卯之春陳洪法書

荏苒影匆匆，灿烂苍穹。江南春早百花红。预兆今年财运好，情景交融。

示例六 · **司马相如与卓文君**

一曲凤求凰，扯断柔肠。愁风掠起水茫茫。缱绻莫如公主泪，心在何方？

暖酒抗炎凉，岁月悠长。时来惦念旧情郎。凄楚白头吟里问，可记糟糠？

示例七 · **问仙**

才子问仙翁，何日成功？迷云一指显神通。布谷勤劳枝上叫，赶浪追风。

行色急匆匆，处事从容。长江潮水永流东。不落人间金子雨，汗润田葱。

○ 江南春

单调小令，共三十字，三平韵。

定格

—||（句）|——（韵）———||（句）—||——（韵）———|——|（句）—|———|—（韵）

示例一 · **芳草**

青滴滴，碧葱葱。魂归残雪后，情织早春浓。朝阳温暖群芳茂，尤似佳人舒美容。

示例二 · **春动天下**

春意动，燕儿飞。江湖波浪急，曦日洒金辉。韶华人影衣衫薄，披绿穿红逢紫薇。

○ 忆王孙

又名《豆叶黄》《阑干万里心》。单调，三十一字，全篇五平韵。

定格

十一十||一一（韵）十|一一十|一（韵）十|一一||一（韵）|一一（韵）十|一一十|一（韵）

示例一 · **老宅**

锦衣玉食未忘前，苦菜柴房乱絮牵，境换时移世道颠。谢苍天，老宅能追梦底年。

○ 江城子

又作《江神子》，有单调和双调。单调三十五字，五平韵。双调前后片定格同，七十字，前后片各五平韵。这里举例双调。

定格

十一十||一一（韵）|一一（韵）|一一（韵）十一十|（句）十||一一（韵）十|十一一||（句）一||（句）|一一（韵）

十一十||一一（韵）|一一（韵）|一一（韵）十一十|（句）十||一一（韵）十|十一一||（句）一||（句）|一一（韵）

注：第一句定律也可作："||一一||一"，第四句也可作："||一一"。

示例一 · **凤凰山上一孤莺**

小河散雾日初晴。柳花明，水波清。桃开几树，天地亮晶晶。万道阳光和煦照，枝上挂，接山城。

凤凰岭上一孤莺。泣声声，泪盈盈。鸟心真诚，静默祭精灵。若问今天禽类事，人不及，此深情。

示例二 · **淡定生死**

阴阳路上不回场。问阎王，莫牵肠。绿杨花草，也会烂根旁。静听秋蝉枝上叫，千万次，誓成功。

抛将白发下西洋。借春光，化冰霜。识人无数，人走别茶凉。岁月无论多少老，先拓展，后求长。

示例三 · **又见摇红**

难忘与我苦甘同。脱贫穷，食衣丰。晴天霹雳，酷暑起悲风。枝断叶飞花落去，思往昔，怅长空。

亦生亦死梦游中。望苍穹，月朦胧。银河两岸，隔绝两情浓。谁识凄凉孤燕寂？深夜里，忽摇红。

示例四 · **蛤蟆人生**

一只蛤蟆始出穷。守田农，捉蛾虫。不屑天鹅，霸气跃苍穹。跌滚登爬游跳跃，坚意志，誓成功。

破土移山复愚公，建琼宫，食衣丰。亮丽嫦娥，相拥两情浓。说唱诗词邮石筑，车七驾，有谁同！

○ 长相思

又名《双红豆》，三十六字，双调小令，前后片各三平韵，上

一只蛤蟆始出窮，守田農，捉蛾蟲，不屑天鵝，豪氣霸蒼穹，跌打滾爬遊跳躍，千萬次，誓成功。

破土移山活愚公，建瓊宮，食衣豐，亮麗嫦娥，相擁兩情濃，說寫詩詞郵石箴，車七駕，有誰同。

江城子 癸卯初夏 陳洪法書

下片各一叠韵，押韵平仄字数相同。

定格

十十一（韵）十十一（叠）十|一一十|一（韵）十一十|一（韵）

十十一（韵）十十一（叠）十|一一十|一（韵）十一十|一（韵）

示例一 · **科技腾飞壮国威**

千课题，万课题。攻克难关志不移，成功大会师。

天不疑，地不疑。科技登峰正及时，腾飞壮国威。

示例二 · **悲歌青史垂**

风卷时，车卷时。信是生前连理枝，同心共创奇。

天感之，地感之。大爱无疆谱壮诗，悲歌青史垂。

示例三 · **酬志**

春水愁，夏水愁。辗转何时入海流，路遥已近秋。

今无休，明无休。拼搏人生志在酬，征篷不可收。

示例四 · **车祸**

神不知，鬼不知。风卷残云一瞬时，离魂已驾西。

天谴之，地谴之。几犬堂前啃死尸，聪明戏白痴。

示例五 · **抗疫**

山也凄，水也凄，遍地妖魔毒菌欺。家园躺病尸。

刮国资，骗民资。猫鼠同窝身养肥，问天知不知？

○ 醉太平

双调小令，三十八字。前后片各四平韵，上下片平仄押韵字数相同。

定格

——|—（韵）——|—（韵）十—十|——（韵）|——|—（韵）

——|—（韵）——|—（韵）十—十|——（韵）|——|—（韵）

示例一 · **清明**

春风送行，携家出庭。田头雨露沾青，泪花弹眼睛。

鲜花祭情，乌鸦嘴灵。点香焚纸田屏，夕阳光里醒。

○ 玉蝴蝶

双调，四十一字。前片二十一字，后片二十字。前片四平韵，后片三平韵。也有作长调九十六字的，此不列举。

定格

———|——（韵）—||——（韵）|||——（韵）——||—（韵）

———||（句）—||——（韵）—||——（韵）|——|—（韵）

示例一 · **双喜富贵**

清风掀动春光，红日巧梳妆。好景引娇娘，悠闲出院墙。

蜂飞勤采蜜，蝴蝶喜成双。纤影逗心房，透枝闻远香。

示例二 · **初春**

东风吹绿青山，冰雪化清泉。路客脱衣单，耕牛水里牵。

樱花开笑脸，春笋首尝鲜。村角见梅仙，影归三月前。

示例三 · **悲喜秋**

山中风起阴凉，行客裹衣裳。蝼蚁备冬粮，园林落叶扬。

枝头摇谷果，空气透清香。安度晚年光，有谁愁夕阳？

○ 浣溪沙

双调，四十二字。前后片字数各二十一字。前片三平韵，后片二平韵。过片两句宜用对偶，

定格（一）

十|十一十|一（韵）十一十||一一（韵）十一十||一一（韵）

十|十一一||（句）十一十||一一（韵）十一十||一一（韵）

示例一 · **赋德一公司股东集体游**

众志国心友谊诚，群星荟萃目光清，寻常美意最温情。

对酒当歌仁义唱，以茶待友众和声，粮仓囤利晓东明。

示例二 · **观伐木感事**

进入森林朝暮忘，锯刀砍割伐工忙，栋材挑选树优良。

万木出山扶盛世，千楼耸地作嘉梁，谁怜月下枕冰霜。

示例三 · **观花闻香**

绝色佳人巧理妆，春风满面耀全场，樱桃甜蜜必亲尝。

忽有相思常记梦，更无陪伴不牵肠，问天何事最风光？

示例四 · **记梦**

恍若行船航向迷，烟随光弱荡依稀，茫然壮胆眼光移。

景里朦胧难定位，心中清楚易寻机，梦酣犹记突围时。

定格（二）（摊破浣溪沙）

||——||—（韵）———||——（韵）—|——|—|（句）|——（韵）

十|十——||（句）十——||——（韵）—||——||（句）|——（韵）

注：上篇第三句末三字可作："—||"

示例五 · **秋魂**

菊树香消翠叶残，秋蝉鸣响绿波间。花与韶光共藏匿，梦魂牵。

细雨唤回丰果熟，炊烟升起绕空颠。无限苦辛无限得，使心安。

示例六 · **病后作**

病后何因面色黄？精疲身弱力消光。丝缚春蚕自招罪，别牵肠。

深夜敲诗灯火旺，时常勤业夕阳忙。期待此生尘事了，保安康。

○ 巫山一段云

原咏巫山神女事。双调，四十四字。前后片各三平韵，前后片平仄押韵字数相同。

定格

十|——|（句）——十|—（韵）十—十||——（韵）十||——（韵）

十|——|（句）——十|—（韵）十—十||——（韵）十||—
—（韵）

示例一 · **早春**

老树新芽发，撩人杜宇啼。溪中绿水蘸芳菲，一路把风追。
美色轻烟霭，农耕赤子施。春宵带露湿鞋衣，大雁返程飞。

○ 采桑子

又名《丑奴儿令》《罗敷艳歌》《罗敷媚》。双调小令，四十四字。前后片各三平韵，平仄押韵字数相同。

定格

十—十|——|（句）十|——（韵）十|——（韵）十|——十|—（韵）

十—十|——|（句）十|——（韵）十|——（韵）十|——十|—（韵）

示例一 · **酒话**

年轻懵懂偏言懂，装得心安。嘴上轻叹，一碗咸鱼强说鲜。
人生苦酒时常饮，佯说甘泉。苦在田间，每是干杯巧舌颠。

示例二 · **夸家**

沿途只见南飞雁，迎着红霞。披着光华，喜爱春天强折花。
平时听惯园林鸟，巢在枝丫。早晚叽喳，总说如今温暖家。

示例三 · **勘察雪中情**

飞扬白絮封门路，野外妖娆。玉树如雕，河里今天船不摇。

冰川岩矿探寻宝，忍受风刀。舞雪逍遥，鸿雁看痴彩羽飘。

示例四 · **枯枝捅断肠**

路边失落寻孤影，面对西方。敢问阎王，地狱何时惩恶狼。

天涯踏破荒山寂，无处寻芳。又遇冰霜，满目枯枝捅破肠。

示例五 · **蝴蝶揩油**

春枝美意红颜俏，晃动低头。软玉温柔，脉脉含情笑脸羞。

闻香粉蝶偏聊爱，摇得珠流。惹得花愁，趁着风吹荡悠悠。

示例六 · **河侣**

春风拂过江南岸，燕子过河。绿浪翻波，杨柳扶疏美意多。

眼前惊现红衣女，约唱情歌。高喊阿哥，与我同行棹一河。

格二（添字）

十一十|一一|（句）十|一一（韵）十|一一（叠）十|一一（句）十||一一（韵）

十一十|一一|（句）十|一一（韵）十|一一（叠）十|一一（句）十||一一（韵）

示例七 · **迎春花**

消融残雪枝无绿，初识韶华。满地黄花，燕子归家，剪下几丝霞。

春风唤起垂杨醒，梦揭春纱。一只乌鸦，总是叽喳，抱怨恨天涯。

示例八 · **雨露**

珍珠闪亮梧桐树，点缀枝头。滋润枝头，滴滴真情，晃动笃悠悠。

三更下起风雷雨，天雨狂流。地水狂流，闯进江河，奋勇托轻舟。

春枝美意紅顏俏，晃動低頭，軟玉温柔，脈脈含情笑臉羞，聞香粉蝶偏聊愛，搖得珠流，惹得花愁，趁著風吹蕩悠悠。

采桑子 癸卯年仲春陳洪法書

○ 画堂春

初见《淮海居士长短句笺注》，双调共四十七字，前片二十四字，后片二十三字，前片四平韵，后片三平韵。也有前后片末句各添一字。

定格

十一十||一一（韵）十一十|一一（韵）十一十||一一（韵）十|一一（韵）

十|十一十|（句）十一十|一一（韵）十一十||一一（韵）十|一一（韵）

示例一 · **辞旧迎春**

迎春辞岁正梅香，烟花闪亮登场。人群奔走喜洋洋，一路灯光。

旭日升平四海，惠风家国安康。风尘儿女业繁忙，俱孝爹娘。

示例二 · **扯花止血（添字）**

河边小径绿林葱，迎春细雨蒙蒙。树梢无奈刮斜风，兽鸟影无踪。

北上寻芳独步，轻扶杨柳山松。松针破手血流红，伤口扯花封。

示例三 · **梦影（添字）**

凌晨画母到长堤，内心欲绝伤悲。樱花泣血杜鹃啼，盼凤凰涅槃归。

霹雳声声暴雨，昏天黑地人迷。风携纸像卷魂飞，失影梦中追。

○ 阮郎归

又名《醉桃源》《神仙记》，双调，前后片共四十七字，前片二十四字，后片二十三字，前后片各四平韵。

凌晨畫母到長堤，內心欲絕傷悲，櫻花泣血杜鵑啼，呼鳳涅槃歸，霹靂聲聲暴雨，天昏地黑煙迷，風携紙像攝魂飛，失影夢中追。

畫堂春 癸卯年暮春陳洪法書

定格

十——||——（韵）——十|—（韵）|——||——（韵）十—十|—（韵）

—||（句）|——（韵）十—十|—（韵）十—十||——（韵）十—十|—（韵）

示例一 · **葳蕤不计春**

谁家灯火伴星辰？翻书正入神。莫嫌泥土浅埋身，猛然一绝伦。

天日好，出轩门，任凭反复云。寒温转换绿成茵，葳蕤不计春。

示例二 · **梦里欢**

旧灯残烛似从前，忧愁出酒仙。近来深夜总难眠，常翻转枕边。

风复冷，雨回寒，相思千里牵。长河潮去又还源，三更云梦欢。

示例三 · **为贪官作赋**

树枯回绿忆当初，林场渐复苏。几经春梦醒来舒，坐车美女扶。

家犬义，做官虚，贪财更不如。锦衣玉食不看书，黄金箱里居。

示例四 · **偶梦有记**

暴风吹树折枝芽，寒梅滚地沙。夕阳多变黑云遮，高空云幕遮。

情感好，景观差，天偏必纠斜。三更梦里秀年华，桃开一夜花。

○ 三字令

双调小令，四十八字，前后片各四平韵，平仄、押韵、字数前后片相同。

定格

—||(句)|——(韵)|——(韵)—||(句)|——(韵)|——(句)—||(句)|——(韵)

—||(句)|——(韵)|——(韵)—||(句)|——(韵)|——(句)—||(句)|——(韵)

示例一 · **春盼**

春爆出，牡丹香，柳丝长。门外望，盼归郎。问雷公，无霹雳，内心凉。

孤夜寂，睡空床，熄灯光。胭脂抹，再梳妆。是他回？心又冷，雨敲窗。

○ 朝中措

双调，四十八字，前片二十四字，后片二十四字，前片三平韵，后片二平韵。

定格

十—十||——(韵)十||——(韵)十|十—十|(句)十—十|——(韵)

十—十|(句)十—十|(句)十|——(韵)十|十—十|(句)十—十|——(韵)

示例一 · **夕阳回顾朝阳事**

夜空烟雾透门窗，燃火对炉膛。油尽灯枯无主，只能自觅良方。

薄衣遮体，清贫度日，寒冷凄凉。俯伏书台读写，一轮明月柔光。

示例二 · **月夜敲诗**

楼边啼鸟宿枝丫，明月漏光华。柳絮林中晃荡，燃灯万户千家。黄昏时刻，阳台远眺，夜雾青纱。起伏敲诗意境，风传唱和天涯。

○ 眼儿媚

又名《秋波媚》，双调，四十八字，前后片各二十四字，前片三平韵，后片二平韵。

定格

一丨一一丨一一（韵）十丨丨一一（韵）十一十丨（句）十一十丨（句）十丨一一（韵）

十一十丨一一丨（句）十丨丨一一（韵）十一十丨（句）十一十丨（句）十丨一一（韵）

注：首句前四字，也作“十一十丨”

示例一 · **巫山红豆**

窗外连连结愁云，风雨造新春。牡丹已倚，梅枝头上，不断升温。阳光擦去雷公泪，大雁报新闻。相思缔结，巫山之水，红豆之魂。

示例二 · **重阳有思**

烟雾茫茫织温柔，好梦故乡游。曾经少女，依稀记得，眉目含羞。悠悠岁月难回首，往事脑中浮。相思挂在，帆船顶上，起伏飞鸥。

○ 人月圆

又名《青衫湿》，双调，四十八字，前后片各二十四字，前后片各二平韵。

定格

十一十|一一|（句）十||一一（韵）十一十|（句）一一||（句）十|一一（韵）

十一十|（句）十一十|（句）十|一一（韵）十一十|（句）一一||（句）十|一一（韵）

示例一 · **合家过中秋**

滩头浅水荷花艳，折藕度中秋。每年佳节，寻常百姓，小屋温柔。

探家儿女，归依父母，酒语交流。华灯初上，楼前咬饼，望月悠悠。

示例二 · **约会**

小凉亭上清风爽，赖以几多思。曾经月上，华灯点亮，约会荷池。

芙蓉出水，花容玉貌，粉面冰肌。天遂人愿，心情激动，相拥行时。

○ 柳梢青

又名《陇头月》，共四十九字，前片二十四字，后片二十五字，前后片各三平韵，后片第十二字宜用去声。

定格

十|一一（韵）十一十|（句）||一一（韵）十|一一（句）十一十|（句）十|一一（韵）

十一十|一一（韵）|十|（句）一一|一（韵）十|一一（句）十一十|（句）十|一一（韵）

示例一 · **农夫与蛇**

去岁花红，农夫采药，忽遇长虫。腊月山头，僵蛇乞助，燃火身融。

春来又起东风，探究竟，原来旧踪。骨上灵芝，迎风招展，曲叶弯躬。

○ 太常引

全篇四十九字，前片二十四字，后片二十五字，前片四平韵，后片三平韵，两结句倒数第二个字必用去声。

定格

十一十丨丨一一（韵）十丨丨一一（韵）十丨丨一一（韵）丨十丨（豆）一一丨一（韵）

十一十丨（句）十一十丨（句）十丨丨一一（韵）十丨丨一一（韵）丨十丨（句）一一丨一（韵）

示例一 · **西行月**

行天明月泻秋波，照亮面前河，对影问嫦娥，发渐白，余年奈何？

清风阵阵，银光闪闪，流水绕山坡，畅享美声歌，缓慢地，轻松度过。

○ 少年游

共五十字。前片二十五字，后片二十五字。前片三平韵，后片二平韵。

行天明月瀉秋波，照亮面前河，對水問嫦娥，兩鬢白，余年奈何？清風拂面，浪花撲岸，流水繞山坡，暢享美聲歌，緩慢地，輕松度過。

太常引 癸卯年春 陳洪法書

定格

十一十||一一(韵)十||一一(韵)十一十|(句)十一十|(句)十||一一(韵)

十一十|一一|(句)十||一一(韵)十|一一(句)十一十|(句)十||一一(韵)

示例一 · **老松依旧青枝**

斜阳已过午前晖，未减热光时。登山涉水，几经周折，获得薄名归。

老松暮发青枝舞，白发莫多思。倒转乾坤，青春两度，重返少年期。

示例二 · **秋夜路景**

归巢燕鸟已回飞，沿路听蝉啼。风吹落叶，偶然几片，挂翅贴身依。

暮云飘忽星光闪，沿路眼观迷。叠地枯渣，霜铺草地，渐渐白头眉。

别格

|一一|(句)一一一|(句)一||一一(韵)一一一|(句)一一||(句)一||一一(韵)

|||一一一|(句)一||一一(韵)||一一一一|(句)一一|(豆)|一一(韵)

示例三 · **唇间物**

岸边相约，飞蛾追尾，杨柳荡枝斜。依稀回忆，情歌对唱，深夜拨琵琶。

活泼大方多情夜，明月脸遮纱。忽见姑娘唇间物，伸长舌，接香瓜。

○ 临江仙

双调小令，共五十八字。上下片各二十九字，上下片各三平韵，前后片平仄押韵字数相同。

定格

十|十——||（句）十—十|——（韵）十—十||——（韵）十—十|（句）十||——（韵）

十|十——||（句）十—十|——（韵）十—十||——（韵）十—十|（句）十||——（韵）

示例一·**秋怅**

怅恨心思秋意逼，洼田水鹜时鸣。苍芦悴柳荡摇声，倚云征燕，萧瑟引愁生。

几缕炊烟平地起，残阳枯垛堆坪。牧牛无处觅闲耕，草丛霜白，人影似飘萍。

示例二·**花蝶**

盼到冬辞才展翅，恰逢欢庆时光。春风好事做媒娘，青枝摇影，闻得色情香。

近遇仙姑新接纳，正肌肤贴新郎。花房作屋叶当床，软香温玉，梦醉洞庭乡。

示例三·**梅愁**

沧海横流波滚动，长江滚滚东流。殷勤朝夕献温柔，岸边芳草，摇晃荡悠悠。

性格坚强新景造，思乡垂露无休。佳人梦里解千愁，江南春好，谁又不思游？

别格（一）

十|十——||（句）十—十|——（韵）十—十||——（韵）十——||（句）十||——（韵）

十|十——|（句）十—十|——（韵）十—十||——（韵）十——||（句）十||——（韵）

示例四 · **系缆会同学**

出水芙蓉秋落幕，倚栏远眺葱茏。子规啼唱大江东，轻舟随意转，系缆小村中。

门巷喧哗人处，少年同学重逢。追思不断别情浓，三杯谎话编，醉卧夕阳红。

别格（二）

十|十——|（句）十—十|——（韵）十—十 | |——（韵）十——||（句）十||——（韵）

十|十——|（句）十—十|——（韵）十—十 | |——（韵）十——||（句）十||——（韵）

示例五 · **梦欢一刻**

骀荡风吹杨柳，心随夜雾飘离。昨宵多酒误晨时，阳光和煦照，窗外鸟儿啼。

梦里翻颠身子，狂风戏弄花枝。春欢一刻已忘归，回魂还望月，笑脸泛红辉。

○ 鹧鸪天

又名《思佳客》，共五十五字，前片二十八字，后片二十七字，前后片各三平韵。第三、四句与过片多作对偶。

定格

十|——十|—（韵）十—十||——（韵）十—十|——|（句）十|——十|—（韵）

—||（句）|——（韵）十—十||——（韵）十—十|——|（句）十|——十|—（韵）

示例一 · **青松**

铁骨钢筋冰雪融，山巅挺立傲长空。青枝抗拒寒冬虐，性格坚强豪气雄。

观俗世，斗狂风，茫茫云外送飞鸿。花开终有芳菲尽，独看东方霞日红。

示例二 · **望夫**

枕上风云细雨吹，田头锄地湿芳菲。迷烟望尽难寻路，外出郎君何不归？

明月亮，路灯稀，开瓶美酒待端杯。桥头守候窗边盼，等落庭前一树梅。

示例三 · **中华潮**

壮阔波涛气势宏，浪花飞溅永流东。江湖涤荡三千里，崖壁攀登百丈峰。

先煮酒，再称雄，超前胆略跨时空。卫星过月银河闯，航母巡洋振国风。

枕上風雲細雨吹，田頭鋤地濕芳菲，迷煙望盡難尋路，外出郎君何不歸。
明月亮，路燈稀，開瓶美酒待端杯，橋頭守候牕邊盼，等落庭前一樹梅。

鷓鴣天 癸卯年仲春陳洪法書

○ 小重山

又名《小重山令》，双调，全篇五十八字。前片三十字，后片二十八字，前后片各四平韵。

定格

十|——十|—（韵）十——||（豆）|——（韵）十—十||——（韵）—十|（句）十||——（韵）

十||——（韵）十——||（豆）|——（韵）十—十||——（韵）—十|（句）十||——（韵）

示例一 · **拼将疏发白**

拂晓寒风窗外游。梦魂惊觉起，见飞鸥，披烟戴雾闯云洲。腾飞急，衔着大鱼头。

头顶一荒丘，拼将疏发白。永无休，朝阳拼到夕阳收。连珠炮，鞭出几条牛。

示例二 · **昏官**

坐上高台头套纱，威名传百里。月西斜，围墙四面绿荫遮。温室里，戏弄几枝花。

歌尽品春茶，昏灯陪酒女。六魂麻，金钱叠叠几添加。红裙子，歌舞扭伦巴。

示例三 · **静夜思**

昨夜多云月不明，枕低难入梦。数钟声，相思薄雾盖凉亭。秋萧索，丛草小虫鸣。

思绪理心情，解衣舒气闷。诉天听，迷烟闯过见前程。阳光照，办事讲真诚。

○ 一剪梅

双调小令，共六十字。前片三十字，后片三十字，前后片各三平韵。前后片平仄、押韵、字数相同。也有句句叶韵者。

定格

十｜——十｜—（韵）十｜——（句）十｜——（韵）十—十｜｜——（句）十｜——（句）十｜——（韵）

十｜——十｜—（韵）十｜——（句）十｜——（韵）十—十｜｜——（句）十｜——（句）十｜——（韵）

示例一 · **农耕春早**

久耐严寒春盼融。旭日乾坤，映照彤红。周游脚步显轻松，东岸西村，早起耕农。

勤奋辛劳不误工。一曲晨歌，拂面凉风。春来机会露花容，叶茂花开，汗沥田丰。

示例二 · **离人理由**

细雨连绵已数周，仰望高空，动荡浮云。春郎离别夏娘思，风也吹吹，人也愁愁。

思绪波涛荡小舟，没有休闲，晃晃悠悠。自圆其说有缘由，茶酒聊天，无事应酬。

○ 唐多令

又名《南楼令》。双调，六十字，前片三十字，后片三十字，前后片各四平韵，平仄字数押韵相同。

定格

一||——（韵）十一十|—（韵）|十一（豆）十|——（韵）十|十——||（句）十十|（句）|——（韵）

一||——（韵）十一十|—（韵）|十一（豆）十|——（韵）十|十——||（句）十十|（句）|——（韵）

示例一 · **游湖思母**

回顾在杭城，湖光景色明。五年前、邀母同行。水载轻舟人惬意，慈颜露，喜盈盈。

时聚梦中情，额纹白发生。又登船、穿越荷亭。今日桂花香似酒，人面去，失温馨。

示例二 · **桂花泪**

愁绪酒来浇，郎君身体摇。许多年、鸿雁当桥。晌午锦书犹未读，夜又到，意飘飘。

难睡一通宵，三更正月娇。望银河、起伏波涛。忽见桂花晶亮泪，朦胧里，坠河腰。

○ 破阵子

双调小令。共六十二字，前片三十一字，后片三十一字。前后片各三平韵，前后片字数平仄押韵相同。

定格

||——十|（句）十一十|——（韵）十|十——||（句）十|——十|—（韵）十一十|—（韵）

||——十|（句）十一十|——（韵）十|十——||（句）十|

——＋|—（韵）＋—＋|—（韵）

示例一 · **自诫**

独自江湖行走，须防误入歧途。颠沛随时逢陷阱，道取阳关不失愚，问心无愧吾。

几十年经风雨，艰辛苦酒掀壶。把握时机尤自律，涉世分清迷雾区，超然胜读书。

示例二 · **建国70周年华诞感赋**

傲我泱泱家国，喜迎七十年光。曾是黎民山压顶，惨雾愁云天地茫，田间遇水荒。

北斗星明指路，神州儿女昂扬。盛世腾飞天助力，抗外还须军事强，安心度小康。

示例三 · **风雨人生**

夜静挑灯搦笔，吟诗达意抒情。十万顷长波伴奏，六十年风雨共鸣，少年已老成。

往昔扬帆出海，今朝转道归程。蓦地回眸人境改，简陋柴棚变绿城，天涯留薄名。

○ 喝火令

共六十五字。前片二十八字，后片三十七字。前片三平韵，后片四平韵。

定格

||——|（句）——||—（韵）|——||——（韵）＋||——|（句）

十||——（韵）

||——|（句）——||—（韵）|——||——（韵）||——（句）|||——（韵）|||——|（句）十||——（韵）

示例一 · **月夜觅知音**

夜半歌声起，风微万物安，曲如流水荡心弦。天上月娥相伴，一路到山前。

小院红衣舞，姑娘貌似仙。半扶桃李半依泉。觅到知音，日夜不孤单。看到世人惊眼，与我结良缘。

○ 行香子

双调小令，共六十六字。前片三十三字，后片三十三字。前片五平韵，后片四平韵。

定格

十|——（韵）十|——（韵）十—十（豆）十|——（韵）十—十|（句）十|——（韵）|十—十（句）十—|（句）十——（韵）

十—十|（句）十|——（韵）十—十（豆）十|——（韵）十—十|（句）十|——（韵）|十—十（句）十—|（句）|——（韵）

示例一 · **崇明东滩行眺回顾**

绿野参差，芦苇葳蕤。珍珠露、水濯沙泥。鱼虾戏浪，候鸟翻飞。旷漠沙滩，银光闪，海潮围。

多愁善感，回想依稀。是当年、破褥荒栖。弄波撒网，跑海充饥。在此沿岸，留人迹，脚尤知。

示例二 · **河塘春趣**

举目扶窗，绿色山庄。那流云、踏草寻芳。柳丝牵引，水上河床。忽来风雨，帽衣湿，步鱼塘。

蜂回蝶转，停在花房。沐烟波、莲藕清凉。若能长住，鸟语花香。最易长寿，清溪里，雁双双。

示例三 · **宁泰馨苑**

无限风光，可纳城乡。凭栏立、思绪绵长。馨园景致，斗艳争芳。但见塘水，围亭转，鸟飞翔。

斜阳照射，艳丽春装。葡萄架、果实金黄。柳条垂钓，鸟跃鱼忙。老翁持剑，强拳腿，展锋芒。

○ 风入松

双调，共七十六字。前片三十八字，后片三十八字。前后片各四平韵，平仄押韵字数相同。

定格

＋—＋||——（韵）＋||——（韵）＋—＋|——|（句）＋—＋（豆）＋|——（韵）＋|———|（句）＋—＋|——（韵）

＋—＋||——（韵）＋||——（韵）＋—＋ | ——|（句）＋—＋（豆）＋|——（韵）＋|———|（句）＋—＋|——（韵）

示例一 · **游西湖**

辉煌景色静悠悠，落叶水边浮。闻歌眼对苍天视，寻蝉影、沉醉迷游。斜日摇红杨柳，湖中倒映枝头。

离情倏忽令人忧，回步跨新愁。秋来一夜寒霜降，地铺白、枫叶含羞。企盼时间还绿，湖波继续风流。

示例二 · **武夷山九曲溪漂筏**

武夷胜境荡心潮，茶醉大红袍。身随危筏时悬胆，掠深浅、险浪风骚。两岸奇岩危壁，群山无比妖娆。

一溪九曲水迢迢，美梦任逍遥。豁然数十峰环绕，顺潮晃、弯转千篙。不觉斜阳西坠，行云鸥雁吹箫。

○ 金人捧露盘

又名《铜人捧露盘引》《上西平》《西平曲》。

共八十一字，前片三十九字，后片四十二字。前片五平韵，后片四平韵。前六后七两句，以一去声字领两句七言句。

定格

|——（韵）—||（句）|——（韵）|||（豆）十|——（韵）——||（句）|十——||——（韵）|——|（句）|十—（豆）十|——（韵）

——|（句）——|（句）—||（句）|——（韵）|||（豆）十|——（韵）——||（句）|十——||——（韵）|——|（句）|十—（豆）十|——（韵）

示例一 · **云雨锋芒**

柳条长，垂入水，万千扬。不上饵、也钓春光。青丝扯动，却为鱼虾挡雾遮阳。浪花翻涌，那鲤鱼、跃起双双。

花枝茂，遮烟雾，松柏老，作围墙。燕子笑、搬进新房。佳人做伴，又软香温玉酒牵肠。忽来风雨，泻琼浆、溢满池塘。

柳條長垂入水，萬千搖，不上餌，也釣春光，青絲扯動，却為魚蝦擋霧遮陽，浪花翻涌，那鯉魚躍起雙雙。
花枝茂，遮煙霧，松柏老，作圍墻，燕子笑，搬進新房，佳人作伴，又軟香溫玉酒牽腸，忽來風雨，瀉瓊漿，溢滿池塘。

金人捧玉盤 癸卯春日陳洪法書

○ 八六子

共八十八字。前片三十字，后片五十八字。前片三平韵，后片五平韵。句豆诸家都有出入。前片第四句以一仄声字领六言两对句，后片第四句以三仄声字领六言一句及四言两对句，第七句以二平声字领六言两对句。前后片后四字以“去平去平”结尾。

定格

|——（韵）|——|（句）——||——（韵）|||——||（句）|——|——（句）|—|—（韵）

———|——（韵）|||——|（句）——||——（韵）|||（豆）——|——|（句）|——|（句）|——|（句）——||——||（句）———|——（韵）|——（韵）——|—|—（韵）

示例一 · **愁望离人**

倚阑干，满怀愁绪，春来乍暖还寒。见竹送青梅别谷，雁迎红粉回山，怨声一番。

心中生恨无端，有意结怨愁雾，离人义结幽兰。看碧树、珍珠滴乌江水，浪弹弦曲，气抽心肺，天空点点繁星惨淡，云间寒月孤单。泣声叹，黄莺血啼几年？

示例二 · **悲喜秋**

白茫茫，满园霜恨，枯萎草木凄凉。望柳叶枝头脱落，菊花黄蕊飞扬，岸泥透凉。

何为天气忧伤，燕子几声飞舞，秋风也有柔肠。可喜是、阳光伴随收割，只争朝夕，不延时日，田间阵阵金风弄俏，层层清气闻香。喜洋洋，黄莺一啼夕阳。

○ 雪梅香

共九十四字。前片四十六字，后片四十八字。前片四平韵，后片五平韵。第三句是上一下四句法。也可“｜十一一｜”。

定格

｜—｜（句）——｜｜｜——（韵）｜———｜（句）——｜｜——（韵）十｜——｜—｜（句）｜——｜｜——（韵）｜—｜（句）｜｜——（句）—｜——（韵）

——（韵）｜—｜（句）｜｜——（句）｜｜——（韵）｜｜——（句）｜—｜｜——（韵）十｜——｜—｜（句）｜——｜｜——（韵）——｜（句）｜｜——（句）—｜——（韵）

示例一 · **物换星移**

故乡路，葵花笑脸面朝东。怨云烟缠绕，观千万物朦胧。未泯儿时屡经过，野田荒土已冰封。这情景，闯海飞舟，扬起帆篷。

交通，望高速。两岸长桥，一箭登空。万幢新楼，耸如玉宇琼宫。具把人生果相送，更将荣誉耀先宗。从今后，锦织阳光，前路无穷。

○ 满庭芳

又名《锁阳台》，共九十五字。前片四十八字，后片四十七字。前片四平韵，后片五平韵。过片两字，也有不叶韵，连下为五言句式。

定格

十｜——（句）十—十｜（句）｜十—｜——（韵）｜——｜（句）—｜｜——（韵）十｜——｜｜（句）十　十｜（豆）十｜——（韵）——｜（句）十—十｜（句）十｜｜——（韵）

——（韵）—||（句）——||（句）十|——（韵）|—|——（句）十|——（韵）十|十—||（句）十十|（豆）十|——（韵）——|（句）十—十|（句）十||——（韵）

示例一 · **深陷桃源花港**

红杏悬门，高墙引诱，夜空烟雾粘身。暂停行步，难忍此勾魂。曾忆风流旧事，桃源里、忽振精神。无深想，徘徊百步，九转已头昏。

香槟，谋一醉，幽兰梦度，尽得温存。解罗带同眠，云雨狂喷。怎晓胸中纠结，心坎上、印迹纷纷。由谁道，回头是岸，立意戒风尘！

○ 水调歌头

共九十五字。前片四十八字，后片四十七字。前后片各四平韵，也有前后片二六言句夹叶仄韵者。前片第三、四句，后片第四、五句可作上六下五，也可作上四下七，平仄出入较多，可以自由调配。

定格

十||—|（句）十||——（韵）十—十|—十（句）十||——（韵）十|——十|（句）十|——十|（句）十||——（韵）十||—|（句）十||——（韵）

十十十（句）十十|（句）|——（韵）十—十|（句）—十—||——（韵）十|——十|（句）十|——十|（句）十||——（韵）十|十—|（句）十||——（韵）

示例一 · **天地各有缘**

明月夜空照，可惜远离前。纵然耀眼光华，也寂寞孤单。仰慕嫦娥仙女，心念红颜知己。红线有谁牵？春竹与秋菊，此事两难全。

游香山，闻鸟语，沐温泉。海风醒脑，人间天上各归缘。梦里相思虚有，笑看开花结子，赡父母天年。倾听床边语，结伴渡航船。

示例二 · **足迹**

迷惘踩洼地，蓄志望云空。幼苗根植瀛洲，江水育青葱。勤读田头耕种。浩劫十年受阻，举足浪千重。伫立对天问，何日作人雄？

勘地质，绘图景，转西东。披荆斩棘，抛家忘己岂求功。砥砺难关击破，身是沉浮掠影，四海任萍踪。涉遍江山路，豪气贯长虹。

示例三 · **赠房地产巨商夏国振先生**

跬步走千里，遍体沐金光。人逢盛世如愿，两眼见芬芳。大业从军始起。搏击惊涛骇浪，勇闯太平洋。蓄意创奇迹，举世远名扬。

建房产，举义事，撼龙王。殚精竭虑，琼楼平地可封疆。砥砺峥嵘岁月，业绩江山无数，笑傲百家强。国计民生在，业史万年长。

示例四 · **回乡**

小岛驻东海，遍地舞青纱。泛舟摇出涛波，绿水映红霞。遥忆童年村陌。辨认新楼旧址，牛马变轿车。那棵老槐树，几鸟叫叽喳。

放风筝，斗蟋蟀，捉鱼虾。拉衣辫扮新娘，戏耍扔泥巴。中弹娇声呼痛，眉眼甜窝挂泪，逗笑小丫夸。昔日朦胧影，伴我闯天涯。

○ 凤凰台上忆吹箫

共九十五字。前片四十七字，后片四十八字。前片四平韵，后片五平韵。

定格

—|——(句)|——|(句)|——|——(韵)||——|(句)||——(韵)—|——||(句)—||(豆)||——(韵)——|(句)——||(句)||——(韵)

——(韵)|—||(句)—||——(句)||——(韵)||——|(句)—|——(韵)—|———|(句)—||(豆)—|——(韵)——|(句)——|—(句)||——(韵)

示例一 · **思恋**

人去楼空，梦中留迹，别来无意梳妆。不见还乡雁，怎有花香？提起愁情往事。追黑夜、仔细寻芳，谁知道？长期习惯，是在疗伤。

前方，直通海岸，高耸大梧桐，滴露思量。念北疆寒冷，穿厚衣裳。惟有云空风雨，恩顾我、常打门窗。观明月，温柔献媚，美影银光。

○ 汉宫春

此词调各家句豆多有出入，以此长短句为准。共九十六字，前片四十七字，后片四十九字。前后片各四平韵。

定格

十|——(句)|十—十|(句)十|——(韵)十—十|(句)

|十十|——(韵)——||(句)|——(豆)十|——(韵)—||(豆)——十|(句)十—十|——(韵)

十|十——|(句)|——||(句)十|——(韵)——|—||(句)十|——(韵)——||(句)|——(豆)十|——(韵)—||(豆)——十|(句)十—十|——(韵)

示例一 · **春来**

鸿雁回归，见白云山上，改换门装。几番心雨，驱逐多少凄凉。通宵梦里，扯嫦娥、扮我新娘。甘露得、因吴刚醉，偷来宫酒仙浆。

从此东风推力，那雷公壮胆，展翅飞翔。青虫又来境里，挡臂螳螂。芦芽破土，是何人、如此奔忙？春返暖、朝阳灿烂，幽兰馥郁清香。

示例二 · **对影成双**

明月清辉，照佳人美睡，对影成双。均匀呼吸，鼻中气吐兰香。樱桃小口，脸皮红、眉眼含光。观绝色、焉能克制，浑身血脉偾张。

也许今宵如愿，便床边静坐，览尽芬芳。真心得来不易，专注娇娘。苍天作证，地为媒、结梦同航。风转向、阳光纠正，有缘意合情长。

○ 八声甘州

简称《甘州》，全篇八韵，故称“八声”。共九十七字，前片四十六字，后片五十一字，前后各四平韵。亦有开端上五下八，首句用韵者。

定格

|＋—|||——（句）＋＋|——（韵）|——＋|（句）＋—＋|（句）＋|——（韵）＋|——＋|（句）＋||——（韵）＋|——|（句）＋|——（韵）

＋|＋—＋|（句）|＋—＋|（句）＋|——（韵）|——＋|（句）＋||——（韵）|——（豆）＋——|（句）|＋—（豆）＋||——（韵）——|（豆）|——|（句）＋|——（韵）

示例一 · **忆苦思甜**

见狂风骤雨泻房巅，屋壁掉灰沙。夜来寒意逼，茅棚破院，贫困人家。万物红衰绿瘦，叫怨听乌鸦。明月寒空视，身裹银纱。

破涕苦完穷止，玉液琼浆补，口啃香瓜。看田头欣喜，果实荡枝斜。驾潮流、江湖三弄，似雄鹰、财富索天涯。东方紫、气冲霄汉，天织红霞。

示例二 · **构诗**

那潇潇细雨洗尘埃，园林绿葱葱。水连珍珠串，从枝坠地，淋湿田翁。一树梅英憔悴，花艳正颠风。小鸟枝头上，比翼追空。

即起观光兴趣，赞故乡春色，其乐融融。正寻词觅句，美景引其中。见佳人、眼前经过，那酒窝、一笑两腮红。聪明脑、忽来灵感，一道填充。

○ 扬州慢

此原为姜夔自度曲，共九十八字。前片五十字，后片四十八字。前片四平韵，后片四平韵。前片第四、五句及后片第三句皆上一下四句法。

定格

—|——（句）|——|（句）|—||——（韵）|——||（句）|||——（韵）|—|（豆）——||（句）|——|（句）—|——（韵）|——（豆）—|——（句）—|——（韵）

|—||（句）|——（豆）—|——（韵）|||——（句）——||（句）—|——（韵）|||——|（句）——|（豆）||——（韵）|——（豆）—|——（句）—|——（韵）

示例一 · **新上海滩**

春满申城，绿浓红艳，轨交速到人前。快风吹百里，一路卷尘烟。若翘望、腾龙跃雁，耸明珠塔，超越云巅。夕阳娇、辉映繁华，霞蔚无边。

欲提往昔，涌思潮、黄浦江滩。有十里洋场，沉浮浪里，歌舞狂颠。七十一年如幻，群星灿、慰藉心田。立桥头、看那潮流，奔向明天。

○ 高阳台

又名《庆春泽》，全篇一百字。前片四十九字，后片五十一字。前片四平韵，后片四平韵。也有于两结三字豆处增叶一平韵。

定格

十|——（句）——||（句）十—十|——（韵）十|——（句）十—十|——（韵）十—十|——|（句）|十—（豆）十|——（韵）|——（豆）十|——（句）十|——（韵）

——||——|（句）|——十|（句）十|——（韵）十|——（句）十—十|——（韵）十—十|——|（句）|十—（豆）十|——（韵）|——（豆）十|——（句）十|——（韵）

示例一 · **弄潮燕**

燕子腾飞，衔泥结草，晚归早起林梢。往返频频，谋生闯荡推销。东风得力助坚翅，暑寒中、风雨吹箫。最堪夸、踏雪迎春，静待花娇。

童年有志多磨炼，驾波江湖里，解悉狂潮。时遇危机，触礁堵漏船腰。有心编织擒鱼梦，与龙王、约会商聊。闸门开、海货河鲜，涌进腰包。

裁青紗當衣見群魚擊浪，同浴光輝，柳絮高空搖擺，爆春時期。紅綠艷懸青枝，誘惑中，消磨良機，但見樹搖紅，幽蘭綻放，魂魄已迷痴。

園林裏，蜂兒圍，唱嗡嗡曲調，清亮吟詩，寂恨鳥雲撇雨，暴風揚威，驅看客，花歸溪，忽蝶来，翩翩飛翔，似梁祝靈遊，顛翻再世天地馳。

壽樓春　癸卯之春陳洪法書

○ 寿楼春

全篇共一百零一字。前片五十一字，后片五十字。前片六平韵，后片六平韵。中间多拗句，尤多连用平声之句。声情压抑，全作凄音。

定格

—————（韵）|——||（句）—|——（韵）||———|（句）|———（韵）—||（句）———（韵）||—（豆）————（韵）|||——（句）——||（句）—||——（韵）

——|（句）———（韵）|——||（句）—|——（韵）||———|（句）|———（韵）—||（句）———（韵）||—（豆）————（韵）|—|——（句）——||—|—（韵）

示例一 · **花园迷魂**

裁青纱当衣，见群鱼击浪，同浴光辉。柳絮高空摇摆，爆春时期。红绿艳，悬青枝。诱惑中、消磨良机。但见树摇红，幽兰绽放，魂魄已迷痴。

园林里，蜂儿围。唱嗡嗡曲调，清亮吟诗。最恨乌云掀雨，暴风扬威。驱看客，花归溪。忽蝶来、翩翩飞翔。似梁祝灵游，颠翻再世天地驰。

○ 忆旧游

共一百零二字。前片五十一字，后片五十一字。前片四平韵，后片五平韵。过片两字也可不叶。本词有六领格字，如是、听、见、那、叹、忽，并宜用去声，亦有开篇不用领格字。改上一下四句法为上二下三，改二、三句为八言一句，过片两字减去一韵者。

定格

|——||(句)||——(句)—|——(韵)||——|(句)|——||(句)||——(韵)|—||—|(句)—||——(韵)|||——(句)——||(句)||——(韵)

——(韵)|—|(句)|||——(句)—|——(韵)||——|(句)|———|(句)—|——(韵)|—||—|(句)—||——(韵)|||——(句)——||—|—(韵)

示例一 · **记寒夜郎归**

是寒霜裹绿，泪湿青衣，云集悲伤。落叶斜风摘，听乌鸦叫屈，响遍山庄。此时睡意全醒，眉眼对灯光。见密雾浓烟，丝丝缕缕，郁抑愁肠。

凄凉，照明镜，那散乱幡头，油发喷香。忽觉朱颜老，叹三根丝白，妆美娇娘。透帘一袭明月，焦虑盼夫郎。忽雀向天飞，欢呼路客惊梦乡。

○ 夜飞鹊

共一百零六字。前片五十三字，后片五十三字。前片五平韵，后片四平韵。领格字宜用去声。如觉见字。

定格

——|—|(句)—|——(韵)—|||——(韵)——|||—|(句)+——|——(韵)——|—|(句)|———|(句)||——(韵)——||(句)|——(豆)+|——(韵)

—||——|(句)—||——(句)—|——(韵)—|———|(句)——||(句)—|——(韵)|—||(句)|——(豆)||——(韵)|———|(句)——||(句)+|——(韵)

示例一 · **贤妻**

桥头别知己，杨柳枝垂，眉眼淌泪成溪。狂风激浪似留客，不停飞溅牵衣。残阳下烟坠，觉时空休止，误了船期。星移斗转，月如钩、倒挂天西。

江里几番潮退，情语渐消声，人去多时。回首重来离处，青丝拂面，招手河堤。树梢顶上，那蝉鸣、耳背无知。见东方红后，回家院里，呆立贤妻。

○ 望海潮

共一百零七字。前片五十三字，后片五十四字。前片五平韵，后片六平韵，也有过片两字增一韵者。

定格

———|（句）——十|（句）——||——（韵）—||—（句）——||（句）——||——（韵）—||——（韵）|—|—|（句）—|——（韵）||——（句）|——||——（韵）

——||——（韵）|——||（句）十|——（韵）—||—（句）——||（句）——||——（韵）—||——（韵）||—十|（句）—|——（韵）十|——||（句）—||——（韵）

示例一 · **秋收**

黄梨红橘，河鲜海味，芳香溢满空间。沉甸稻波，连绵起伏，天晴抢割平田。驱窃鸟挥杆。冷风卷霜雨，粮担挑肩。脱谷堆仓，见农民笑语连连。

繁华胜似仙山，绣花楼鸟树，载入神坛。吹笛一曲，笙歌悦耳，邀明月落杯盘。樽酒设豪餐。借醉佳人约，修得同船。梦见银河戏水，秦晋结良缘。

○ 锦堂春慢

共一百零一字。前片四十九字，后片五十二字。前片四平韵，后片四平韵。

定格

—|——（句）——||（句）——||——（韵）||——（句）—|||——（韵）|||——|（句）||—|——（韵）||—||（句）||——（句）—|——（韵）

|————|（句）|——||（句）||——（韵）—|———|（句）||——（韵）||——||（句）|||（豆）—|——（韵）||——||（句）—|——（句）||——（韵）

示例一 · **春暮**

行日匆匆，弥烟乱绕，阳台物影东斜。顿饭功夫，收取万道红霞。正是暮春间隙，注目楼外青纱。一阵风拂过，起伏波涛，掀动天涯。

历来韶光优美，却随时变老，确有偏差。多少时间珍惜，莫失年华。驾驭航船到岸，满眼是、乡景桑麻。忽觉涟漪涌动，荷下蛙歌，护送回家。

○ 沁园春

又名《寿星明》，格局开张，宜抒壮阔豪迈情感，一百一十四字。前片五十六字，后片五十八字。前片四平韵，后片五平韵，也有过片增一韵者。前片第四句和后片第三句皆以一字领下面四言四句。

前后片结尾并从一字领下面四言两句，宜用去声字。

定格

十|——（句）||——（句）|||—（韵）|十—十|（句）十—十|（句）十—十|（句）十|——（韵）十|——（句）十—十|（句）十|——十|—（韵）——|（句）|十—十|（句）十|——（韵）

——十|——（韵）|十|——十|—（韵）|十—十|（句）十—十|（句）十—十|（句）十|——（韵）十|——（句）十—十|（句）十|——十|—（韵）——|（句）|十—十|（句）十|——（韵）

示例一 · **崇明长江大桥**

横跨东西，直上云霄，万里畅通。望长江两岸，青纱起伏，烟波浩渺，逐浪排空。电焊工人，吞云吐雾，敢上蓝天架彩虹。无闲等，见车船鸟景，滚入潮中。

春风叶绿花红，引各路来宾摄影踪。惜李仙杜圣，天涯唱和，东坡安石，海角吟风。当代名家，销声匿迹，难觅知音唱颂同。留青史，咏江山壮丽，唯我诗翁。

示例二 · **英雄无畏**

寒月妖风，肆虐人间，冠状毒枭。见南疆北域，愁云惨雾，天昏地黑，魄散魂逃。死守严防，闭门封路，遮脸量温谨客交。逢灾日，赞同心协力，战胜寒潮。

江山一代天骄，为所有人崇敬自豪。忆昔年非典，扶伤救死，几番洪水，逐浪滔滔。民族坚强，英雄无畏，敢叫阎王撤死诏。邀功酒，胜利前煮沸，陶醉今朝。

横跨東西，直上雲霄，萬里暢通，望長江兩岸，青紗起伏，煙波浩渺，逐浪排空，電焊工人，吞雲吐霧，敢上藍天架彩虹，無閑等，見車船鳥景，滾入潮中。春風葉綠花紅，引各路来賓攝影蹤，昔李仙杜聖，天涯唱和，東坡安石，海角吟風，當代名家，銷聲匿迹，難覓知音唱頌同，留青史，詠江山壯麗，唯我詩翁。

沁園春 癸卯年春日陳洪法書

○ 多丽

又名《绿头鸭》，共一百三十九字。前片七十四字，后片六十五。前片六平韵，后片五平韵，也有于首句起韵者。

定格

|——（句）十—十|——（韵）|——（豆）——||（句）十十十|——（韵）|——（豆）十—十|（句）十十|（豆）十|——（韵）十|——（句）——||（句）|——||——（韵）|十|（豆）十——|（句）十||——（韵）——|（豆）十—十|（句）十|——（韵）

|——（豆）——||（句）|十—|——（韵）|——（豆）|—||（句）十十十（豆）—|——（韵）十|——（句）十—||（句）十——||——（韵）|十|（豆）十—十|（句）—||——（韵）——|（豆）十—十|（句）十|——（韵）

示例一 · **一边潮湿一边干**

闹枝头，秋蝉奏响林园。见西边、乌云密布，茫茫细雨狂颠。在东方、阳光普照，阴晴里、赞美诗篇。收获时期，苍天惹事，岸东潮湿岸西干。问小鸟、为何偷谷，鸿雁正盘旋。连声唤、共和同享，国泰民安。

嘴衔泥、除荒垦草，早年鞋破衣单。眼窝中、泪珠涌动，沮贫穷、仰面长叹。忽遇良宵，魂归美梦，满身污渍置丰田。又相见、楼前说笑，村里旧时官。光尤烈、银须金发，天道循环。

○ 六州歌头

共一百四十三字。前片七十一字，后片七十二字。前片八平韵，后片八平韵。此词也有另格和仄韵篇，但以本篇为主，其他格不再举例。

定格

——十|（句）十||——（韵）—十|（句）——|（句）|——（韵）|——（韵）十|十—|（句）十—|（句）—十|（句）十十|（句）—十|（句）|——（韵）十|十—（句）十|——|（句）十|——（韵）|十—十|（句）十||——（韵）十|——（韵）|——（韵）

|——|（句）十—|（句）—十|（句）|——（韵）十十|（句）—十|（句）|——（韵）|——（韵）十|——|（句）十十|（句）|——（韵）—十|（句）—十|（句）|——（韵）十|十—十|（句）十—|（豆）十|——（韵）|十—十|（句）十||——（韵）十|——（韵）

示例一 · **江钓**

蓝天清洗，春雨忽新晴。东风劲，移云彩，静倾听，爆芽声。记钓江情趣，水波动，惊鸿出，竿呼啸，回头猛，转身惊。绝色佳人，速把鱼儿捉，且说前程。照影斜阳里，看玉立婷婷。佳话多评，各分行。

枕黄粱景，相思共，望明月，数晨星。时隔久，心觉累，在申城，约长亭。小鸟依怀紧，丘比特，惹心悴，红丝线，缘分系，一生情。闲宅依松遗老，翠园碧、花艳温馨。几有逍遥地，茶碰酒杯应，信步闲庭。

仄韵格

仄韵格是以仄声字押韵的，其定格分为三种符号：“一”为平声韵，“|”为仄声韵，“十”为可平可仄韵。为词牌中标明逗号、句号、押韵、对仗及字数等，并提示领格字且用去声，某些词牌还另有变格。

○ 如梦令

又名《忆仙姿》《宴桃源》。三十三字。五仄韵，一叠韵。

定格

十|十——|（韵）十|十——|（韵）十||——（句）十||——|（韵）—|（韵）—|（叠）十||——|（韵）

示例一 · **迷在洞庭深处**

忆起风流情事，探秘聊知神地。数日未归来，已把合家安置。如此，如此，敢冒洞庭生死。

示例二 · **金乌蛤蟆**

修炼乌金身色，方显万年功德。福禄已双全，从善可居豪宅。观悉，观悉，为我聚财今日。

示例三 · **天水**

贫困少年无计，野菜时常填胃。怀志闯天涯，重担逆风挑起。天水，天水，旺我一生财气。

示例四 · **返航船**

昨夜星辰昏暗，醉酒原因情恋。出海返航迷，误入睡莲河面。惊变，惊变，吓退浅滩飞雁。

○ 归自谣

共三十四字。前片十七字，后片十七字。前片三仄韵，后片三仄韵。

修煉為金身色，方顯萬年功德，福祿已雙全，
從善可居豪宅，觀悉，觀悉，為我聚財今日。

如夢令 癸卯年春陳洪法書

定格

—||（韵）十丨十——||（韵）十—十|——|（韵）

——十|—十|（韵）——|（韵）十—十|——|（韵）

示例一 · **人生**

高处立，无论雷鸣和雨袭。舍生方显英雄色。

穿云破雾迎红日，当求索。鸟飞留影人留迹。

○ 天仙子

单调小令，共三十四字，五仄韵。

定格

十|十——||（韵）|——|——|（韵）——十||——（句）—||（韵）|—|（韵）||十——||（韵）

示例一 · **木化石神舟**

五十万年曾搏翅，见鲲鹏月明腾起。而今谁信是神舟。人有志，傲天际，宇宙千巡归故里。

示例二 · **古石笔筒**

千古石筒真塑史，聚财挥墨从今始。知书达理走天涯，人世里，有谁记？笔底文章尤盖世。

示例三 · **雄鹰**

闯海途中曾搏翅，打拼风雨腾空起。当知创业倍艰辛，赢大利，创新史，历练生涯酬壮志。

示例四 · **抛巾**

拂晓鸡鸣人赶早，漫天红日心情好。机逢香阁绣巾抛，男勇妙，女贤俏，甩接纱巾相视笑。

○ 生查子

双调，共四十字。前片二十字，后片二十字。前片二仄韵，后片二仄韵。与仄韵五言绝句者相仿。

定格

十||——（句）十|——|（韵）十||——（句）十|——|（韵）

十||——（句）十|——|（韵）十||——（句）十|——|（韵）

示例一 · **采葡萄**

每到采葡时，串串招人诱。高挂赛珍珠，羡慕邻家有。

今日采晶莹，出自勤劳手。口啖蜜浆流，一品香槟酒。

示例二 · **谢得风和雨**

好作海山游，继走当年路。人事几沉浮，借道天时助。

三万里兼程，驱动云中雾。一步一关情，谢得风和雨。

示例三 · **愁诗**

雨散盼晴天，草木思滋露。几朵蜡梅花，滴水无人妒。

忍泪也难吟，有句心中堵。待得杜鹃来，唱和多心语。

○ 醉花间

双调，共四十一字。前片二十一字，后片二十字。前片三仄韵，一叠韵，后片三仄韵。

定格

——|（韵）|—|（叠）—|——|（韵）—||——（句）||——|（韵）

———||（韵）||——|（韵）——||—（句）—|——|（韵）

示例一 · **守离花**

倾情酒，迷魂酒，明月何时有？长忆梦中愁，远别空房守。

相思难忍受，小屋徘徊走。枯枝脱落花，期盼春风救。

○ 点绛唇

双调，共四十一字。前片二十字，后片二十一字。前片三仄韵，后片四仄韵。前片第二句第四字也有断开分两句，增加一韵者，示例二。

定格

十|——（句）十—十|——|（韵）|——|（韵）十|——|（韵）

十|——（句）十|——|（韵）—十|（韵）|——|（韵）十|——|（韵）

示例一 · **人鸟问答**

掀起窗帘，静观树上啾啾叫。问询鸣鸟，怎把清晨搅？

浩荡春风，更比君行早。勤劳好，万千芳草，一夜开多少？

示例二 · **富贵勤劳造**

不用悲叹，今年运好，秋蝉告。水田丰稻，分配年终早。

若住新楼，先学衔泥鸟。身起早，放低声调，富贵勤劳造。

○ 霜天晓角

又名《月当窗》，共四十三字。前片二十一字，后片二十二字。前片三仄韵，后片三仄韵，别有平韵格。

定格

十一十|(韵)十|一一|(韵)一||一一|(句)十十|(豆)一一|(韵)

十一一||(韵)十一一||(韵)一||一一|(句)十十|(豆)一一|(韵)

示例一 · **搏翅**

从头至尾，思绪清如水。磨炼铁筋钢骨，强龙意、人如此。

闯江山搏翅，弄潮当大事。无论有无风险，勇敢地、潮中起。

平韵格

一|一一(韵)|一一|一(韵)||一一||(句)一||(豆)|一一(韵)

一一(韵)一|一(韵)|一一|一(韵)|||一一|(句)一||(豆)|一一(韵)

示例二 · **闯潮**

遥望江川，是谁来驶船？恶浪朝前涌去，强镇静，内心煎。

惊叹，风竟然，助超飞燕前。更向驾船人令：要学我、闯翻天。

○ 伤春怨

此为王安石梦中作，共四十三字。前片二十二字，后片二十一字。前片三仄韵，后片三仄韵。

定格

||——|（韵）||———|（韵）|||——（句）||———|（韵）

|———|（韵）||——|（韵）|||——（句）|||（豆）——|（韵）

示例一 · **记童年崇明东滩雨后水灾**

暴泻连天雨，百里洪涝浇注。巨浪卷青纱，一叶飞舟横渡。

筑堤人墙护，淹没滩头树。退水捉鱼虾，湿野地、烟熏煮。

○ 卜算子

双调，共四十四字。前片二十二字，后片二十二字。前片两仄韵，后片两仄韵，前后片字数平仄押韵相同。

定格

十||——（句）十|——|（韵）十|——||—（句）十|——|（韵）

十||——（句）十|——|（韵）十|——||—（句）十|——|（韵）

示例一 · **夜梦风筝影**

乱梦放风筝，坠落人初醒。恍觉佳人缓缓来，夜入相思境。

眼视出窗台，虚幻朦胧影。满目秋枝裹白霜，寂寞身心冷。

示例二 · **嘱月**

夜露湿梧桐，孤月游天景。冷寂佳人独睡眠，天地凄凉影。

酒菜桌边无，白水倾杯敬。叮嘱嫦娥厚服加，防止风寒病。

示例三 · **梅雨**

纵使女娲来，天裂难缝补。厚厚乌云黑幕遮，洪水青苗煮。

衣湿总难干，魂断霏霏路。若是消除世上愁，莫要霪霪雨。

示例四 · **天地配（加衬字）**

君是高空云，我是山间雾。两处相逢不贴身，夜落相思雨。

君是大官儿，我是农家女。若是高层配底层，天不负，鸳鸯侣。

示例五 · **仙鹤（加衬字）**

鹤别树梢头，探秘长生去。勇闯危难数十关，海阔高山阻。

路遇一残莺，负背迎风雨。佛祖真身幻化成，善德举，天仙赋。

○ 谒金门

双调，共四十五字。前片二十一字，后片二十四字。前片四平韵，后片四平韵。

定格

—＋|（韵）—||——|（韵）＋|＋——||（韵）|——||（韵）

＋|＋—＋|（韵）＋|＋——|（韵）＋|＋——||（韵）|——||（韵）

示例一 · **新芽**

窗栏倚，望尽一湖春水。万树扶青风景美，露清花草洗。

晨鸟摇头摆尾，引我笑看桃李。愁苦还寒身盖被，此时尤窃喜。

君是高空雲，我是山間霧，兩處相逢不貼身，夜落相思雨。

君是大官兒，我是農家女，若是高層配底層，天不負，鴛鴦侶。

卜算子 癸卯年仲春陳洪法書

示例二 · **梦抱佳人**

秋已老，明月一轮高照。枯叶凄凉谁去扫，寒夜尤烦恼。

眼对昏灯无觉，饮酒相思多少？梦见青藤将树绕，那儿缠又抱。

示例三 · **垂危病父**

心难静，尤怕折腾生病。遥望林中枯树影，早无前日挺。

恍惚昏迷难醒，又似游离梦境。拜佛求医逢不幸，命归天已定。

○ 好事近

又名《钓船笛》，共四十五字。前片二十二字，后片二十三字。前片两仄韵，后片两仄韵。建议入声为宜，两结皆为上一下四句法。

定格

十||——(句)十||——|(韵)十||——|(句)|十——|(韵)

十—十||——(句)十十|—|(韵)十||——|(句)|十——|(韵)

示例一 · **折红杏**

杨柳舞青枝，一水一山春景。延展远天而去，插远方云岭。

相思符在梦中飞，墙头闪红杏。采撷莫失良机，入平生佳境。

示例二 · **奇石宴**

欲望类贪婪，美味菜肴鲜食。却是海山滩壁，作料奇形石。

瓢盆锅碗素和晕，青红白蓝黑。初看不分真假，品牙终难吃。

○ 忆少年

又名《十二时》，共四十六字。前片二十二字，后片二十四字。前片两仄韵，后片三仄韵。亦以入声为宜，两结句皆上一下四句法，也有于过片处增一领格字，如“见”“愿”。

定格

——十|（句）——||（句）———|（韵）——|十|（句）|———|（韵）

||———||（韵）|——（豆）|——|（韵）——|—|（句）|——十|（韵）

示例一 · **画像**

河边垂柳，招摇画舫，匆匆来客。春风扫梅落，已和桃花隔。

泼墨书篇添翠碧，彩云游、百花云集。谁家美男女，愿陪勤劳笔？

示例二 · **蜂蝶并存**

如今年月，新潮换代，时髦男女。谈情废传统，姻缘同儿戏。

见世间苍生迷雾，折桃花、与兰相处。蜂和蝶同宿，一团麻谁理？

○ 忆秦娥

又名《秦楼月》，共四十六字。前片二十一字，后片二十五字。前片三仄韵，一叠韵，后片三仄韵，一叠韵。另附平韵格一例。

定格

—十|（韵）十—十|——|（韵）——|（叠）十—十|（句）|——|（韵）

十一十|一一|（韵）十一十|一一|（韵）一一|（叠）十一十|（句）|一一|（韵）

示例一 · **花飞南浦**

迷茫雾，相思梦断西楼女。西楼女，苍天允许，一生情侣。

哪堪秋月云遮路，落花飞向谁家去？谁家去？快风推动，送来南浦。

示例二 · **相思露**

弥漫雾，梧桐淌落相思露。相思露，面朝山寺，怨声倾诉。

去年村里同栽树，台风暴折无人护。无人护，流星坠落，不知何处。

平韵格

十一一（韵）十一十|一一一（韵）一一一（叠）十一十|（韵）||一一（韵）

|一一|一一一（韵）十一十|一一一（韵）一一一（叠）十一十|（句）||一一（韵）

示例三 · **燕子**

雾茫茫，勤劳燕子衔泥忙。衔泥忙，凌波掀翅，搏浪呈强。

见清晨露珠晶光，朝霞升起披红装。披红装，花开花落，一任飞扬。

○ 烛影摇红

共五十字。前片二十五字，后片二十五字。前片两仄韵，后片三仄韵。别格共九十六字，前片五仄韵，后片五仄韵。

定格

||——（句）||—（句）||—（豆）——|（韵）———||——（句）—|——|（韵）

—|——||（韵）|——（豆）——||（韵）|——|（句）||——（句）———|（韵）

示例一 · **迷觉**

豆大微光，闪寝宫，似酒浑、如昏睡。床前谁在晃悠悠？轻把幡头理。

行动轻车熟路，黑房间、柔情似水。烛灯摇灭，一梦天明，无穷回味。

别格

—|——（句）|—||——|（韵）———||——（句）—|——|（韵）||——||（韵）|——（豆）——||（韵）|——|（句）||——（句）——||（韵）

||——（句）|—||——|（韵）———||——（句）—|——|（韵）—|——||（韵）|——（豆）——||（韵）|——|（句）||——（句）———|（韵）

示例二 · **绝代佳人**

鹅白皮肤，粉红小嘴披肩发。明珠浮眼闪光辉，微笑春潮拂，此貌神仙调拨。在长街、频频望月。问询菩萨，此宝何来？无量寿佛。

逐过迷烟，日来夜去真相揭。当时谁敢闯仙宫，求索天涯越，缘到尘间路阔。得心诚、弹簧寸舌。牡丹开后，美饰花裙，人间尤物。

鵝白皮膚，粉紅小嘴披肩髮，明珠浮眼閃光輝，微笑春潮拂，此貌神仙調撥，在長街，頻頻望月，問詢菩薩，此寶何來，無量壽佛，逐過迷煙，日来夜去真相揭。當時誰敢闖仙宮，求索天涯越，緣到塵間路闊，得心誠，彈簧寸舌，牡丹開後，美飾花裙，人間尤物。

燭影搖紅 癸卯年春陳洪法書

○ 醉花阴

小令，共五十二字。前片二十六字，后片二十六字。前片三仄韵，后片三仄韵。

定格

十|十——||（韵）十|——|（韵）十||——（句）十|——（句）十|——|（韵）

十—十|——|（韵）||——|（韵）十||——（句）十|——（句）十|——|（韵）

示例一 · **重阳思母**

漫步林中观桂子，明月愁如水。此夕又重阳，思母恩情，擦拭腮边泪。

频频猛吸清凉气，觉有亲人味。仰首望长空，敢问流星，可寄儿心意？

○ 望江东

共五十二字。前片二十六字，后片二十六字。前片四仄韵，后片四仄韵。

定格

—|——|—|（韵）|十|（豆）——|（韵）十—十||—|（韵）|||（豆）——|（韵）

——||——|（韵）|十|（豆）——|（韵）十—十||—|（韵）|十|（豆）——|（韵）

示例一 · **飞跃**

桥底中流浪回去，只可惜、泥墙堵。诚心委托水前雾，却又遇、高山阻。

重重叠叠情无数，我有梦、鲲鹏驭。隔空飞跃紫云路，隐私话、真心诉。

○ 木兰花

格调有多种，各不相同。以韦庄词为准，共五十五字。前片二十七字，后片二十八字。前片三仄韵，后片三仄韵。另有仄韵转换格，《木兰花令》《减字木兰花》《偷声木兰花》等，字数平仄押韵却有出入。

定格

十—十|——|(韵)十|十——||(韵)十—十(豆)|——(句)十|十——||(韵)

十—十|——|(韵)十|十——||(韵)十—十||——(句)十|十——||(韵)

示例一 · **邻家少女**

邻家少女人生诉，播种读书家事主。雄鸡叫、早餐烧，熬药端茶侍父母。

缺衣少食饥寒苦，无奈人生求活路。同情常有贵人帮，滴露之恩酬谢雨。

示例二 · **秋图**

丹青染尽烟云阔，却是苍茫千景物。画图待、赋秋词，燕语蝉声情切切。

东边老柳金风拂，南岸稻黄争赶割。西沉落日洒金辉，北望云低村户接。

别格（仄声换韵格）

|||——||（韵）—||——||（韵）—||（句）|——（句）|||——||（韵）

|||——||（换韵）—||——||（韵）——|||——（句）—||——||（韵）

示例三 · **怜梅**

漫步小村迎旭日，犹见百花争美色。春气逼，蜡梅悲，一树可怜风雨袭。

少女绕林追小鸟，红帽紫衣人窈窕。弯腰捡起落枝花，伸手叠加怀里抱。

减字木兰花（平仄换韵格）

十—十|（仄韵）十|十——||（叶仄）十|——（换平韵）十|——十|—（叶平）

十—十|（再换仄韵）十|十——||（叶仄）十|——（再换平韵）十|——十|—（叶平）

示例四 · **某官别有家**

真情有几？纵欲风流无尽止。日夜奔酬，好似飞蜂各树游。

喜欢新户，摸狗偷鸡名毁誉。云雨狂颠，无奈妻儿夜半床。

示例五 · **卧房观美**

卧房帘起，集得一春花展示。灿烂芬芳，院外飞蜂涌进场。

谁家绝色，百鸟奇观窗院立。玉面冰肌，不采青枝踏发丝。

偷声木兰花（平仄韵互换格）

十一十|一一|（仄韵）十|十一一||（叶仄）十|一一（换平韵）十|一一十|一（叶平）

十一十|一一|（再换仄韵）十|十一一||（叶仄）十|一一（再换平韵）十|一一十|一（叶平）

示例六 · **秋实**

西楼凝望寒来早，杨柳枝头飞燕鸟。杂乱烟围，湿透游人帽与衣。

今能端酒朝天敬，逝去年华成幻梦。无视霜秋，得到辉煌忘了愁。

○ 鹊桥仙

旧以咏牛郎织女相会，共五十六字，前片二十八字，后片二十八字。前片两仄韵，后片两仄韵。

定格

十一十|(句)十一十|(句)十|十一十|(韵)十一十||一一(句)|十|(豆)一一十|(韵)

十一十|(句)十一十|(句)十|十一十|(韵)十一十||一一(句)|十|(豆)一一十|(韵)

示例一 · **夜半祈仙**

吟风洒脱，吹箫取悦，昨夜楼台邀月。通宵不睡浴银光，奏一曲、

西樓凝望寒來早，楊柳枝頭飛燕鳥，雜亂煙圍，濕透遊人帽與衣。

今能端酒朝天敬，逝去年華成幻夢，無視霜秋，得到輝煌忘了愁。

偷聲木蘭花 癸卯之春陳洪法書

阳春白雪。

佳人何处，婵娟虚幻，大雁南飞传说。倾杯美酒暖心胸，却证了、天生纯洁。

示例二 · **妻逝周年祭**

残阳泣血，月光滴泪，尽是枯枝憔悴。纵难置信暴残摧，却又是、哀怨无计。

寒风洗脸，冰霜沐浴，强忍凄凉气味。乌鸦叫屈唤谁归，这伤痛、终身何止！

○ 夜游宫

共五十七字。前片二十九字，后片二十八字。前片四仄韵，后片四仄韵。

定格

||——||（韵）|十|（豆）十——|（韵）十|——|十|（韵）|——（句）|——（句）—||（韵）

||——|（韵）|十|（豆）十——|（韵）十|——|十|（韵）|——（句）|——（句）—||（韵）

示例一 · **品味人生**

闯荡江湖美意，白帆挂、鼓风张势。涌动商潮盼功遂。挽洪流，搏黄昏，情不止。

仰望蓝天里，拨弦手、光芒梳理。一曲高歌唱到底。有谁知？伴辛酸，参辣味。

○ 踏莎行

双调小令，共五十八字，前片二十九字，后片二十九字。前片三仄韵，后片三仄韵。四言双起，惯用对偶。

定格

十|——（句）十—十|（韵）十—十|——|（韵）十—十||——（句）十—十|——|（韵）

十|——（句）十—十|（韵）十—十|——|（韵）十—十||——（句）十—十|——|（韵）

示例一 · **吴淞口日出**

冲破黎明，静观绮丽，东曦神驾初升水。一轮喷薄闪金光，映红江面雄浑势。

鸥舞朝阳，人迎清气，浪花激动情怀起。蓦然汽笛浩如歌，巨轮出海行天际。

示例二 · **夏夜情歌**

烈日残晖，烤焦芳草，无心捕食园林鸟。尤听隔壁女高音，传声爱你心中绕。

蚊子叮人，掌中逃夭，缠绵美梦情人抱。一篇诗稿月光书，何时约会歌声晓。

示例三 · **浦上花景**

夏日喷香，荷花浮浦。留心江面船来去。一男迷上抚青茎。鱼儿戏水开缝处。

一对情人，并头私语，恰如并蒂情无数。此番光景灿年华，莲生贵子金娃哺。

○ 钗头凤

又名《折红英》，共六十字。前片三十字，后片三十字。前片七仄韵，后片七仄韵，两叠韵，两部递换。前后片尾句连续三叠韵。

定格

——|（仄韵）——|（一韵）|——|——|（一韵）——|（换二韵）——|（二韵）十——|（句）|——|（二韵）|（二韵）|（叠）|（叠）

——|（一仄）——|（一仄）|——|——|（一仄）——|（换二韵）——|（二韵）十——|（句）|——|（二韵）|（二韵）|（叠）|（叠）

示例一 · **山乡巨变**

穿无好，餐非饱，妇姑梳发河边照。秋来急，霜寒逼。旱情灾害，水灾愁日。迫，迫，迫。

村新貌，人欢笑，草棚纷换楼房早。春风陌，田畴麦。眼前光景，超多收获。适，适，适。

示例二 · **福缘**

连根树，牵情雾，枕边姿色经风雨。观音庙，虔诚祷。佛缘光亮，百年安好。妙，妙，妙。

金哥主，银姑助，心胸阔海帆船渡。南山道，飞来鸟。愿和妻子，与天同老。笑，笑，笑。

○ 蝶恋花

又名《鹊踏枝》《凤栖梧》。双调，共六十字。前片三十字，后片三十字。前片四仄韵，后片四仄韵。

穿無好，餐非飽，婦姑梳髮河邊照，秋來急，霜寒遍，半情災害，水災愁日，迫，迫，迫。

村新貌，人歡笑，草棚紛換樓房造，春風陌田田疇變，眼前光景，超多收獲，適，適，適。

釵頭鳳 癸卯年初春陳洪法書

定格

十|十——||(韵)十|——(句)十|——|(韵)十|十——||(韵)十—十|——|(韵)

十|十——||(韵)十|——(句)十|——|(韵)十|十——||(韵)十—十|——|(韵)

示例一·**栏边观景**

独倚栏边风惬意。满脸金辉，杨柳溪边翠。斜日西山铺草地，相思梦里多情味。

举目茫茫观景美。忽也闻声，鹊踏枝头累。半卧夕阳眉眼醉，一轮新月柔如水。

示例二·**恋人**

倚柳闻莺初梦绕。石破天惊，总是牵情早。携手黄昏依小鸟，身材窈窕嫣然笑。

热到沸腾怀里抱。妙语连珠，千句还嫌少。海誓山盟词可造，唯求白首鸳鸯老。

示例三·**中秋**

晴朗夜空星万里，海托冰轮，独向银河驶。醉酒吴刚情有意，嫦娥门外敲窗子。

光怪陆离歌舞起。月饼香甜，酒品团圆味。一片银光投入地，人间更比天堂喜。

○ 渔家傲

双调，共六十二字。前片三十一字，后片三十一字。前片五仄韵，后片五仄韵。

定格

十|十——||(韵)十—十|——|(韵)十|十——||(韵)—十|(韵)十—十|——|(韵)

十|十——||(韵)十—十|——|(韵)十|十——||(韵)—十|(韵)十—十|——|(韵)

示例一 · **孤酒**

邀月同行光照面，广寒宫外愁肠断。欲问吴刚何处宴。情绪乱，孤单谁可婵娟唤？

皎影柔光庭后院，倾杯美酒情千万。醉卧佳人搂着暖。丹桂远，通宵未醒朦胧眼。

示例二 · **春眠不觉晓**

细雨飘摇情滴滴，万家灯火烟迷色。拂晓雄鸡催起急。罗帐匿，农家儿女春情逼。

半醒半眠闻鸟斥，春田不播何来食？月隐珠宫难近及。秋风袭，佳人痛别声声泣。

示例三 · **勤劳好**

绿染枝头无料峭，春潮骀荡寒归了。一股晨风田地搅。雄鸡报，谁家儿女追星早？

麻雀贪欢饥饿叫，勤劳燕子温饱笑。坐吃山空穷到老。空祷告，青天不落金元宝。

○ 苏幕遮

双调，共六十二字。前片三十一字，后片三十一字。前片四仄韵，后片四仄韵。

定格

|——（句）—||（韵）十|——（句）十|——|（韵）十|———||（韵）十|——（句）十|——|（韵）

|——（句）—||（韵）十|——（句）十|——|（韵）十|———||（韵）十|——（句）十|——|（韵）

示例一 · **十月风情**

桂花吟，枫叶赋。烟薄如衣，缠绕随天主。稻谷弯腰香满路。秀丽江川，迎接鸳鸯侣。

步徘徊，人浴雾。极目瀛洲，饱饮琼浆露。十月霜轻寒几许？凤意龙心，美事今回顾。

示例二 · **登鼓浪远眺**

岛悬空，云接水。闽海波澜，壮阔惊天底。浩瀚雄风千古气。鸥舞残阳，血色催人泪。

忆涛魂，言旧事。光复台前，总把英名记。山顶功碑留后世。三百年间，观景如观史。

○ 淡黄柳

共六十五字。前片二十九学，后片三十六字。前片三仄韵，后片五仄韵。用入声韵为宜。

定格

——||（句）—|——|（韵）||———||（韵）||——||（句）—|——|—|（韵）

|—|（韵）——|—|（韵）|—|（句）|—|（韵）|——||——|（韵）||——（句）|——|（句）—|——||（韵）

示例一·**寒山行**

狂风突击，云厚天藏日。落叶飘零寒瑟瑟。上月身姿碧绿，今已枝头尽枯色。

赶途急，饥寒待充食。鼓心劲，过危壁。见悬崖顶上残枝立。燕鸟啼鸣，报来春讯，松柏摇姿傲石。

○ 锦缠道

又名《锦缠头》，共六十六字。前片三十三字，后片三十三字。前片四仄韵，后片三仄韵。过片及第五句并用上一下四句法。

定格

||——（句）|||——|（韵）|——（豆）|——|（韵）

|——|——|（韵）||——（句）||——|（韵）

|——|—（句）|——|（韵）|——（豆）|——|（韵）|——（豆）—|——（句）||——|（句）||——|（韵）

示例一·**山宿**

雨过天晴，景色忽呈浓绿。太阳光、乱迷眉目，雨滋花树风冲浴。闪亮珍珠，点缀溪前竹。

在重阳踏行，路边迎菊。鸟欢啼、向天祈福。问山夫、宾馆何方？义犬汪汪叫，正是留人宿。

○ 酷相思

双调，共六十六字。前片三十三字，后片三十三字。前片四仄韵，后片四仄韵。八言句以用一去声字领下七言，前后片倒数第三句和尾句两韵叠。

定格

||———||（韵）|十|（豆）——|（韵）|—|———||（韵）十||（豆）——|（韵）十||（豆）——|（叠）

||———||（韵）|十|（豆）——|（韵）|—|———||（韵）十||（豆）——|（韵）十||（豆）——|（叠）

示例一 · **漫步枯林思亡母**

落叶枯林寒雨起。草萎地、虫冰死。那衣领钻风针扎是。春不到、天无计。草屋破、人无计。

叠叠重重烟化泪。痛母逝、伤神志。问天主阴阳能转意。托雨幕、情频寄。附海水、心频寄。

○ 解佩令

双调，共六十六字。前片三十三字，后三十三字。前片五仄韵，后片五仄韵。第一、二句也有不用韵者。

定格

——十|（韵）——十|（韵）|——（句）———|（韵）||——（句）||十（豆）十——|（韵）|——（豆）|—||（韵）

——十|（韵）——十|（韵）|——（句）———|（韵）||——（句）||十（豆）十——|（韵）|——（豆）|—||（韵）

落葉枯林寒雨起，草萎地，蟲冰死，那衣領鉆風針扎是春不到，天無計，草屋破，人無計。疊疊重重煙化淚，痛母逝，傷神志，問天主陰陽能轉意，托雨幕，情頻寄，附海水，心頻寄。

酷相思 癸卯年春陳洪法

示例一 · **寻诗**

行吟花事，芬芳香气。对韶春，追寻诗意。解冻声音，已听清、小河流水，拂春风、助飞燕翅。

枝头生翠，扶疏献美。最难能，阳光多礼。试问桃枝，几日红、抓牢机会。此真情、便知不易。

○ 青玉案

共六十七字。前片三十三字，后片三十四字。前片五仄韵，后片五仄韵。亦有第五句不用韵者。

定格

十—十|——|（韵）|十|（豆）——|（韵）||———||（韵）十——|（句）十—十|（韵）十|——|（韵）

十—十|——|（韵）十|——|—|（韵）||———||（韵）十——|（句）十—十|（韵）十|——|（韵）

示例一 · **春雪**

冰封不畅千条路，冻泥土、除虫腐。积雪门前谁扫护？红衣村女，吞烟吐雾，挥得晨光舞。

东方霞日行天府，燕子欢腾海边去。问到春时还几许？冷融枯草，风催雷雨，浇灌南山树。

示例二 · **人之初**

灵光一现人间坠，幻如梦、阎王意。降落人间啼哭始。生灵微命，投胎欣喜，父母恩情记。

青春不负初心事，造化功名塑青史。弄石吟风唯我辈。蓦然回首，

冰封不暢千條路，凍泥土、除蟲腐、積雪門前誰掃護，紅衣村女，吞煙吐霧，揮得晨光舞。

東方霞日行天府，燕子歡騰海邊去，問到春時還幾許，冷融枯草，風催雷雨，澆灌南山樹。

青玉案 癸卯春陳洪法書

扫除情绪，庆幸贫穷弃。

○ 千秋岁

共七十一字。前片三十五字，后片三十六字。前片五仄韵，后片五仄韵。

定格

|——|（韵）—|——|（韵）—||（句）——|（韵）———||（句）—|——|（韵）—||（句）|—||——|（韵）

||——|（韵）—|——|（韵）—||（句）——|（韵）|——||（句）||——|（韵）—||（句）|—||——|（韵）

示例一·**归鹤**

日红云薄，潮白滩头落。金羽翅，腾空跃。情依杨柳树，风雨辛勤搏。朝夕里，浪中闯荡无闲着。

万事归于昨，今惜归窝鹤。天向晚，人回阁。晚霞能挽住，便得长生乐。千百岁，此生寄宿南山脚。

○ 离亭燕

又称《离亭宴》，共七十二字。前片三十六字，后片三十六字。前片四仄韵，后片四仄韵。

定格

十|十——|（韵）—||——|（韵）十||——||（句）||十——|（韵）|||——（句）十|十——|（韵）

十|十——|(韵)—||——|(韵)十||——||(句)||十——|(韵)|||——(句)十|十——|(韵)

示例一 · **书剑仗天下**

搁笔招观银鹤，抬首满天云薄。幸得倦心犹未负，十载文章求索。仗剑胜机寻，谁料置身寥廓？

风鼓远帆非弱，烟海浩茫重落。叹尽此生人与事，一笑浪中惊魄。苦读几回书，立业必先成学。

○ 粉蝶儿

共七十二字。前片三十六字，后片三十六字。前片四仄韵，后片四仄韵。

主格

||——|—|—||(韵)|——(豆)|——|(韵)|——(豆)|||(豆)|——|(韵)|——(豆)—||——|(韵)

———|—|||—|(韵)|——(豆)|——|(韵)|——(豆)—||(豆)|——|(韵)|——(豆)—||——|(韵)

示例一 · **见异思迁**

最近频繁早行晚归觅翠，一回回、便无休止。雨兼风、夜继日、探山青否？向花枝、投注爱怜诚意。

而今天下游蝶负意皆是。记前时、蜡梅初坠。那愁容、都化作、满壶冰水。弃残枝、新找牡丹沉醉。

○ 御街行

又名《孤燕儿》，双调，共七十八字。前片三十九字，后片三十九字。前片四仄韵，后片四仄韵。

定格

——||——|（韵）|||（豆）——|（韵）———||——（句）—|———|（韵）——十|（句）十——|（句）—|——|（韵）

——||——|（韵）|||（豆）——|（韵）———||——（句）—|———|（韵）——十|（句）十——|（句）—|——|（韵）

示例一 · **潇洒梦一回**

跋山涉水无多虑。也有过、心酸楚。潮流千里莫迟疑，经历人生风雨。吟诗作赋，煮茶樽酒，多少痴情女。

清溪柳岸徘徊处。已梦到、红花舞。残灯微亮伴愁眠，情对苍天轻诉。星移月动，嫦娥来了，扶我尝梅去。

示例二 · **盼夫**

连绵不断寒中草。夜露逼、尘烟绕。垂帘时见角掀开，倾听柴棚鸡叫。年年除夕，痴情难改，凝目来回道。

床头对镜新衣套。白发捡、朱颜调。伯牙弹曲报知音，今给谁人梳俏？丝丝刘海，挡纹遮额，虚掩姿容老。

○ 祝英台近

此调婉转凄抑，犹可想见旧曲遗音。共七十七字。前片三十七字，后片四十字。前片三仄韵，后片四仄韵。忌用入声部韵。

連綿不斷寒中草，夜露逼，塵煙繞，垂簾時見角縫開，傾聽柴棚雞叫，年年除夕，痴情難改，凝目來回道。

床頭對鏡新衣套，白髮撿，朱顏調，伯牙彈曲報知音，今給誰人梳俏，絲絲劉海，擋紋遮額，虛掩姿容老。

御街行

癸卯初春陳洪法書

定格

|——（句）—||（句）—||—|（韵）十|——（句）十||—|（韵）十—十|——（句）十—十|（句）|十|（豆）十——|（韵）

|—|（韵）十十—|——（句）十—|—|（韵）十|——（句）十十|—|（韵）十—十|——（句）十—十|（句）|十|（豆）十——|（韵）

示例一 · **晨步**

正深秋，披白露，晨练气轻吐。漫步城郊，纵目柳杨树。满江风浪连天，银鸥镇静，已见到、翅冲江雾。

向谁诉？呼唤东海龙王，何多断肠雨。庆幸如今，绝处得神助。梨花嫁接桃枝，另番季节，岁月里、愁将消去。

○ 蓦山溪

又名《上阳春》，共八十二字。前片四十一字，后片四十一字。前片六仄韵，后片四仄韵。

定格

——十|（韵）十|——|（韵）十||——（句）|十十（豆）——十|（韵）|——|（句）十||——（句）—||（韵）—||（韵）十|——|（韵）

——十|（句）十|——|（韵）十||——（句）|十十（豆）——十|（韵）|——|（句）十||——（句）—||（句）—||（韵）十|——|（韵）

示例一 · **咏马**

蹄尘千里，驰骋随心意。抖索甩长鞭，霹雳响、流云惊退。踏霜披雪，杂草作粗餐，尘卷起。驰骋累，快似风驱驶。

传奇故事，戏说西游记。忠义岳家军，抗金兵、沙场神骑。战场豪杰，无马不成功，天赐运。人得志，汗血辉煌史。

○ 洞仙歌

共八十三字。前片三十四字，后片四十九字。前片三仄韵，后片三仄韵。前片第二句是上一下四句法，后片收尾八言句是以一去声字领下七言，紧接又一去声字领下四言两句作结，前片第二句也有上二下三句法。

定格

十一十|（句）|十一一|（韵）十|一一|一|（韵）|一一（豆）十|一|一一（句）一十|（豆）十|一一十|（韵）

十一一||（句）十|一一（句）十|一一|一|（韵）|||一一（句）||一一（句）一十|（豆）十一十|（韵）|十|一一|一一（句）|||一一（句）|一一|（韵）

示例一 · **夜钓**

向天观望，忽见婵娟耀。万盏银灯世间照。桂花摇、惹出多少相思，空欢喜、只怨烟遮云绕。

启明星指示，夜幕收屏，月上佳人发丝掉。打扮正梳妆，抹粉雕眉，临分别、强颜含笑。却深夜三更借东风，助我上银河，放竿垂钓。

示例二 · **露天茶馆**

白烟缭绕，那世间零乱。室外休闲露天馆。耳倾听、湖水茶水同鸣，蜂蝶是、扑踩桃花两岸。

一壶龙井品，入口清香，更胜茅台酒三碗。世上许多人，付与金樽，情未共、各奔心愿。见月亮杯中荡悠悠，却手不能端，怕其摇散。

○ 惜红衣

共八十八字。前片四十三字，后片四十五字。前片五仄韵，后片六仄韵。宜入声韵，前片结句与后片倒数第二句皆上一下四句法。

定格

||——(句)——||(句)|——|(韵)||——(句)——|—|(韵)——||(句)—||(豆)———|(韵)—|(韵)—||—(句)|———|(韵)

——||(韵)—|——(句)——|—|(韵)——||||(韵)|—|(韵)|||——|(句)|||——|(韵)||——|(句)—||——|(韵)

示例一 · **宏图**

拂晓闻鸡，披衣洗刷，倚窗凭立。月隐深宫，风光破天黑。披红戴绿，波浪里、擒鱼捞食。忙极，金色晚秋，听金蝉鸣悉。

丰收吹笛，歌颂繁华，锄头伴书籍。家园美梦共织，向西北。雪雨纵横寒冷，指日暖阳添墨。在画家图里，山水必然回碧。

○ 法曲献仙音

共九十二字。前片三十九字，后片五十三字。前片三仄韵，后片六仄韵。前片结句是一去声字领下五言两句，后片结尾是一去声字领下四言一句及六言一句。

定格

—|——(句)|——|(句)||———|(韵)||——(句)|—

—|（句）——||—|（韵）|||——|（句）——|—|（韵）

|—|（韵）|——（豆）|——|（韵）—||（豆）—||——|（韵）|||——（句）|——（豆）—|—|（韵）||——（句）|——（豆）||||（韵）|———|（句）||———|（韵）

示例一 · **梦中仙音**

云幕笼遮，小河翻浪，寂寞枝头钩月。速道风推，夺分争秒，山边闪电飘忽。叹海角天涯远，聊茶众朋别。

念情切，隔高山、内心刀割。妻嘱咐、江北雪融花拂。莫折岸边枝，问青松，情是何物？脚冷心寒，枕边灯、闪动纠结。那相思谁说？梦里情深欢悦。

○ 满江红

共九十三字。前片四十七字，后片四十六字。前片四仄韵，后片五仄韵。一般选用入声韵，声调激越。姜夔改作平韵，附于后，则情调俱变。

定格

十|——（句）—十|（豆）十—十|（韵）—||（豆）|——|（句）|—十|（韵）十|十——||（句）十—十|——|（韵）十十十（豆）十||——（句）——|（韵）

十十|（句）—||（韵）—||（句）——|（韵）|——十|（句）|——|（韵）十|十——||（句）十—十|——|（韵）十十十（豆）十||——（句）——|（韵）

示例一 · **抗日战争胜利 70 周年**

日寇横行，蹂躏急、谁来救世？风雨袭、苦仇频劫，卧龙醒起。

万里沙场灵与肉，八年收复山和水。昂首望、热血铸东方，红霞美。

七十载，天下治。千万业，英雄史。索东洋鱼岛，雪南疆耻。锦绣河山归港澳，清除腐败廉新纪。整国土、台岛待回归，中华喜。

定格（平韵格）

—|——（句）+||（豆）—||—（韵）—+|（豆）|——|（句）+|——（韵）+|———||（句）+——||——（韵）|+—（豆）+||——（句）—|—（韵）

—+|（句）—|—（韵）++|（句）|——（韵）||——|（句）+|——（韵）+|+——||（句）+——||——（韵）|+—（豆）+||——（句）—|—（韵）

示例二 · **外滩抒怀**

晴望安澜，波不息，潆转外滩。鸥跃入、浦江潮里，起伏循环。两岸花松遮不住，徘徊游客似流泉。见霞辉、映得满春红，凭壮观。

黄浦阔，行货船。马路畅，吐车烟。水上长桥架，横跨空间。闪亮明珠新世纪，耸云金茂众楼盘。试比高、大雁撞南墙，迷路偏。

○ 天香

共九十六字。前片五十一字，后片四十五字。前片四仄韵，后片六仄韵。

定格

+|——（句）——||（句）||———|（韵）||——（句）——+|（句）||———|（韵）|——|（句）—||（豆）|——|（韵）—|——||（句）——|——|（韵）

日寇橫行，蹂躪急，誰来救世，風雨襲，苦仇頻劫，卧龍醒起，萬里沙塲靈與肉，八年收拾山和水，昂首望，熱血鑄東方，紅霞美。

七十載，天下治，千萬業，英雄史，索東洋魚島，雪南疆耻，錦綉山河歸港澳，清除腐敗廉新紀，整國土台島待回歸，中華喜。

滿江紅 癸卯年仲春陳洪法書

——|—||（韵）|——（豆）|——|（韵）—|——||（句）|——|（韵）—|——||（韵）|—|（豆）——|—|（韵）||——（句）——||（韵）

示例一 · **雪山奇遇**

烟水冰封，平原叠雪。竹叶空中轻拂。燕鸟哀鸣，枯萎草木，满地凄凉枯物。忽生灵感，机莫失、探梅冰骨。惊动崖边少女，犹如夜空明月。

前时友邀过节，在西楼、语音欢悦。真是苍天作合，断丝连接。欢聚之情炽热。那双眼、迷人又魂夺。枕上啼莺，情缘永结。

○ 声声慢

共九十七字。前片四十九字，后片四十八字。前片五仄韵，后片五仄韵。惯用入声部韵。

定格

——||（韵）||——（句）——||||（韵）||———|（句）|——|（韵）——||||（句）||—（豆）|——|（韵）|||（句）|——（豆）|||——|（韵）

||———|（韵）—||（豆）——|——|（韵）||——（句）|||—||（韵）——|—||（句）|——（豆）||||（韵）|||（豆）|||—|||（韵）

示例一 · **倾泪**

凄凄楚楚，惨惨抽抽，悲悲切切诉诉。却是天倾山裂，忽将魂掳。人间有眼可证，怎奈何、眼前迷路。一树损，百花衰、往后暖窝谁主？

泪洒黄泉迷雾，冥想里、凄凉味儿难阻。入夜时分，落枕冷风逐雨。

凄凄楚楚，慘慘抽抽，悲悲切切訴訴，却是天傾山裂，忽將魂擄，人間有眼可證，怎奈何，眼前迷路，一樹損，百花衰，往後暖窩誰主？淚灑黄泉迷霧，冥想裏，凄涼味兒難阻，入夜時分，落枕冷風逐雨，霎兒痛心別母，衆親鄰，獻愛照護，驀地悟，恨那個生死定數。

癸卯年初春書聲聲慢詞一首 陳洪法

雯儿痛心别母，众亲邻、献爱照护。蓦地悟、恨那个生死定数。

示例二 · **劫后秀色**

焦焦急急，恐恐慌慌，悲悲切切泣泣。腊月新春时候，漫延瘟疫。狂风席卷霸道，这毒魔、动筋抽脉。避祸害，宅门封、息隐几轮红日。

病弱伤残堆积，天使护、中央地方功绩。共济同舟，看世界谁助力？驰援募捐救世，赞东方、载物厚德。待劫后、爆一片花果了得。

○ 黄莺儿

共九十六字。前片四十八字，后片四十八字。前片四仄韵，后片五仄韵。前后片各以一平声字领五言对句。

定格

———|——|（韵）||——（句）—|——（句）————（句）|——|（韵）—|||——（句）||——|（韵）|——|——（句）||———|—|（韵）

—|（韵）|||——（句）||——|（韵）|——|（句）||——（句）——|——|（韵）—|||——（句）||——|（韵）||||——（句）—|——|（韵）

示例一 · **共舞风光**

心情当有谁来主？美景天然，新意频生，风吹驱烟，系舟前浦。观月照夜行人，露降青洲路。柳枝弓背垂腰，独在沿途拱手安抚。

仙女，化出睡莲来，见浅红花露。隔山莺到，接耳交言，依依水知私语。看石壁小溪流，草木深根注，即使树绿成荫，须日光关护。

○ 剑器近

共九十六字。前片三十八字，后片五十八字。前片八仄韵，后片七仄韵。

定格

|—|（韵）|||（豆）———|（韵）|—|——|（韵）|—|（韵）|—|（韵）|||（豆）——||（韵）——|——|（韵）|—|（韵）

—|（韵）|——||（韵）——||（句）|||（豆）||——|（韵）———||——（句）|——|—（句）|——|—|（韵）|——|（韵）||——（句）||——||（韵）|—||——|（韵）

示例一 · **海鸥**

向南热，往北冷、东西飘忽。几回浪中飞越，怕吞没。翅冲突。转绿岛、繁花密叶。清风抚身吹拂。任游说。

人杰，历来心气烈。寒门草屋，不断地、舞锄挥明月。天生孤傲弄潮儿，不偷梁垒窝，守规遵律如铁。性情超脱，觅得良机，本性晶莹似雪。一身正气融千物。

○ 醉蓬莱

共九十七字。前片四十七字，后片五十字。前片四仄韵，后片四仄韵。前片一、五、八三句，后片六、九两句皆上一下四句法。

定格

|——||（句）||——（句）|——|（韵）||——（句）|———|（韵）||——（句）|——|（句）||——|（韵）||——（句）——||（句）|——|（韵）

||——(句)|——|(句)||——(句)|——|(韵)—|——(句)||——|(韵)||——(句)||—|(句)||——|(韵)||——(句)———|(句)|——|(韵)

示例一 · **旅游有记**

借风推劲力，正可携行，破云穿雾。惬意欢情，爱神州寰宇。草木初黄，几番迷醉。见客人无数。放纵时间，寻踪访古，任凭闲步。

好季秋华，获收时节，报喜鸣蝉，燕飞莺舞。樽酒倾杯，听美人柔语。戏说艰辛，夜息山寺，闹枕边饥鼠。总是心慌，通宵惊吓，记游如许。

○ 暗香

共九十七字。前片四十九字，后片四十八字。前片五仄韵，后片七仄韵。入声韵为宜。后有人吟咏荷花荷叶。更名《红情》《绿意》。前片第五字，后片第六字皆领格字。宜用去声。

定格

|—||(韵)||—||(句)———|(韵)|||—(句)||——|—|(韵)—|——||(句)—||(豆)———|(韵)|||(豆)||——(句)—||—|(韵)

—|(韵)|||(韵)||||—(句)||—|(韵)|—||(韵)—|——|—|(韵)—|——||(句)—||(豆)———|(韵)|||(豆)—||(句)|—||(韵)

示例一 · **投石思变**

少年启迪，却是童趣也，江边投石。近水跳珠，激奋波涛莫消极。

少年啓迪，却是童趣也，江邊投石，近水跳珠，激奮波濤莫消極，回顧曾經舊事，吞苦菜、牛羊爭食，破屋上、洞壁偷光，兄妹正馳筆。

天黑，夜靜寐，那雪夹冷霜，白霧呼出，氣風合力，驅散烏雲接紅日，何惧冰寒御骨，教體質，修成功德，屈指數、花朵朵，盛開了得，

暗香

癸卯年春陳洪法書

回顾曾经旧事，吞苦菜、牛羊争食。破屋上、洞壁偷光，兄妹正驰笔。

天黑，夜静寂。那雪夹冷霜，白雾呼出。气风合力，驱散乌云接红日。何惧冰寒彻骨，熬体质、修成功德。屈指数、花朵朵，盛开了得。

○ 长亭怨慢

共九十七字。前片四十八字，后片四十九字。前片六仄韵，后片五仄韵。见、在、却、那、已是领格字，选用去声。有对仗，如“戏浪鱼虾，驻帆鸥鸟”是对句。

定格

|—|（豆）———|（韵）||——（句）|——|（韵）||——（句）|——|（句）|—|（韵）|——|（韵）—||（豆）——|（韵）|||——（句）|||（豆）———|（韵）

||（韵）|——||（句）|||——|（韵）——||（句）|||（豆）|——|（韵）|||（豆）||——（句）|—|（豆）———|（韵）|||——（句）—|———|（韵）

示例一 · **泣母**

见沿岸、云空飘絮。似蚁粘身，护肤衣布。戏浪鱼虾，驻帆鸥鸟，在何处、听风倾诉，粗一想、秋天露，冷寂有原因，已勘破、红尘烟雨。

泪注，内心真郁闷，那日夜高呼母。西方召唤，怎忍得、满肠凄苦。又怨恨、怎不消停？既来世、何应离去？已憋死三回，今后家中无主。

示例二 · **弄潮儿**

已吹尽、杨枝花雪。入夜三更，冷风弹拂，远浦船归，劲帆风鼓，沸腾血、倔强风骨。生性善、常求佛。事业已成功，读一读、长安心悦。

气郁，总随时转化，勇者本身光洁。高峰顶矣，草木碧，白云飘忽。下海里、涤荡人生，太贪了、西天收没。沐浴晚年中，欢度残阳余热。

○ 双双燕

共九十八字。前片四十八字，后片五十字。前片五仄韵，后片七仄韵。常见首句句式为一二、一，中间两字相连。

定格

|—||(句)|—|——(句)|——|(韵)——||(句)|||———|(韵)—|——||(韵)|||(豆)——||(韵)——||——(句)||———|(韵)

—|(韵)——||(韵)|||——(句)|——|(韵)———|(句)|||——|(韵)—|——||(韵)|||(豆)———|(韵)—|||——(句)|||—||(韵)

示例一·海边双燕

到滩上了，见无数泥鳅，遇人逃掉。清凉气息，静听海潮呼啸。温暖阳光浴澡，那水面、烟波浩渺。帆船数十航行，百计鸥鹰围绕。

奇妙，邻姑窈窕。正摄影停留，燕来逢巧，机灵姿势，恰与美人同照。真叫沉鱼落雁，纵酒后、当成谈料。从此看海频频，暗自几回窃笑。

○ 宴山亭

又名《燕山亭》，九十九字。前片五十字，后片四十九字。前片五仄韵，后片五仄韵。

定格

十丨一一（句）一丨丨一（句）丨丨一一一丨（韵）一丨丨一（句）丨丨一一（句）十丨丨一一丨（韵）丨丨一一（句）丨一丨（豆）十一一丨（韵）一丨（韵）丨丨丨一一（句）丨一一丨（韵）

一丨一丨一一（句）丨十丨一一（句）丨一一丨（韵）一一丨丨（句）丨丨一一（句）一一丨一一丨（韵）丨丨一一（句）十十丨（豆）十一一丨（韵）一丨（韵）一丨丨（豆）一一丨丨（韵）

示例一 · **迷林**

深邃山林，微绿浅黄，大雁横空南去。悬壁古松，不老仙翁，恨不此生同住。谷底清凉，水流处、农田浇注。迷路！往返几来回，冷风凄雨。

岩缝难透阳光，野兔窜匆匆，尾随追步。三环九绕，似雾缠丝，悠闲鸟儿围树。走出迷途，脚迈进、前程无阻。将暮，寻酒店、多杯呕吐。

○ 念奴娇

又名《百字令》《酹江月》《大江东去》《壶中天》《湘月》。共一百字。前片四十九字，后片五十一字。前片四仄韵，后片四仄韵。宜用入声韵部。另参举苏东坡“大江东去”为变格。

定格

十一十丨（句）丨一十十丨（句）十一一丨（韵）十丨十一一丨丨（句）十丨十一一丨（韵）十丨一一（句）十一十丨（句）十丨一一丨（韵）十一十丨（句）丨 一一丨十丨（韵）

十丨十丨一一（句）十一十丨（句）十丨一一丨（韵）十丨十一一丨

|（句）+|+——|（韵）+|——（句）+—+|（句）+|——|（韵）+——|（句）|——|—|（韵）

示例一 · **祖国颂**

祥云环绕，尽心围天地，晴空游历。高处射来光与热，孕育万红千碧。水涌鱼欢，枝摇鸟舞，赞美辉煌国。卫星航母，咏中华我挥笔。

一派道骨仙风，乘风破浪，去势飞鸿急。足踩南洋防海鬼，手托苍穹追日。赤县乾坤，岂容颠覆，淘尽污泥黑。东方神剑，纵横天下谁敌！

变格

|——|（句）|—|（豆）—|———|（韵）||——（句）—||（豆）—|——||（韵）||——（句）——||（句）||——|（韵）———|（句）|——|—|（韵）

—|—|——（句）|——||（句）———|（韵）||——（句）—||（豆）—|———|（韵）||——（句）———||（句）|——|（韵）———|（句）|——|—|（韵）

示例二 · **围垦开河**

北湖南海，引流水、千里波涛游历。暴雨狂风，飞泻过、身体拦堤蓄力。滚石投江，凶潮怒吼，水岸中间隔。荒田茅草，烂成污物渣汁。

曾记围垦当年，小肩初担了，抽筋伤脊。觅宝寻珠，人帅矣、挥笔吟诗留迹。揽住春光，沧桑无奈我，有谁知悉？夕阳疲软，却存多少余力。

示例三 · **中华怀古**

古今风雨，已淘尽、多少污泥渣汁。霹雳声声、摧毁了、头上三山压逼。万里长征，惊涛骇浪，五剿包围出。英雄鲜血，染成天地红色。

尤记游击当年，润之挥巨手，全民团结。复合棋盘，车马炮、驱逐东洋将卒。散尽硝烟，中华披锦绣，丰衣足食。航船加速，赶超天下强国。

○ 绕佛阁

共一百字。前片五十字，后片五十字。前片八仄韵，后片六仄韵。

定格

｜—｜｜（韵）—｜｜｜（句）—｜—｜（韵）—｜—｜（韵）｜—｜｜——｜—｜（韵）｜—｜｜（韵）—｜｜｜（句）—｜—｜（韵）—｜—｜（韵）｜—｜｜——｜—｜（韵）

｜｜｜—｜（句）｜｜———｜（韵）—｜｜————｜（韵）｜｜——（句）—｜—｜（韵）｜——｜（韵）｜｜｜——（句）—｜—｜（韵）｜——（豆）｜——｜（韵）

示例一 · **观翠**

小楼盖尽，杨柳景色，思绪牵引。飘忽开闷。喜闻好事春风愿帮衬。上天许准，移植梦里，闲看花草，常吸香粉。夕阳光里溪边折毛笋。

倦客最潇洒，结伴亲朋游古镇。观翠玉珍珠晶莹透剔。娱乐挂红灯，男女搂紧。唱弹摇滚。叹纸醉金迷，情酒亲吻，问源头、浪潮难忍。

古今風雨已淘盡，多少污泥渣汁，霹靂聲聲，摧毀了頭上三山壓逼，萬里長征，驚濤駭浪，五剿包圍出，英雄鮮血，染成天地紅色。猶記游擊當年，潤之揮巨手，全民團結，復合棋盤，車馬炮，驅逐東洋將卒，散盡硝煙，中華披錦繡，豐衣足食，航船加速，趕超天下强國。

念奴嬌　癸卯年春日陳洪法書

○ 绛都春

共一百字。前片五十字，后片五十字。前片六仄韵，后片六仄韵。前片第五句，后片第六句皆与下句前四字和上句为对偶，与一般七言句有所不同。第二句第一字为领格，宜用去声。

定格

——||（韵）||||—（句）———|（韵）|||—（句）—|————|（韵）十—十|——|（韵）|十|（豆）———|（韵）|—十|（句）——||（句）|——|（韵）

—|（韵）——||（句）|—|（豆）||———|（韵）|||—（句）十|————|（韵）十——|——|（韵）|十|（豆）十—十|（韵）|—十|——（句）|—||（韵）

示例一 · **小河涨潮**

回春故土。听大雁报知，江南村里。草木爆芽，蜂翅探山枝青否？惊起飞蛾青枝戏，似碧树、花颜天使。举头仰望，空中变幻，又施肥水。

惊喜，盈盈笑靥，那娇嫩、溢起绵绵情意。几度饮杯，酒醉黄昏风流起，雨敲窗户疑翻驶。草塘里、波涛不止。昨宵浪没凉亭，燕传此事。

○ 桂枝香

又名《疏帘淡月》，共一百零一字。前片四十九字，后片五十二字。前片五仄韵，后片五仄韵。前后片第二句第一字为领格字，宜用去声字。

定格

——||（韵）|||十—（句）十十—|（韵）十|——十|（句）|

——|(韵)+—+|——|(句)|——(豆)+——|(韵)|——|(句)+—+|(句)|——|(韵)

|++(豆)——||(韵)|++—+(句)++—|(韵)+|——+|(句)|——|(韵)+—+|——|(句)|——+|—|(韵)|——|(句)+—+|(句)|——|(韵)

示例一 · **鸳鸯合并**

攀登有力，正仰看斜阳，漫步游客。千里秋霜煎树，变成黄色。长江涌动风潮事。水波连、目光凝结。鸟沿山转，岸边鸥舞，俯冲危极。

望山峰、烟云坐膝。景色搞联盟，世间奇迹。若问风流韵事，美人知悉。回头三笑曾迷梦，那花容月貌惊魄，是谁牵线？鸳鸯合并，密而无隙。

○ 翠楼吟

传原为姜夔自度“双词曲”。全篇一百零一字。前片五十字，后片五十一字。前片六仄韵，后片七仄韵。前片第七句第一个字是领格字，宜用去声。后片第二句是上一下四句法。

定格

||——(句)——||(句)——||—|(韵)———||(句)|—|———|(韵)———|(韵)|||——(句)———|(韵)——|(韵)|——|(句)|——|(韵)

||(韵)—|——(句)||——|(句)|——|(韵)|——||(句)|—|———|(韵)———|(韵)|||——(句)———|(韵)——|(韵)|——|(句)|——|(韵)

示例一 · **风流词仙行吟**

绿叶围墙，遮寒挡雨，晴空雨洗初碧。凭栏高处立，那鸥鸟繁忙争食。衔枝窝饰。见月桂摇红，频频招客。嫦娥脸、蓦然三笑，已无魂魄。

往昔，闻说词仙，带数张黄纸，蘸江当墨。以风流作赋，叹潇洒诗词韵律。长空横笔，斗酒铸千篇，真心赢得。温柔术、梦中怀里，美人投宿。

○ 霓裳中序第一

此词原为姜夔所填“商调”曲。共一百零一字。前片五十字，后片五十一字。前片七仄韵，后片八仄韵。惯用入声韵，前片第四句第一字是领格，用去声。

定格

——|||（韵）||———||（韵）—||—||（韵）|—||—（句）———|（韵）——||（韵）||——|—|（韵）——|（豆）|—||（句）|||—|（韵）

—|（韵）|——|（韵）|||——||（韵）———|||（韵）||——（句）||—|（韵）|——||（韵）|||——||（韵）——|（句）———|（句）|||—|（韵）

示例一 · **荷池**

骄阳似火炽，射得荷花香气溢。闲看燕儿接力。近观陌客多，青蛙藏匿。飞蛾密集，戏水鱼虾宿朝夕。游人矣！岸边簇拥，尽览好颜色。

根直，滟深茎碧，出自黑泥心洁白。时时清水洗涤，本性无邪，绝对优质。满池塘摆设，那嫩藕香甜好吃。樽前酒，苍穹邀月，宴北斗星七。

○ 水龙吟

又名《龙吟曲》《庄椿岁》《小楼连苑》。共一百零二字。前片五十二字，后片五十字。前片四仄韵，后片四仄韵。第九句第一字领格，宜用去声，结句用上一下三句法。

定格

|—十|——(句)十—十|——|(韵)十—||(句)十—十|(句)十—十|(韵)十|——(句)十—十|(句)十——|(韵)|十—十|(句)十—十|(句)十—|(句)——|(韵)

十|十—十|(句或韵)|——(豆)十——|(韵)十—十|(句)十——|(句)十——|(韵)十|——(句)十—十|(句)十——|(韵)|——||(句)十—十|(句)|——|(韵)

示例一 · **春思**

困春还似思春，也摇翻枕头非睡。宵温急降，冰霜覆物，奈何空气。最是桃园，可怜叶坠，断枝横地。见芽风雨毁，乌云堆积，茫茫雾，谁驱使？

埋怨乾坤无用，恨天阴、尘埃封闭。惊雷出击，寒潮惊退，九霄天里。急令人间，春锄挥动，化冰成水。待繁花似锦，阳光灿烂，创收盈利。

示例二 · **瀛洲芦苇赞**

故乡殊爱蒹葭，沙滩百里新河岸。丛深绿茂，生机灵活，清和润面。

故鄉殊愛蒹葭，沙灘百里新河岸，叢深綠茂，生
機盎活，清和潤面，至若春来，連綿細雨，韶光同遣，
又秋殘蘆葦，晶瑩花絮，蒼茫色，南飛雁。
蘆笛傳音日晏，任狂飈，擋風防患，如兵排陣，長
堤舞動不知疲倦，游弩東倭，青紗掩護，健兒頑
戰，為瀛洲奉獻，雄姿勃發，令人稱贊。
水龍吟 癸卯春日陳洪法書

至若春来，连绵细雨，韶光同遣。又秋残芦苇，晶莹花絮，苍茫色，南飞雁。

芦笛传音日晏，任狂飙、挡风防患。如兵排阵，长堤舞动，不知疲倦。游击东倭，青纱掩护，健儿顽战。为瀛洲奉献，雄姿勃发，令人称赞。

○ 石州慢

共一百零二字。前片五十一字，后片五十一字。前片四仄韵，后片五仄韵。宜用入声韵，两结句上一下四句法，也有后片第五、六两句外作上六、下四句，作为变格。

定格

十|——（句）—||—（句）—|—|（韵）——十|——（句）||十——|（韵）十—十|（句）|十十|——（句）十—十|——|（韵）十||——（句）|———|（韵）

—|（韵）十——|（句）十|——（句）|——|（韵）十|——（句）||———|（韵）十—十|（句）|十十|——（句）十—十|——|（韵）十||——（句）|———|（韵）

示例一 · **觅景**

冬末余寒，风雨弄晴，春雪天意。田头花树低迷，一日冰溶回势。沿江两岸，燕子搏翅波涛，不停戏弄沉浮水。两眼闪光芒，觅诗平生志。

栏倚，今宵无事，思绪如灯，历来如此。回顾前时，领奖时狂风起。功名吹走，放飞绿水青山，转交云岭光明地。功名又如何？却阳光同史。

示例二 · **姑苏城外**

雨过霞飞，天意弄晴，杨柳飘忽。林园篱菊喷香，远处薄烟蒸发。秋风解意，逐云露出阳光，登楼一望空间阔。任性大湖鹰，与波涛亲热。

心切，酒多胡话，梦见仙姑，仿如迷厥。忽在床边，亲吻销魂饥渴。痴迷玉体，倒翻多少柔肠，身疲力竭朝天阙。隔日又重来，那征衣难脱。

示例三 · **夜航**

电闪雷鸣，风泻雨时，春意强势。波涛晃荡长舟，勇气艰辛行驶。船帆张鼓，点亮一盏航灯，夜行进取生奇志。赶在浪潮前，跳珠胸怀里。

身似，霜中衰草，海上迷鸥，历经悲喜。还问经年，耿耿雄心谁记？从今但愿，对酒莫织新愁，夕阳延续朝阳事。忘倦只吟诗，却如蓝天使。

○ 宴清都

共一百零二字。前片五十二字，后片五十字。前片五仄韵，后片四仄韵，后片第六句是上一下三句法。

定格

||——|(韵)——|(豆)|——|—|(韵)———|(句)——||(句)|——|(韵)——||——(句)|||(豆)——||(韵)|||(豆)||——(句)——||—|(韵)

——||——(句)——||(句)—|—|(韵)——||(句)——||(句)|——|(韵)——|——|(句)|||(豆)——||(韵)||—(豆)||——(句)——||(韵)

示例一 · **婚嫁**

绣幅鸳鸯作。真投入、得风沾雨飞琢。江湖掀浪，枝头跃鸟，此身依托。东方冷暖无常，忽又见、佳人有约。蜡烛泪、哭泣悲哀，凄凉夜半低落。

人生聚散依然，多愁善感，平稳求索。浮光掠影，心神不定，顺风漂泊。无心结缘寻觅，父母别、金蝉脱壳。月老牵、介绍新欢，成功快乐。

○ 齐天乐

又名《台城路》《五福降中天》《如此江山》。共一百零二字，前片五十一字，后片五十一字。前片六仄韵，后片六仄韵。前片第七句，后片第八句第一字为领格，宜用去声。

定格

|——|——|（句或韵）——|——|（韵）||——（句）——||（句）—|———|（韵）——||（韵）|—|——（句）|——|（韵）||——（句）|—十||—|（韵）

——|—||（句或韵）|——||（句）—|—|（韵）||——（句）——||（句）十|——十|（韵）——||（韵）|十|——（句）|——|（韵）||——（句）|——||（韵）

示例一 · **迎接香港回归**

百年天下沧桑史，黄莺哭啼心碎。血雨腥风，摧残港土，鸦片云来风起，民生病理。赞无数英雄，挺身酬志。恶习消除，一轮明月照天地。

枝头鹊声报喜。港人凌辱尽，陈约终止。斗转星移，家园换主，惊喜回归盛世，扬眉吐气。已彪炳千秋，纪元新事，擘画神州，共和华夏美。

百年天下滄桑史、黃鶯哭啼心碎，血雨腥風，摧殊港土、鴉片雲來風起，民生病理，贊無嫛英雄，挺身酬志，惡習消除，一輪明月照天地。

枝頭鵲聲報喜，港人凌辱盡，陳約終止，斗轉星移，家園換主，驚喜回歸盛世，揚眉吐氣，已彪炳千秋，紀元新事，擘畫神州，共和華夏美。

齊天樂 癸卯之春陳洪法書

○ 瑞鹤仙

共一百零二字。前片五十二字，后片五十字。前片七仄韵，后片五或六仄韵。前片起句和结句倒数第二句皆上一下四句法，后片第三格增一字。

定格

|——||（韵）—||（豆）||——||（韵）——|—|（韵）|———|（句）———|（韵）——||（韵）||—（豆）—|||（韵）|——||（句）—||—（句）||—|（韵）

||——||（句）||——（句）|——|（韵）——||（韵）——|（句）|—|（韵）|——||（句）———|（句）———|||（韵）|——||（句）—||—||（韵）

示例一 · **小蚰守垒**

见行人早起。杨柳树、月夜千丝滴泪。时间不留季，只闻丛中叫，毫无留意。红霞展美，旭日光、铺设大地。盼青红合舞，天绝地灵，化露成翠。

料是生涯顺畅，所有功名，苦心编制。盘腰屈腿，鸣朝夕，必明志。洞中形似豆，声传三里，青蛙羞愧避水。那初心不改，坚守故乡堡垒。

○ 雨霖铃

共一百零三字。前片五十一字，后片五十二字。前片五仄韵，后片五仄韵。惯用入声韵部，前片第二、第五句上一下三句法，第八句是上一下四句法，第一字宜用去声。

定格

———|（韵）|——|（句）||—|（韵）——||—|（句）—

—||（句）———|（韵）||——||（句）|—|—|（韵）|||（豆）—|——（句）||——|—|（韵）

——||——|（韵）|——（豆）||——|（韵）——||—|（句）—||（豆）|——|（韵）||——（句）—|（豆）——||—|（韵）|||（豆）—|——（句）||——|（韵）

示例一 · **孝道**

青蛙愁绪，恨秋来晚，酷热蒸暑。河边雾柳亲密，沾烟两眼，行舟村妇。背脊胸衣汗透，可怜采莲女。日暮返、船载归程，月亮楼头笑容露。

亲情报答凭安抚，苦辛钱、对老人冬补。朝阳晚夕团聚。欢喜菜、酒杯频举。洗脸端盆，聊作、人生孝道关护，且日夜、倾听长江，共作涛声语。

示例二 · **感秋**

秋凉风色，忽生惆怅，寄托鸿翼。苍茫是处枯树，春光渗透，清风吹碧。院里花开艳丽，是微雨勤滴。念故友、音讯全无，记出生同月同日。

天寒自古人悲寂，近年来、鬓发如霜白！生灵万物如此，天不灭、奈何生息。莫怵萧条，如是、辉煌几度痕迹。盼晚夕、常照西天，拒绝黄昏黑。

○ 眉妩

共一百零三字。前片五十二字，后片五十一字。前片五仄韵，后片六仄韵。前片第一句、后片第二句及结尾倒数第二句所有第一字为领格，宜用去声。

定格

|———|（句）||——（句）—||—|（韵）||——|（句）——|（豆）———|—|（韵）|—||（韵）||—（豆）—|—|（韵）|—|（豆）||——|（句）|—|—|（韵）

—|———|（韵）||—十|（句）—|—|（韵）十|——|（句）——|（豆）———|—|（韵）|—||（韵）||—（豆）—|—|（韵）|—|——（句）—||—||（韵）

示例一 · **春耕结果**

那河边杨柳，逐乱轻烟，依约杜鹃到。报讯园林树，青红色、全凭春发高调。蜡梅去了，太可怜、轮换桃笑。最高望、一览群山矮，眼观太奇妙。

花爆江山真好。似洞庭仙境，千万珍宝。牛马勤耕地，长鞭击、泥巴翻出温饱。故乡物造，结汗浆、都是天料。听风雨温柔，千紫万红拥抱。

○ 永遇乐

共一百零四字。前片五十二字，后片五十二字。前片四仄韵，后片四仄韵。

定格

—|——（句）十——|（句）—|—|（韵）||——（句）——||（句）||——|（韵）十—十|（句）——||（句）十||——|（韵）|——（豆）——十|（句）|—十十—|（韵）

——||（句）———|（句）十|十—十|（韵）||——（句）十——|（句）—|——|（韵）|——|（句）十—十|（句）十|十—十|（韵）

十一|（豆）一一||（句）|一||（韵）

示例一 · **何须手足残**

无阻长江，乘舟东去，潮涨时候。信有成功，风流总是，美女加红酒。彩霞光美，西山熄灭，天下互残常有。孔明谋、东风借箭，还朝得胜吹奏。

迎来盛世，英雄何觅？巧匠能工雕手。两虎同山，和平相处，何必相争斗。莫谈生死，只缘使命，锦绣边关镇守。台湾岛、何须歼灭，协商共主。

示例二 · **河边掠影**

天白如银，好风催绿，花美枝净。夜雾跳珠，清荷出水，漫步惊蛙影。骄阳当顶，蒸锅热里，秋岸耸云银杏。见河中、鱼儿沉底，躲开强烈光晕。

天涯踏过，身心疲惫，乘上回程游艇。燕子飞来，佳人何在？寻遍南山岭。此生如梦，幽魂游走，莫失自身心性。农家女、行船折藕，粉腮倒水映。

○ 二郎神

共一百零四字。前片五十二字，后片五十二字。前片五仄韵，后片五仄韵。结尾倒数第三句第一字领格字。宜用去声。

定格

一一|（韵）|||（豆）一一一|（韵）|||一一一||（句）一一|（豆）|一一|（韵）一|一一一||（句）|||（豆）一一||（韵）|（豆）一一||（句）||一一一|（韵）

—|(韵)——||(句)|——|(韵)|||———||(句)—||(豆)——|(韵)||———||(句)|—|(豆)——||(韵)|—|——(句)||——(句)———|(韵)

示例一 · **求雨**

云空似，广阔幕、清新如纸。入目便知园林百物，依稀见、有些奇诡。休怪雷公何不力，一月里、稍施薄礼。露少许、情重万数，也算苍穹心意。

求水，嚎天一犬，二郎神义。训斥雨婆经常失察？天帝殿、倾听明旨。急令银河潮送去，旱灾处、东方宝地。愿波浪清泉，不再拖延，随风飞至。

○ 拜星月慢

共一百零四字。前片四十九字，后片五十五字。前片四仄韵，后片六仄韵。前片第五句及结句、后片第四句及结句皆上一下四句式。

定格

||——(句)———|(句)||——||(韵)||——(句)|———|(韵)|—|(句)||(豆)——||—|(句)||———|(韵)||——(句)|———|(韵)

|——(豆)||——|(韵)——|(豆)||——|(韵)||||——(句)|———|(韵)|——(豆)||——|(韵)——|(豆)||——|(韵)|||(豆)||——(句)|——||(韵)

示例一 · **怜梅**

昨夜迷烟，阳光驱尽，漫步林园往返。忽起悲风，见梅枝花烂。

昨夜迷煙，陽光驅盡，漫步林園往返，忽起悲風，見梅枝花爛，即安撫，似說，瓊枝也有生死，只是循環遲早，莫恨天寒，待新春回暖。

欠恩人，父母情無限，狂風卷，去吃閻王飯，衆子女哭傷心，為亡靈鳴怨，雨紛紛，一付冰涼面，黃泉路走了誰能喚，放假了，駕水西洋，過年回也念。

拜星月慢 癸卯之春陳洪法書

即安抚，似说、琼枝也有生死，只是循环迟早。莫恨天寒，待新春回暖。

欠恩人、父母情无限。狂风卷、去吃阎王饭，众子女哭伤心，为亡灵鸣怨。雨纷纷、一副冰凉面。黄泉路、走了谁能唤？放假了、驾水西洋，过年回也念。

○ 西河

共一百零五字。分上中下三片，上片三十三字，中片三十六字，下片三十六字。上片四仄韵，中片四仄韵，下片五仄韵。

定格

—||（韵）——||—|（韵）——|||——（句）|—||（韵）|—|||——（句）———|—|（韵）

|—|（句）—||（韵）|—||—|（韵）——|||——（句）|—||（韵）|—|||——（句）———|—|（韵）

|—|||||（韵）|——（豆）—|—|（韵）|||——|（韵）|——||———|（韵）—|—————|（韵）

示例一 · **庐山怀古**

千载事，匡庐胜景谁记？而今美梦步流连，伴随景致。白云有意绕青山，心如绒絮飘起。

古人迹，多到此，探奇访翠沉醉。悬崖瀑布水声来，欲听语碎。放怀独向最高峰，苍茫遥望天际。

俗身总把五老比，羡荷莲、清丽超世。揽尽九江春意，叹沿途倦客风尘新洗，常忆名川仙踪里。

○ 西吴曲

共一百零五字。前片五十一字，后片五十四字。前片五仄韵，后片四仄韵。

定格

|——||—|(韵)|——|||—|(韵)|——||(句)———|—|(韵)||——(句)—||———|(韵)|||—|——(句)||||——|(韵)

|—— |(句)—||——(句)——|—||(韵)|||(韵)|——|——(句)———|(句)||——||(韵)———|(句)||||——(句)—||——(句)—||—|(韵)

示例一 · **穷小子变迁记**

记传奇故事新揭，那滩头撒网海风拂。是投胎运薄，当年田野荒绝。啃菜充饥，曾摸个螺蛳昏厥。冷寂垦荒草茅村，暴雨水满洪灾发。

斗移星转，奔富几沉浮，贫穷劣根切割。涌热血、建高楼耸云霄，商场花絮，创业奔忙激烈。江湖争霸，写小说赋诗词，奇石玉收藏，名一代人物。

○ 望远行

共一百零六字。前片五十二字，后片五十四字。前片四仄韵，后片五仄韵。结尾倒数第二句第一字领格字，宜用去声。

定格

——||(句)——|(豆)||———|(韵)|——|(句)||——(句)|||——|(韵)||——(句)—||——|(句)—||——|(韵)|——(豆)—|——||(韵)

—|（韵）—||—||（句）||（豆）|——|（韵）||—（句）|—||（句）—||——|（韵）—|———|（句）———|（句）||———|（韵）||——|（句）———|（韵）

示例一 · **雪中诗情**

长空剑利，枝头斩、只有梅英佳色。雪飞迷眼，冷寂河边，见土石冰堆积。立岸忙人，披着一身绒服，凝目远方天客。那身如、飘忽仙翁太乙。

其实，炉火暖身烤热，被景引、扶窗磨墨。饱蘸笔尖，感应幻象，铺纸赋诗寒室。先借春风歌咏，幽兰丹桂，鸟语鱼欢山碧。见彩云光耀，琼衣鲜食。

○ 疏影

原为姜夔自度曲调。共一百一十字。前片五十四字，后片五十六字。前片五仄韵，后片四仄韵。例用入声部韵。

定格

——||（韵）||—||（句）—|—|（韵）||——（句）—|——（句）——||—|（韵）——||——|（句）|||（豆）———|（韵）||—（豆）||——（句）|||——|（韵）

—|——||（句）|—|||（句）—|—|（韵）||——（句）||——（句）||———|（韵）——||——|（句）|||（豆）|——|（韵）||—（豆）—|——（句）|||——|（韵）

示例一 · **防腐江山洁**

青苔叠翠，有蛀虫欲动，吞叶伤蕾。绿色家园，焉忍摧残？喷防腐剂完治。横行螃蟹双钳逼，气势猛、鱼鲜无跪。那蜡梅、斗雪寒空，祭出血红旗帜。

危害人间恶棍，府中正戏弄，花烂妖妓。震怒雷霆，霹雳声声，直捣黄龙金邸。初心不改江山洁，切莫是、虎头蛇尾。待那时、秋菊金枫，国庆畅收豪礼。

○ 摸鱼儿

共一百一十六字。前片五十七字，后片五十九字。前片六仄韵，后片七仄韵。前第四、后第五韵，定十字一气贯注，双结句倒数第三句第一字皆领格，宜用去声。

定格

|——(豆)|——|(句)———|—|(韵)十——|——|(句)—||——|(韵)—||(韵)|十|(豆)十—十|——|(韵)十—十|(韵)|||——(句)十—十|(句)十||—|(韵)

——|(句)十|——||(韵)———|—|(韵)十—十|——|(句)十|十——|(韵)—||(韵)|十|(豆)十—十|——|(韵)十—十|(韵)|||——(句)十—十|(句)十||—|(韵)

示例一 · **苍江云淡烟散**

岸边观、浪高波急，当时云淡烟散。东天晴日西天雨，浮现一团烟乱。春太短，应记住、花丛纷谢无人管。何谈遥远。那闯业艰辛，莫期神助，劳累背流汗。

风尘倦，凡事沉思判断。廉颇还可能饭。有钱难买颜如玉，上世安排相见。天线远，接两眼、披红戴绿星光灿，功名相伴。得水里鲜鱼，带来几尾，借酒了心愿。

○ 贺新郎

又名《金缕曲》《乳燕飞》《貂裘换酒》，共一百一十六字。前片五十七字，后片五十九字。前片六仄韵，后片六仄韵。

定格

十|一一|（韵）|一一（豆）十一十|（句）|一一|（韵）十|十一一十|（句）十|一一十|（韵）十||（豆）一一十|（韵）十|十一一十|（句）|十一十|一一|（韵）十||（句）|一|（韵）

十一十|一一|（韵）|一一（豆）十一十|（句）|一一|（韵）十|十一一十|（句）十|一一十|（韵）十||（豆）一一十|（韵）十|十一一十|（句）|十一十|一一|（韵）十||（句）|一|（韵）

示例一 · **秋收**

烟树金蝉叫。那声音、与人惊喜，恰如欢笑。拂晓雄鸡情切切，呼唤人间起早。我好比、园林舞草。防雨水侵吞成果，晃动镰刀抢收挑稻。防窃贼，赶饥鸟。

英雄百战功劳表。闯危滩、艰辛历尽，觅珍淘宝。彻骨钻心波涛冷，护暖增衣加套。俏少女、身材窈窕。眉眼抛来谁能拒？喜鹊登枝世间奇妙。美梦里，拥怀抱。

○ 兰陵王

共一百三十字。共上中下三片，上片四十八字，中片四十二字，下片四十字。上片七仄韵，中片五仄韵，下片六仄韵，宜用入声部韵。

定格

|一|（韵）一|一一||（韵）一一|（句）一||一（句）||一一|

煙樹金蟬叫，那聲音與人驚喜，恰如歡笑，拂曉雄雞情切切，呼喚人間起早，我好比、園林舞草，防雨水侵吞成果，晃動鐮刀搶收挑稻，防賊窃賊，趕饑鳥。

英雄百戰功勞表，闖危灘、艱辛歷盡，覓珍淘寶，砌骨鑽心波濤冷，護暖增衣加套，俏少女身材窈窕，眉眼拋來誰能拒，喜鵲登枝世間奇妙，羨夢裏，擁懷抱。

賀新郎 癸卯春洪法書

—|(韵)——|||(韵)—|(韵)——||(韵)——|(句)—||—(句)—|——|—|(韵)

——|—|(韵)|||——(句)—|—|(韵)———|——|(韵)—||—|(句)|——|(句)———||||(韵)|—|—|(韵)

—|(韵)|—|(韵)|||——(句)—|—|(韵)——||——|(韵)|||—|(句)|——|(韵)———|(句)|||(句)|||(韵)

示例一·**晨步**

放风去，染绿人间无数。青丝柳，头脑晃昏，拂晓雄鸡唤晨步，勤劳日子度。天府，星辰密布。抬头望，飞燕过河，忙碌和泥建新府。

春牛累朝暮，吃喝睡溪边，追月驱雾。凄凉枯草填饱肚。吆喝甩鞭响，晚霞抽没，黄昏通夜月色露，踏光有神护。

关注，自耕富。待万紫千红，更有诗赋。龙王寄语行舟主。奋勇闯天下，谨防潮阻。浮名功利，有所得，变富户。

○ 六丑

共一百四十字。前片六十九字，后片七十一字。前片八仄韵，后片九仄韵。宜用入声部韵，领格字宜用去声。

定格

|——||(句)|||(豆)———|(韵)|—|—(句)———||(韵)||—|(韵)||——|(句)|——|(句)||——|(韵)——||——|(韵)||——(句)——||(韵)——|——|(韵)|——||(句)—|—|(韵)

———|(韵)|——||(韵)||——|(句)—||(韵)——||—|(韵)|——||(句)|——|(韵)——|(豆)|——|(韵)—||

（豆）||——||（句）|——|（韵）——|（豆）||—|（韵）||—（豆）||——|（句）——||（韵）

示例一 · **科技变迁记**

在溪边喝水，满嘴臭、躬腰弯膝。水吞野田，林园尤告急，叶落花摘。敢向苍天问，否来风雨？别毁青红色。无情夜里悲哀集，躲起棚鸡，雄鹰隐匿。冰溪瞬间封实。大风狂啸也，天地奔袭。

施移云术，使寒空日出。万物飘金雾，原野碧。频频燕鸟迎客，已逃亡大雁，返回原籍。山花艳、喜簪头饰。腰挺起、拍案惊奇叫绝。莫将机失，光阴逼、只赶朝夕。眨眼间、见蜜蜂欣喜，疯狂采蜜。

○ 夜半乐

共一百四十四字。分上、中、下三片，上片五十字，中片四十九字，下片四十五字。上片四仄韵，中片四仄韵，下片五仄韵。上片第四句是上一下四句法，

定格

|—||—|（句）——||（句）—|——|（韵）|||——（句）|——|（韵）|—||（句）——||（句）|——|——（句）|——|（韵）|||（豆）——|—|（韵）

|—||||（句）||——（句）|——|（韵）—||（豆）——————|（韵）|——|（句）——||（句）|—||——（句）|——|（韵）|—|（豆）——|—|（韵）

||—|（句）||——（句）|——|（韵）|||——|—|（韵）|——（豆）—|||——|（韵）—||（豆）||——|（韵）|——|——|（韵）

示例一 · **钓丝**

雾遮碧绿园地，春风一拂，驱动游湖去。见峭壁悬崖，耸天山柱。燕飞海面，潮流不息，岸边排树风摇，放喉歌女，似熟悉、纤纤手挥舞。

梦中酒色拥抱，抚摸温柔，忽施云雨。山脚下、烟迷红颜无数。柳丝垂钓，梢垂入水，引来戏耍鱼儿，草边围护。霸王蟹、双钳夹丝絮。

激烈争夺，却是虚空，竟然添堵。绿色景观双眼关注。否同舟？多事少女归途误。河面上、耳听鸳鸯语，万年修得同船渡。

○ 宝鼎现

共一百五十七字。上中下分三片，上片五十三字，中片五十五字，下片四十九字。上片四仄韵，中片五仄韵，下片五仄韵。

定格

|——|（句）||—|（句）———|（韵）—||（豆）———|（句）—|———||（韵）|||（豆）|———|（句）—|——||（韵）|||（豆）——||（句）||———|（韵）

||—|——|（韵）|——（豆）—|—|（韵）—||（豆）——||（句）—|———||（韵）|||（豆）|———|（句）—|——||（韵）|||（豆）——||（句）||——||（韵）

—|||——（句）—||———|（韵）|———|（句）—|——||（韵）|||（豆）|——|（韵）||——|（韵）|||（豆）—|——（句）||——||（韵）

示例一 · **梦父**

杜鹃啼血，息翅山顶，悲生情绪。星未隐、徘徊斜岸，溪水煎熬如沸煮。恨不得、把愁肠颠破，双眼飘摇乱絮。那怨气、沾云挂水，即下银河飞雨。

纠结难释心中苦，问阎王、归府慈父。今住在、天堂地狱？烧把阴钱何处去？跺乱脚、放怀凄凉去，银烛交光火炬。闪烁着、飞蛾到了，已把花圈扑住。

无奈拜别灵棺，都跪守三朝三暮。待明年春发，期盼精灵换府。恍惚见、梦中仙主，一束长须舞。反复认、今世容颜，赠我仙桃万数。

○ 莺啼序

共二百四十字。分四片，第一片四十九字，第二片五十一字，第三片七十一字，第四片六十九字。每片皆四仄韵。

定格

——|—||（句）|——||（韵）|—|（豆）—|——（句）||—|—|（韵）|—|（豆）——||（句）——||——|（韵）|——（句）—|——（句）|——|（韵）

||——（句）||||（句）|——||（韵）|—|（豆）—|——（句）|——|—|（韵）|——（豆）——||（句）|—|（豆）———|（韵）|——（句）—|——（句）|——|（韵）

——||（句）||——（句）|—|||（韵）|||（豆）|——|（句）||——（句）||——（句）|——|（韵）——||（句）———|（句）———|——|（句）|——（豆）||——|（韵）——||（句）——||——（句）|—||—|（韵）

——||（句）||——（句）||—||（韵）|||（豆）———|（句）||——（句）||——（句）|——|（韵）——||（句）———|（句）———|—||（句）|——（豆）—|——|（韵）———|——（句）||——（句）|—||（韵）

示例一 · **雄鹰**

钻缝雪绒漏屋，只因寒气闹。见鹰击、千里长空，叠叠云絮缥渺。羽丰后，登峰闯海，波涛滚跌龙宫搅。在悬崖，全力拼争，海呼山啸。

住进柴窝，日照夜浴，看衰园地草。日常是、戴月披星，吃穿行住温饱。出生时、奇屏异象，父期待、门庭荣耀。母曾言，前世神胎，转投凡道。

悠悠创业，赋石吟风，接连喜事兆。美好梦、是真非幻，只看花娇，不扯裙衣，几番花笑。遥山比武，名声雄起，逍遥寻觅清闲处，绘长虹、纸画江山抱。如仙傲世，通宵梦里娇娘，走南闯北高调。

车轮滚滚，鬓角留纹，已改穷面貌。骑鹤去、萧墙冤恨，旧叶归根，又出新芽，换容逢巧。机缘运转，苍天心意，生来游戏如此妙。看今朝、无限风光好。雄鹰功德无量，果实辉煌，夕阳不老。

平仄韵转换格

平仄韵是以平仄转换押韵的，其定格分为三种符号：“一”为平声韵，“ |”为仄声韵，“十”为可平可仄，词牌中标明逗号、句号、押韵、字数、对仗、字数及平仄换韵等，并提示领格字宜用“去”声字，某些词牌还另有变搭。

○ 南乡子

共二十七字。两平韵、三仄韵。另举平格韵，共五十六字，前后片各四平韵。

定格

||——（平韵）十—十||——（叶平）||———||（换仄韵）—|（叶仄）||———||（叶仄）

示例一 · **夕照**

灿烂鲜花，西山夕照射金光，了却拼争天下事，明志、品石吟风成创史。

别格

—||（句）|——（平韵）十—十||——（叶平）十|十——||（换仄韵）十—|（叶仄）十|十——||（叶仄）

示例二 · **故乡情**

观水面，海潮颠，鸟儿乡恋望云烟。行客徘徊当正午。踱空步，日落西山明月露。

别格（平韵格）

十||——（韵）十|——||—（韵）十|十——||（句）——（韵）十|——十|—（韵）

十||——（韵）十|——||—（韵）十|十——||（句）——（韵）十|——十|—（韵）

示例三 · **转机**

明月抖寒肌，雪箭霜刀裹紧衣。欲去还留情网里，由之，谁叫春风懒惰时。

近日发神威，满树黄花分外悲。忽见牡丹开一朵，依依，天赐阳光遇转机。

○ 蕃女怨

共三十一字，四仄韵，两平韵。

定格

|——|—||（仄韵）||—|（叶韵）|——（句）—||（叶仄）|——|（叶仄）|——||——（换平韵）|——（叶平）

示例一 · **雪梅**

蜡梅欢喜天上雪，白色风骨。问苍天、情既结，为何分别？怨阳光暴拆鸳鸯，两茫茫。

示例二 · **流言蜚语**

闺房留客天已暮，唾沫难堵。撒些盐、加点醋，不同风语，那乌鸦口未关门，出冤魂。

○ 调笑令

又名《古调笑》《宫中调笑》《调啸词》《转应曲》。共三十二字，四仄韵，两平韵，两叠韵，平仄韵递转，难在平韵再转仄韵时。两言叠句必须用上六言的最后两字倒转为之，所以又叫《转应曲》。

定格

—|（仄韵）—|（叠）||——||（叶仄）——||——（换平韵）——|||—（叶平）—|（再换仄韵）—|（叠）—|——||（叶仄）

示例一 · **柳絮**

飞絮，飞絮，独放孤家岸树。旁边扎眼幽兰，喉咙倒灌醋酸。酸醋、酸醋，如此悲伤怎诉？

示例二 · **愁水**

河道，河道，望眼连绵小草，滩头海鸟迷途。波涛激荡告愁。愁告，愁告，愁到平安返岛。

○ 昭君怨

又名《宴西园》《一痕沙》，共四十字。前片二十字，后片二十字。前片两仄韵，两平韵。后片两仄韵，两平韵，前后片皆两仄两平韵换转。

定格

十|十—十|（仄韵）十|十—十|（叶仄）十||——（换平韵）|——（叶平）

十|十—十|（仄韵）十|十—十|（叶仄）十||——（换平韵）|——（叶平）

示例一 · **种田农**

春发桃花几树，惊动游人无数。昨夜小窗前，雾迷天。

莫把乌云抹黑，滋雨携来衣食。日月伴田农，两头红。

春發桃花幾樹，驚動遊人無數。昨夜小窻前，霧迷天。
莫把烏雲抹黑，滋雨攜来衣食，日月伴田農，兩頭紅。

昭君怨 癸卯年春陳洪法書

示例二 · **浪初迎**

海里扁舟试水，闻到鱼虾腥味。大雁几声鸣，浪初迎。

只见银珠跳跃，奋勇翻身捕捉。付出定成功，那飞鸿。

示例三 · **鞭空**

春到必先惊鸟，跃上晴空鸣叫。忽见牧羊童，正鞭空。

莫将苍穹抽碎，一漏几朝愁泪。命运各随缘，信由天。

○ 菩萨蛮

又名《子夜歌》《重叠金》，共四十四字。前片两仄韵，两平韵。后片两仄韵，两平韵，平仄递转。情调一般由紧促转低沉。

定格

十一十|一一|(仄韵)十一十|一一|(叶仄)十||一一(换平韵)十一一|一(叶平)

十一一||(再换仄韵)十|一一|(叶仄)十||一一(再换平韵)十一一|一(叶平)

示例一 · **闲赋**

春天不管生和灭，只知蓄劲求千物。尽力废陈渣，辛劳磨铁鞋。

都言名利好，福寿凭谁要？难买一家亲，相安同富贫。

示例二 · **牵情**

偏由好重如遮雾，费完周折方成侣。今夜月归迟，忽然云雨施。

温情柔似玉，快意弹新曲。共我杜鹃欢，同吟菩萨蛮。

示例三 · **清明**

今宵雨涨池塘水，小河波里流人泪。墓地草藤长，手拉如扯肠。
朦胧天洒雾，祷告虔诚吐。忽听浪中鸥，泣声多少愁？

示例四 · **雯儿惜别母校**

欲离难舍心微妙，相依情结何时了。树绿谢春风，水深藏卧龙。
校中新塑史，苗壮园丁喜。学毕别恩师，献花三五枝。

○ 更漏子

共四十六字。前片二十三字，后片二十三字。前片两仄韵，两平韵，后片三仄韵，两平韵。如果过片不用韵，平仄韵两片相同。

定格

|——（句）—||（仄韵）十|十—十|（叶仄）十||（句）|——（换平韵）十—十|—（叶平）

—十|（再换仄韵）十—|（叶仄）十|十—十|（叶仄）十十|（句）|——（再换平韵）十—十|—（叶平）

示例一 · **中秋**

望河堤，摇月影，正是中秋尝饼。窝里鸟，柳梢头，叽喳还未休。
儿女敬，老人听，常合家秋夜兴。钱数数，话悠悠，今宵美意酬。

示例二 · **祭父**

一支香，双眼泪，跪坐灵前不起。银火抖，纸灰飞，浓烟四面围。
东边雾，西天雨，喉口沙哑气堵。燕子恨，杜鹃愁，残枝摇秃头。

○ 喜迁莺

又名《万年枝》《鹤冲天》《燕归来》《喜迁莺令》。共四十七字。前片二十四字，后片二十三字。前片四平韵，后片三仄韵，两平韵。

定格

十||(句)|——(平韵)—||——(叶平)|——||——(叶平)—||——(叶平)

—十|(换仄韵)—十|(叶仄)|||——|(叶仄)十——||——(再换平韵)—||——(叶平)

示例一 · **教子成龙**

落日坠，晚归莺，朝夕海边行。草丛滋露亮晶晶，培育记深情。

盼竖子，铺桌纸，笔画做人深意，跳龙门搏好前程，如此获功名。

示例二 · **雁雀情**

幕已闭，夜风回，酣酒不能陪。睡前云雨尽情摧，茅草小河围。

鸡鸣叫，人醒早，一夜爆花多少？知音莺语梦中啼，明月总同栖。

○ 清平乐

又名《忆萝月》《醉东风》。共四十六字。前片二十二字，后片二十四字。前片四仄韵，后片三平韵。

定格

十—十|(仄韵)十|——|(叶仄)十|十——||(叶仄)十|十—十|(叶仄)

十—十|——(换平韵)十—十|——(叶平)十|十—十|(句)

落日墜，晚歸鶯，朝夕海邊行，草叢滋露亮晶晶，培育記深情。

盼豎子，鋪桌紙，筆畫做人深意，跳龍門搏好前程，如此獲功名。

喜遷鶯 癸卯之春 陳洪法書

十一十|一一（叶平）

示例一 · **端午粽子**

芦风翻雨，青绿河边舞。身隐轻纱闻鸟语，飘叶情浓端午。

锅中蒸煮清香，今年粽子新尝。倏尔何来思绪，汨罗梦里遥望。

示例二 · **船泊何处**

小船颠驶，辗转归长水。几十年来拼意志，拨雾推云功遂。

狂潮奔涌横流，权当一梦优游。缆索匆匆系额，沧桑刻出深沟。

示例三 · **燕子创业**

乱潮春闹，触目愁肠搅。暴雨倾盆天下搅，乱了心思不少。

海边燕子低鸣，浪中翻滚前行。创业风中鸣叫，弄潮获利才赢。

示例四 · **春情**

盼春情愫，算是寒冬度。归去梅花零落舞，迷乱枝头难睹。

鹧鸪声唤悠悠，雁来独倚高丘。昨夜风侵身冷，芦芽沿岸齐抽。

示例五 · **陷身**

情迷山野，绿树遮精舍。游戏人生真不假，摇滚春枝一夜。

天涯潇洒风流，江湖起伏应酬。漂泊鬼迷心雾，而今多事烦愁。

○ 忆馀杭

宋人忆西湖诸胜，故名。共四十九字。前片二十三字，后片二十六字。前片两平韵，后片两仄韵，两平韵。

定格

—|——（句）十|———||（句）——|||——（平韵）十||——（叶平）

|——|——|（仄韵）|||—|—|（叶仄）|——||——（换平韵）|||——（叶平）

示例一 · **观钓**

幽静河滨，缓缓涟漪船靠近。鳞波荡漾一回风，三五钓鱼翁。

竹竿飞起谁欢乐？甩到岸边被人捉。放平心态可消愁，贪饵命亡钩。

○ 河渎神

共四十九字。前片二十四字，后片二十五字。前片四平韵，后片四仄韵。

定格

—||——（平韵）—|——|—（叶平）|—|||——（叶平）|——|——（叶平）

||———||（换仄韵）—|———|（叶仄）|||——|（叶仄）|——|—|（叶仄）

示例一 · **夜织情网**

蝴蝶舞翩翩，春爆桃花遍妍。满天柳絮乱翻颠，数行大雁归迁。

昨拥佳人情脉脉，眉眼香腮羞色。接吻两唇通汁，梦乡虚幻甜蜜。

○ 河传

共五十五字。前片二十七字，后片二十八字。前片四仄韵两平韵，后片三仄韵两平韵。另格：五十四字，前片二十六字，后片二十八字，前片四仄韵三平韵，后片四平韵三仄韵。

定格

—|(仄韵)—|(叶仄)|——|(叶仄)—|——(换平韵)|——|(叶仄)—|||——(叶平)|——|—(叶平)

——||——|(换仄韵)—||(叶仄)||——|(叶仄)|——|(句)—|||——(再换平韵)|——(叶平)

示例一 · **涅槃重生**

风骨，英发，弄潮人物。书写传奇，夕阳光热。喷洒热血融诗，夜空明月痴。

能文善武英名得，封史册。痛苦谁知悉？涅槃柴屋，经历浴火重生，凤高鸣。

另格

—|(仄韵)—|(叶仄)——||(叶仄)|——|(叶仄)|——||——(换平韵)|—(叶平)|——|—(叶平)

|—||——|(再换仄韵)|—|(叶仄)||——|(叶仄)|——(再换平韵)||—(叶平)|—(叶平)|——|—(叶平)

示例二 · **良缘**

秋后，重九。红枫作秀，夕阳樽酒。约来方觉月行空，线牵，路人眉眼红。

脸儿做上甜窝俏，是谁造？此女谁家要？是良机，择屋栖，浪推，驾车携手归。

示例三 · **晨步**

披雾，跑步，衣衫汗注，直奔南浦。满天星斗躲云空。柳松，喜迎晨练翁。

美人展示东方美，近栏倚，窈窕如仙子。嘴唇红，面向东，笑容，引来无数蜂。

○ 虞美人

共五十六字。前片二十八字，后片二十八字。前片两仄韵两平韵，后片两仄韵两平韵。

另格五十八字，前片二十九字，后片二十九字，前片两仄韵三平韵，后片两仄韵三平韵。

定格

十一十|一一|(仄韵)十|一一|(叶仄)十一十||一一(换平韵)十|十一一||一一(叶平)

十一十|一一|(换仄韵)十|一一|(叶仄)十一十||一一(再换平韵)十|十一一||一一(叶平)

示例一 · **和田羊脂玉佩《西厢记》**

夜阑月下无声到，相见怦心跳。通灵宝气伴无眠，为有玉浆琼液欲飘然。

何来难抑遐思远，却遂痴人愿。不离不弃伴书房，总是烹茶抚意读《西厢》。

示例二 · **鲲鹏**

鲲鹏自有飞天翅，豪气腾天志。浩然万里搏云长，大气心胸观世恃雄强。

江山历尽风和雨，日月煎熬苦。南溟佳境似仙踪，任是千般凶险笑从容。

示例三 · **漫天游**

今年布谷啼来早，忙碌知多少？春光宝贵泻山坡，强劲东风吹响进军歌。

春华铺设人间美，雨露扶苗喜。谁家辛苦汗珠流，换得秋收丰果压枝头。

示例四 · **病疫何时了**

封城闭户多时了，郁闷知多少？可怜城市几多阳，马路两旁青草尺来长。

雷霆决策清零否？病毒难收尾。问君核检几时终，恰似一湖冰水盼东风。

另格

|—||——|（仄韵）||——|（叶仄）|——||——（换平韵）|——||——（叶平）|——（叶平）

|—||——|（换仄韵）||——|（叶仄）|——||——（再换平韵）|——||——（叶平）|——（叶平）

示例五 · **车祸无情**

人形碾压成枯草，驾鹤西归了。似狂风袭击残渣，齿唇如此少门牙，恨天涯。

朱颜一点谁来助，怎散心中苦？问苍天有几多愁？恰如流水向东流，永无休。

平仄韵通叶格

平仄韵通叶格是以平仄韵通叶押韵的，其定格分为三种符号：“一”为平声韵，“|”为仄声韵，“十”为可平可仄，并标明逗号、句号、押韵、对仗及换韵位置，提示平仄韵互换时必须押同部韵，如遇领格字宜用“去”声等。某些词牌另有变格。

○ 西江月

共五十字，前片二十五字，后片二十五字。前片两平韵，后片两平韵，结句各叶一仄韵，起头押平声韵。第二句第四句平声切去，押仄声韵，如平押“东”字仄声须押“董”“冻”字方可。

定格

十|十——|（句）十—十|——（平韵）十—十||——（叶平）十|——十|（叶仄）

十|十——|（句）十—十|——（平韵）十—十||——（叶平）十|——十|（叶仄）

示例一 · **崇明长江大桥通车喜赋**

浩瀚波涛东逝，一桥横跨云天。隔江来去不需船，从此通途如愿。

车似云龙飞驶，人如海燕飘然。南来北往畅无前，瞬息穿行两岸。

示例二 · **闯业金秋**

谁在吹箫抚笛？秋风万里掀天。杏花果里屡尝鲜，杨柳轻摇拂面。

闯业如今成惯，保持心态悠然。长征路上勇争先，编织光环数片。

○ 醉翁操

共九十一字。前片三十九字，后片五十二字。前片十平韵，后片七平韵，一仄韵。

定格

——（平韵）——（叶平）——（叶平）|——（叶平）——（叶平）——|—————（叶平）|——|——（叶平）—|—（叶平）|||

— —（叶平）| | — | — | —（叶平）

| — | |（句）— | — —（叶平）| — | |（句）— | — — | |（叶仄）— | — — — —（叶平）| | — — — —（叶平）— — — | —（叶平）— — — — — —（叶平）| | | — —（叶平）| — — | | — —（叶平）

示例一 · **养生延年**

河边，幽兰，荷莲，浪潮颠，回旋，观灵燕欢鸣潮前，在空中荡秋千。从海边，一跃到潮前，自在游乐鱼水间。

莫言静寂，声浪狂喧，远空一线，红日升高雾散。安享荣华连绵，日夜相陪红颜，平和心态宽，吹箫弹琴弦，大雁过江山，乐观潇洒必延年。

○ 渡江云

又名《三犯渡江云》。共一百字。前片五十一字，后片四十九字。前片四平韵，后片四平韵。后片押一同部仄韵，后片第四句为上一下四句式。

定格

十 — — | |（句）| — | |（句）十 | | — —（平韵）| — — | |（句）| | — —（句）| | | — —（叶平）— — | |（句）| 十 十（豆）十 | — —（叶平）— | 十（豆）十 — — | （句）十 | | — —（叶平）

— —（叶平）— — 十 |（句）| | — —（句）| — — 十 |（叶仄）— | 十（豆）— — 十 |（句）十 | — —（叶平）— — | | — — |（句）| | 十（豆）— | — —（叶平）— | |（句）— — | | — —（叶平）

示例一 · **造福明天**

清晨烟入海，倚栏望远，翠绿舞云空。突然风雨至，肆虐人间，燕鸟失行踪。羞花辱叶，野田里、忙碌田农。无惧也、铁锄高举，奋力搏苍穹。

朝东，前程似锦，业绩光辉。那机关学懂。河两岸，升高翠竹，亮节高风。今天考虑明朝事，逐外贼、拉紧弦弓。生命里、苍天血铸长虹。

○ 曲玉管

共一百零五字。前片五十六字，后片四十九字。前片两仄韵四平韵，同部互协，后片三平韵。

定格

||——(句)——||(句)——||——|(仄韵)||———|(句)—|——(平韵)|——(叶平)||——(句)———|(句)|—||——|(叶仄)||——(句)||—|——(叶平)|——(叶平)

||——(句)|—|(豆)———|(句)|—||——(句)——||——(叶平)|——(叶平)|———|(句)||———|(句)|——|(句)||——(句)||——(叶平)

示例一 · **燕子闯滩**

满地阳光，秋晴日照，西山落照枫林伴。忽觉丰收年景，千里无边，正狂颠。猛吸清风，闻香观景，想将锦字吹成冠。拂晓烟遮，旭日光照人间，美空前。

说赶时间，夜连日、宏规图景，呕心沥血辛勤，风推驾雨登山，过危难。每全身冲刺，惹起无端危险，再三思索，意志坚强，刮目相看。

清晨煙入海，倚欄望遠，翠綠舞雲空，突然風
雨至，肆虐人間，燕鳥失行蹤。羞花辱葉，野田
裏，忙碌田農，無懼也，鐵鋤高舉，奮力搏蒼穹。
朝東，前程似錦，業績光輝，那機關學懂，河兩
岸，鼎高翠竹，亮節高風，今天考慮明朝事，
逐外賊，拉緊弦弓，生命裏，蒼天血鑄長城。

渡江雲 癸卯之春 陳洪法書

○ 哨遍

共二百零三字。前片八十七字，后片一百一十六字。前片五仄韵四平韵，后片五平韵，八仄韵。同部互押。

定格

|||—（句）—||—（句）||——|（仄韵）—|—（句）—||——（平韵）|—————|（叶仄）||—（叶平）——|——|（句）——||——|（叶仄）—||——（句）——||（句）———|—|（叶仄）||——||——（叶平）|||——|——（叶平）—|——（句）||——（句）|—||（叶仄）

—（叶平）—|——（叶平）|——|——|（叶仄）—|—||（句）———|—|（叶仄）|||——（句）|—||（句）——||——|（叶仄）—||——（句）——||（句）———|—|（叶仄）||—||||—（叶平）|||——|——（叶平）|——（豆）|——|（叶仄）———|—|（句）||——|（叶仄）|——|——||（句）||——||（叶仄）|——||——（叶平）|——（豆）||—|（叶仄）

示例一 · **花环**

守旧不甘，贫困世间，谷果交相种。朝夕忙、淘水竹篮中，担挑腰肩时酸痛。雾太浓，模糊不清尘世，三餐两顿饥肠空。朝起晚归来，风催雨急，寻机还得潮弄。见蜡梅常受雪花供，那傲骨偏偏未龙钟。无惧风寒，乐观消愁，命缘读懂。

龙，驰海登峰，那雄姿任谁飘送。乘鹤前进也，拼争逃出穷洞。吸日月精华，吮山水乳，金黄果实凡间拥。山有柳柏松，枯荣转换，尘间原像魔孔。世界多彩宝物土封，走北闯南深挖追踪。那阳光、把乌云控。雷公今在何处？霹雳惊春梦。赋诗奇石江河唱颂。大雁闻风跃动，此生拼命作英雄，显英姿、震撼神勇。

○ 戚氏

共二百一十二字，分三段，前片七十三字，中片五十五字，后片八十四字，前片九平韵，一仄韵，中片六平韵，三仄韵，后片六平韵，三仄韵，同部参差互叶，第一段“爆”；第二段“暗”“贵”；第三段“即”“急”“见”“令”等多个领格字，宜用去声。又如“从严合检”“令人欣慰”两句是上一下三句法。

定格

|——（平韵）||—||——（叶平）||——（句）|——|（仄韵）|——（叶平）——（叶平）|——（叶平）——|||——（叶平）——||—|（句）||—||——（叶平）||—|（句）———|（句）|—||——（叶平）|——||（句）—|—|（句）—|——（叶平）

—|（叶仄）||——（叶平）—|||（叶仄）|||——（叶平）——|（句）|——|（叶仄）||——（叶平）|——（叶平）||||（句）——||（句）||——（叶平）|—||（句）||——（句）||—|——（叶平）

||——|（句）——||（句）||——（叶平）||——||（句）|——|||——（叶平）|—||——（句）|—||（句）—|——|（叶仄）||——|——|（叶仄）—||（豆）—|——（叶平）||—（豆）||——（叶平）|—||||——（叶平）|——|（叶仄）——||（句）||——（叶平）

示例一 · **止雨抗疫化吉**

响春雷，不到梅季似黄梅。鸟兽无魂，绿茵低坠，裹潮衣，烟迷，误耕期，愁烟惨雾落差低。阴沉季节胸闷，定叫人力胜天为。口气吹出，和风联合，袭天裂漏光辉。爆新芽点点，匀布枝干，邀得花陪。

如此，冠状频欺，横虐海市。暗日月蒙灰，通宵觉、枕高安否？怎度危机？逼心凄，妙理对策，封城闭户，管控坚持。蓦然一梦，晓起空灵，释放愁绪纷飞。

境里雷行动，从严核检，即显端倪。那是狂魔怪物，急需常治自古来非。说时箭射如风，握拳呐喊。多少功名记？抗疫英雄擦眉间泪。高傲柳、飘絮摇丝，唱曲蛙、赞美芳菲。见丰果累累荡枝垂，感情欣慰。焚尸毒菌，拍案惊奇。

平仄韵错叶格

平仄韵错叶格是以平仄韵错叶押韵的，其定格分为三种符号：“一”为平声韵，“|”为仄声韵，“十”为可平可仄，定格标明逗号、句号、押韵、对仗字数及平仄韵转换位置，如遇领格字必提示用“去”声字等。某些词牌还另有变格。

○ 荷叶杯

单调小令，共二十三字。以两平韵为主，四仄韵转换错叶。另格：五十字，前后片各三平韵为主错叶两仄韵。

定格

十 | 十 — — |（仄韵）— |（叶仄）| — —（平韵）| — — | | — |（叶仄）— |（叶仄）| — —（叶平）

示例一 · **寻花**

南燕北莺同伴，寻遍，水山间，正南山北域精选。飞剪，一枝兰。

另格

十 | | — — |（仄韵）— |（叶仄）— | | — —（平韵）十 — — | | — —（叶平）— | | — —（叶平）

十 | | — — |（换仄韵）— |（叶仄）— | | — —（换平韵）十 — — | | — —（叶平）— | | — —（叶平）

示例二 · **鸿雁之约**

昨夜笑看明月，光洁，投目小河边。飘摇杨柳舞云前，专注似神仙。

几滴露珠沾草，心表，鸿雁备巢泥。长江流水汇东西，相约别忘知。

示例三 · **沉酒此君**

秋夜酒家驱使，沉醉，此处梦来时。白瓷瓶里插花枝，鲜艳更心仪。

窗外一轮明月，光洁，杯底映山巅。仙姑留影水中间，银线两头牵。

○ 诉衷情

共三十三字。六平韵为主，五仄韵两部错叶。

定格

—|(仄韵)—|(叶仄)—||(叶仄)|——(平韵)—||(换仄韵)—|(叶仄)|——(叶平)|||——(叶平)——(叶平)———|—(叶平)|——(叶平)

示例一 · **蝴蝶梦**

愁绪，心语，常哺乳，已闻香。蝴蝶觉，游乐，在花房。夜寂苦思量，双双。京城天渐凉，返南方。

○ 定西番

共三十五字。前片十五字，后片二十字，前片两平韵一仄韵，后片两平韵两仄韵，三仄韵错叶。

定格

十|十—十|(仄韵)—||(句)|——(平韵)|——(叶平)

十|十——|(叶仄)十—十|—(叶平)十|十—十|(叶仄)|——(叶平)

示例一 · **放浪梦声**

昨梦三更有约，攀绝壁，骑山巅，摸蓝天。

放浪东洋无恐，浮身快似风。多少风云吹送，显神功。

昨夢三更有約，攀絕壁，騎山巔，摸藍天，
放浪東洋無恐，浮身快似，多少風雲吹送，
顯神功。

定西蕃 癸卯之春陳洪法書

示例二 · **负心雀**

麻雀喜登高树，结柳翠，别残枝，结新知。

季节尘封寒九，一方成秃材。一方迎雪高奏，负心哀。

○ 相见欢

又名《乌夜啼》《秋夜月》《上西楼》。共三十六字。前片十八字，后片十八字。前片三平韵，后片两平韵，过片错叶两仄韵，两结九言宜于第二字。

定格

十一十|一一（平韵）|一一（叶平）十|十一一||一一（叶平）

十十|（仄韵）十一|（叶仄）|一一（叶平）十|十一一||一一（叶平）

示例一 · **蜜蜂**

近来迷恋春光，守华堂，何事枝头连续起忧伤？

风雨绕，安宁少，莫思量。不顾安危忙碌勇追香。

示例二 · **重聚**

当初聚散由之、各暌违，岂料桃源游览又逢时

弦可折，也能接，莫相疑。燕子早离春树晚回枝。

示例三 · **题企鹅化石**

远离绝地风光，劫难忘，颠沛多年相见遍鳞伤。

幻想梦，仍知痛，莫思量。珍惜欣然团聚影成双。

示例四 · **国耻**

光阴逆转多年，乱烽烟，荡寇怒潮朝夕脐中颠。

是国耻，还留史，莫忘前。别是一般仇恨记心间。

示例五 · **独步园林**

重阳独步观山，月光寒，倾听金蝉枝上不停叹。

泥泞路，吸云雾，吐喉间，恰似酒中加醋辣兼酸。

示例六 · **倚窗遥望**

密云集结苍穹，月无踪，忽袭西风横扫毁青红。

九成醉，半窗倚，几分钟。恰似幽魂迷入洞庭中。

示例七 · **登泰山**

岱宗五岳称尊，入云门，险望巍峨登顶绝风尘。

观四海，来天界，降仙神。揽月居然惊我梦成真。

○ 上行杯

共三十八字。以两平韵为主，五仄韵两部错叶。

定格

||———|(句)—||(豆)||——(平韵)—|———||(仄韵)——||(叶仄)|——(句)—||(换仄韵)||(叶仄)—|(叶仄)—|——(叶平)

示例一 · **史记**

历史长河汹涌，从近处、浪卷天边。唐宋明清当绝句，缠绵薄雾，绕心田。今古笔，绘出，图画，传统名篇。

岱宗五嶽稱尊，入雲門，險望巍峨登頂絕風塵。

觀四海，来天界，降仙神，攬月居然驚我夢成真。

相見歡 癸卯春日陳洪法書

示例二 · **梦恋**

酒后无人陪伴，真寂寞、梦里香莺。飞枕边同尝美味，绵绵细语，在凉亭。杨柳舞，情侣，言许，明月婷婷。

○ 酒泉子

共四十一字。前片十九字，后片二十二字。前片两平韵两仄韵，后片两平韵两仄韵，上下片仄韵两部错叶。

定格

—||—（平韵）—||——|（仄韵）|——（句）—||（叶仄）|——（叶平）

|——||——（叶平）—||——|（换仄韵）|——（句）—||（叶仄）|——（叶平）

示例一 · **绘春图**

春日复苏，尤像水晶披露。海鸥居，杨柳树，懒江湖。

杜鹃啼出血光珠，天地百花如画。燕传书，蜂喜色，一张图。

示例二 · **趁酒迷魂**

罗带解松，忠洁爱情坚志。海山平，天地誓，死生同。

牡丹摇落谢春风，甜酒醉心亲吻。忘开灯，风一阵，落英红。

○ 定风波

双调，共六十二字。前片三十字，后片三十二字。前片三平韵，错叶两仄韵，后片两平韵，错叶四仄韵。

春日復蘇，猶向水晶披露，海鷗居，楊柳樹，懶江湖。杜鵑啼出血光珠，天地百花如畫，燕傳書，蜂喜色，一張圖。

酒泉子癸卯春陳洪法

定格

十|——||—（平韵）十—十||——（叶平）十|十——||（仄韵）—|（叶仄）十—十||——（叶平）

十|十——||（换仄韵）—|（叶仄）十—十||——（叶平）十|十——||（再换仄韵）—|（叶仄）十—十||——（叶平）

示例一 · **岳飞泣血**

怒气冲天恨不平，乌鸦叫屈断肠声。策马丰功人误死，星坠，风波亭下血凝冰。

气数宋家知已尽，无信。英雄难挽帝王旌。只是忠良偏御否？民气，奸臣霸道国人憎。

示例二 · **救命充孝子**

老妇声音夜半颠，哀求乞助路中间。柳絮飘空悬快马，谁怕？飞毛腿起滚风烟。

相救何曾图利好，知道，掏钱领药史空前。照护床头呼姐姐，无价，菩提善果结先天。

示例三 · **摘桃**

搏击江中一小舟，管他风浪逐无休。沿岸玉桃红了面，当饭，生津蜜汁口边流。

莫妒老翁心态乐，停泊，秋观黄菊伴霜留。前世佳人今作伴，迷乱，眉开眼笑献温柔。

○ 最高楼

共八十一字。前片三十六字，后片四十五字。前片四平韵，后

老婦聲音夜半顛、哀求乞助路中間、柳絮飄空懸快馬、誰怕、飛毛腿起滾風煙。相救何曾圖利好、知道、掏錢領藥史空前、照護床頭呼姐姐、無價、善提善果結先天。

定風波 癸卯之春陳洪法書

片三平韵，后片错叶两仄韵。轻松流畅，南宋后作者较多。

定格

——|（句）—||——（平韵）十||——（叶平）十—十|——|（句）十—十||——（叶平）|——（句）—||（句）|——（叶平）

|||（豆）|——||（仄韵）|||（豆）|——||（叶仄）—||（句）|——（叶平）十—十|——|（句）十—十||——（叶平）|——（句）—||（句）|——（叶平）

示例一 · **攀高**

长江水，携带一轻舟。驾浪荡悠悠，夜来霜雪冰铺地，梅花绣出太阳球。亮晶晶，光灿灿，宝珠游。

莫惧怕、海中风浪急，腿莫歇、险崖危壁立。登上了、最高楼，每天付出谁知晓，晚晴心境主沉浮。认真看，无瀑布，却流油。

自度曲

自度曲是作者自创作品，共创作三种格式四种形式词牌，非属古词牌之类，但也根据古词韵律编制押韵的。定格标志符号："一"平声字，"|"为仄声字，"十"为可平可仄。并标明逗号、句号、押韵、叠韵及换韵等。

○ 平韵格

共四十四字。前片二十二字，后片二十二字。前片六平韵，其中三叠韵，后片六平韵，其中三叠韵，前后片均为一韵底。

定格

——||—（平韵）——||—（平韵）|—（叠韵）|—（叠韵）||—（叠韵）——||—（平韵）

——||—（平韵）——||—（平韵）|—（叠韵）|—（叠韵）||—（叠韵）——||—（平韵）

示例 · **子夜吟**

消沉气血浮，前程黑色忧。驾流，驾流，忽驾流，孤人去远游。

胸前两手揪，阎王殿上求。否留？否留？可否留？苍天也发愁。

○ 平韵格

双调，共四十六字。上片二十四字，下片二十二字。上片三平韵，下片两韵。

定格

十——|||—（句）十||——（韵）——||（句）——||（句）十|——（韵）

十——|（句）十|——||（句）||——（韵）十——|（句）十|——（韵）

示例 · **礼恩**

洞庭波上入景迷，情绪泛吴西。离人玉影，陈年桂树，惹我相思。

明月當空光瀉地，夜霧天驅馳，佳節又逢春，
五更難睡，移步西樓景觀美。
團聚把酒言心事，妻女當沉醉，老雁竟風流，
黎明飛起，夢到西山夕陽尾。

自度曲癸卯年春日陳洪法書

弥留终去，院里梧桐滴露，似泣恩师。周年犹是，跪地长时。

○ 仄韵格

双调，共五十六字。前片二十八字，后片二十八字。前片四仄韵，后片四仄韵。

定格

十|——十||（仄韵）十|——|（仄韵）十||——（句）十——|（仄韵）十|——|—|（仄韵）

十|——十||（仄韵）十|——|（仄韵）十||——（句）十——|（仄韵）十|——|—|（仄韵）

示例·**老燕心志**

明月当空光泻地，夜雾天驱使。佳节又逢春，五更难睡，移步西楼景观美。

团聚把酒言心事，妻女当沉醉。老雁竞风流，黎明飞起，梦到西山夕阳尾。

○ 平仄韵互换格

共四十三字。前片二十三字，后片二十字。前片两平韵，两仄韵，后片三仄韵三平韵。

定格

——|||——（平韵）——||—（叶平）||——||（叶仄）———||（叶仄）

—｜｜（叶仄）——｜（叶仄）｜——（叶平）｜｜｜——（叶平）——｜（叶仄）｜｜—（叶平）

示例·**诉心事**

当年闯海几沉浮，何曾怕浪头？搏出穷天丽日，身心疲接力。

风雨袭，光阴逼，夕阳酬。季节已逢秋，功名集，载史留。

當年闖海幾沉浮，何曾恨怕浪頭，搏出晴天麗日，身心疲接力。風雨襲，光陰逼，夕陽酬，季節已逢秋，功名集，載史留。

自度曲癸卯年春日陳洪法書

词韵简编

第一部

平声：一东二冬通用

【一东】东同童僮铜桐峒筒瞳曈中（中间）衷忠盅虫冲终忡崇嵩（崧）菘戎绒弓躬宫穹融雄熊穷冯风枫疯丰（豐）充隆窿空公功工攻蒙濛朦曚瞢笼胧栊咙眬聋珑砻泷蓬篷洪荭红虹鸿丛翁嗡匆葱聪骢通棕烘崆

【二冬】冬咚彤农侬宗淙悰锺钟龙茏舂松鬆凇冲（衝）容榕蓉溶庸佣傭慵封胸凶匈汹雍邕痈浓脓秾重（重复）从（服从）逢缝峰锋丰蜂烽葑纵（纵横）踪茸蛩跫邛筇蛩恭龚供（供给）蚣喁

仄声：上声一董二肿

去声一送二宋通用

【一董】董懂动孔总笼（东韵同）拢桶捅蓊蠓汞澒（澒洞）

【二肿】肿种（种子）踵宠垅（陇）拥冗氄重（轻重）冢捧勇甬踊涌俑蛹恐拱竦悚耸栱巩怂

【一送】送梦凤洞（岩洞）众瓮贡弄冻痛栋恸仲中（击中）粽讽

鞚空（空缺）控哄（喧闹；欺骗）赣

【二宋】宋用颂诵统纵（放纵）讼种（种植）综俸供（供设，名词）从（仆从）缝（隙也）重（再也）共

第二部

平声：三江七阳通用

【三江】江缸窗邦降（降伏）双泷庞舡撞豇扛杠腔釭梆龙桩幢跫（冬韵同）

【七阳】阳杨扬洋羊徉佯芳妨方坊防肪房亡忘望（漾韵同）忙茫芒妆庄装奘香乡湘厢箱镶芗相（相互）襄骧光昌堂唐糖棠塘章张王常长（长短）裳凉粮量（衡量）梁粱良霜藏（收藏）肠场尝偿床央鸯秧殃郎廊狼榔（桹）锒踉浪（沧浪）浆将（持也；送也）疆僵姜缰觞娘黄皇遑惶徨煌仓苍舱沧伤殇商帮汤创（创伤）疮强（刚强）墙樯嫱蔷囊狂康慷（养韵同）糠冈岗刚钢纲匡筐荒慌行（行列）杭航桁翔详祥庠桑彰璋漳獐麞猖倡凰邙臧赃昂丧（丧葬）阊螀羌枪锵抢（突也）蜣跄篁篢璜潢攘纕瓤亢吭（漾、养韵并同）旁傍（侧也）孀骦当（应当）裆珰铛簹飏泱旸炀蝗隍怏肓汪鞅滂蜋螂怆（漾韵同）缃琅颃伥螳

仄声：上声三讲二十二养
去声三绛二十三漾通用

【三讲】讲港项棒蚌耩

【二十二养】养痒象像橡仰朗桨奖蒋敞氅厂枉往颡强（勉强）惘荡两裲曩丈杖仗（漾韵同）响掌党想鲞榜爽广享飨幌莽纺长（长幼）

网荡上（上升）壤赏仿罔谠傥魍魉昉怳谎蟒漭嗓盎恍脏（肮脏）吭沆慷襁镪抢肮（骯）犷

【三绛】绛降（升降）巷撞（江韵同）戆

【二十三漾】漾上（上下）望（阳韵同）相（卿相）将（将帅）状帐唱让浪（波浪）酿旷壮放向忘仗（养韵同）畅量（数量）葬匠障瘴谤尚涨饷样藏（库藏）舫访觃嶂当（适当）抗桁妄怆宕怅创酱况亮傍（依傍）丧（丧失）恙谅胀罂脏（内脏）吭砀伉圹纩蹚榜桄挡旺炕亢（高亢）飏（阳韵同）阆防（阳韵同）

第三部

平声：四支五微八齐十灰（半）通用

【四支】支枝肢移簃（竹移）为（施为）垂吹陂碑奇宜仪皮儿离施知驰池规危夷师姿迟龟眉悲之芝时诗棋旗辞词期祠基疑姬丝司葵医帷思滋持随痴维卮麾墀弥慈遗肌脂雌披嬉尸狸炊湄篱兹差（参差）疲茨卑亏蕤骑（跨马）歧岐谁斯澌私窥熙欺疵赀羁彝髭颐资糜饥衰锥姨夔祇涯（佳、麻韵同）伊追缁萁箕治（治国）尼而推（灰韵同）匙陲魑锤褵璃骊羸帔罴縻蘼脾瀰芪畸牺羲曦攲漪猗崎崖萎筛狮蛳鸱绥虽粢瓷絺椎饴鳌痍惟唯机耆逵峕丕毗枇貔楣黴（霉）辎蚩嗤媸飔坶莳鲥鹚笞漓怡贻禧噫其琪祺麒嶷螭梔鹂鳌累踟琵嵋

【五微】微薇晖辉（輝）徽挥韦围帏违闱霏菲（芳菲）妃飞非扉肥威祈旂畿机几（微也，如见几）讥玑鞿稀希衣（衣服）依归饥（饥荒，支韵同）矶欷诽绯晞葳巍沂圻颀

【八齐】齐黎犁梨妻（夫妻）萋凄堤低题提蹄啼鸡稽兮倪霓西栖犀嘶撕梯稊鼙齎迷泥溪蹊圭闺携畦嵇跻谿奚脐醯盠蠡醍鹈奎批砒睽荑篦畜藜猊鲵羝嶲镌（日旁云气）鹥鹥

【十灰（半）】灰恢魁隈回徊槐（佳韵同）梅枚玫媒煤雷罍隤颓崔催摧堆陪杯醅嵬推（支韵同）诙裴培盔偎煨瑰茴追肧徘坯桅傀儡（贿韵同）莓

仄声：上声四纸五尾八荠十贿（半）去声四寘
五未八霁九泰（半）十一队（半）通用

【四纸】纸只（副词，仅）咫是靡彼毁委诡髓累技绮觜此泚蕊徙尔瀰（支韵同）弭婢侈弛豕紫旨指视美否（否泰）痞兕几（桌几）姊比水轨止徵（角徵）市喜已纪跪妓蚁鄙晷子仔梓矢雉死履垒癸趾址以已似耜祀史驶耳使（使令）里理李起杞圮跂士仕俟始齿矣耻麂枳時峙鲤迩氏玺巳（辰巳）滓苡倚匕迤逦旖旎觖玼秕芷蟢拟你企诔捶屣棰揣豸祉恃

【五尾】尾苇鬼岂卉几（几多）伟斐菲（菲薄）匪篚娓悱榧韪炜虺玮虮

【八荠】荠礼体米启陛洗邸底抵弟坻柢涕悌济（水名）澧醴诋棨眯砥娣递昵睨蠡

【十贿（半）】贿悔罪馁每块汇（汇合）猥琲璀磊蕾傀儡腿

【四寘】寘置事地意志治思（名词）泪吏赐自字义利器位戏至次累（连累）伪寺瑞智记异致备肆翠骑（车骑，名词）使（使者）试类弃饵媚鼻易（容易）辔坠醉议翅避笥帜炽粹莳谊帅厕寄睡忌贰萃穗二臂嗣吹（鼓吹，名词）遂恣四骥季刺驷泗寐魅积（积蓄）被芰懿觊冀愧匮恚馈蒉篑柜暨庇豉莉腻秘比（近也）鸷毖啻示嗜饲伺遗（馈遗）薏祟值惴屣眦詈企渍譬跛挚燧隧悴尿致（緻）稚雉莅悸肄泌志识（记也）侍踬为（因为）

【五未】未味气贵费沸尉畏慰蔚魏纬胃汇（彙）谓渭讳卉（尾韵同）毅既衣（着衣，动词）蜚溉（队韵同）翡诽

【八霁】霁制计势世丽岁济（渡也）第艺惠慧币弟滞际厉涕（荠韵同）契（契约）敝弊毙帝蔽髻锐戾裔袂系祭卫隶闭逝缀翳替细桂税婿例誓筮蕙诣砺励瘗噬继脆睿毳曳蒂睇妻（以女妻人）递逮蓟蚋薜荔唳捩粝泥（拘泥）媲嬖篲彗睥睨剂嚏谛缔剃屉悌俪锲帨贳掣羿棣蟪薙娣说（游说）赘憩猘毳鳜彘呓谜挤

【九泰（半）】会旆最贝沛霈绘脍荟狈侩桧蜕酹外兑

【十一队（半）】队内辈佩退碎背秽对废悔诲晦昧配妹喙溃吠肺耒块碓刈悖焙淬琄琲倅敦（盘敦）

第四部

平声：六鱼七虞通用

【六鱼】鱼渔初书舒居裾琚车（麻韵同）渠蕖余予（我）誉（动词）舆馀胥狙锄疏蔬梳虚嘘墟徐猪闾庐驴诸储除滁蜍如畬淤妤苴菹沮徂耡龉茹榈於祛蘧鐻疽蛆醵纾樗躇（药韵同）欤旟据（拮据）

【七虞】虞愚娱隅刍无芜巫于衢癯瞿氍儒襦濡须需朱珠株诛铢硃銖蛛殊俞瑜榆愉逾渝毹窬谀腴区躯驱岖趋扶符凫芙雏敷薮麸夫肤纡输枢厨俱驹模谟摹蒲逋胡湖瑚乎壶狐弧孤辜姑觚菰徒途涂荼图屠奴吾梧吴租卢鲈炉芦颅垆蚨拏帑苏酥乌污（污秽）枯粗都茱侏姝禺嵎拘躅桴俘臾萸繻吁滹瓠糊醐餬呼沽酤泸舻轳鸬驽匍葡铺（铺盖）菟洿诬呜迂盂竽趺柎毋孺酴鸪骷刳蛄晡酺蒱摴葫呱蝴劬殂猢郛孚

仄声：上声六语七麌
去声六御七遇通用

【六语】语（语言）圉圄吕侣旅杼伫与（给予）予（赐予）渚煮

汝茹（食也）暑鼠黍杵处（居住、处理）贮女许拒炬距所楚础阻组沮叙绪序屿墅巨去（除也）莒举讵溆浒御（禦）浒钜醑咀诅苎纻抒楮

【七麌】麌雨宇舞府鼓虎古股贾（商贾）估土吐圃庾户树（种植，动词）煦诩努辅组乳弩补鲁橹睹腐数（动词）簿竖普侮斧聚午伍釜缕部柱矩武五苦取抚浦主杜坞祖愈堵扈父甫怒（遇韵同）禹羽腑拊俯罟赌卤姥鹉拄莽（养韵同）栩椇棋窭脯妩庑否（是否）麈褛篓偻酤牡谱怙肚踽虏拏诂瞽牯羖祜沪雇仵缶母某亩蛊琥

【六御】御处（处所）去虑誉（名词）署据驭曙助絮著（显著）箸豫恕与（参与）遽疏（书疏）庶预语（告也）踞倨蓣淤锯（虚见）觑狙（鱼韵同）翥薯

【七遇】遇路辂赂露鹭树（树木）度（制度）渡赋布步固素具数（数量）怒（麌韵同）务雾鹜附兔故顾句墓慕暮募注住驻炷祚裕误悟寤戍库护屦诉妒惧趣娶铸绔傅付谕喻妪芋捕哺互孺寓吐（麌韵同）赴沍污（动词）恶（憎恶）晤煦酤讣仆（偃仆）赙驸婺锢蛀飓怖铺（店铺）塑酺餔塑愫蠹溯镀璐雇瓠迕妇负阜副富（宥韵同）醋措

第五部

平声：九佳（半）十灰（半）通用

【九佳（半）】佳街鞋牌柴钗差（差使）崖涯（支麻韵同）偕阶皆谐骸排乖怀淮豺侪埋霾斋槐（灰韵同）睚崽楷稭揩挨俳

【十灰（半）】开哀埃台苔抬该才材财裁栽哉来莱灾猜孩徕骀胎唉咳垓挨皑呆腮

仄声：上声九蟹十贿（半）
去声九泰（半）十卦（半）十一队（半）通用

【九蟹】蟹解洒楷（佳韵同）拐矮摆买骇罣奶騃

【十贿（半）】海改采彩在宰醢铠恺待殆怠乃载（岁也）凯闿倍蓓迨亥

【九泰（半）】泰太带外盖大（个韵同）濑赖籁蔡害蔼艾丐奈柰汰癞霭

【十卦（半）】懈廨邂隘卖派债怪坏诫戒界介芥械薤拜快迈败稗晒瘵玠瀣湃寨疥届蒯篑蒉喟聩块惫

【十一队（半）】塞（边塞）爱代载（载运）态菜碍戴贷黛概岱溉慨耐在（所在）鼐玳再袋逮埭赉赛忾暧咳嗳睐

第六部

平声：一真十二文十三元（半）通用

【十一真】真因茵辛新薪晨辰臣人仁神亲申身宾滨槟缤邻鳞麟珍瞋尘陈春津秦频蘋颦濒银垠筠巾困民岷珉泯（轸韵同）贫莼淳醇纯唇伦轮沦抡匀旬巡驯钧均榛遵循甄宸纶椿鹑嶙辚磷驎呻伸绅寅姻荀询峋氤恂嫔彬皴娠闽纫湮肫逡菌臻豳（邠）

【十二文】文闻纹蚊云分（分离）氛纷芬焚坟群裙君军勤斤筋勋薰曛醺芸耘芹欣氲荤汶汾殷雯贲纭昕熏

【十三元（半）】魂浑温孙门尊（樽）存敦墩炖暾蹲豚村屯囤（囤积）盆奔论（动词）昏痕根恩吞荪扪裈昆鲲坤仑婚阍髡馄喷狲饨臀跟辒缊瘟飧

仄声：上声十一轸十二吻十三阮（半）
去声十二震十三问十四愿（半）通用

【十一轸】轸敏允引尹尽忍准隼笋盾（阮韵同）楯闵悯菌（真韵同）蚓牝殒紧蠢陨哂诊疹赈肾蜃尽（尽管，尽量）膑黾泯窘吮缜

【十二吻】吻粉蕴愤隐谨近忿拉刎揾卺槿瑾恽韫

【十三阮（半）】混棍焜阃悃捆衮滚鲧稳本畚笨损忖囤遁很沌恳垦龈

【十二震】震信印进润阵镇刃顺慎鬓晋骏闰峻衅振俊疢舜赆吝烬讯仞迅汛趁衬仅觐寯蔺浚赈（轸韵同）龀认殡摈缙躏廑谆瞬韧濬殉馑

【十三问】问闻（名誉）运晕韵训粪忿（吻韵同）酝郡分（名分）紊愠近（动词）拉拚奋郓捃靳

【十四愿（半）】论（名词）恨寸困顿遁（阮韵同）钝闷逊嫩溷揾诨潠巽褪喷（元韵同）艮

第七部

平声：十三元（半）十四寒十五删一先通用

【十三元（半）】元原源沅鼋园袁猿垣烦蕃樊攀喧萱暄冤言轩藩媛援辕番繁翻幡璠骞鸳鹓蜿湲爰掀燔圈谖

【十四寒】寒韩翰（翰韵同）丹单安鞍难（艰难）餐檀坛滩弹残干肝竿阑栏澜兰看(翰韵同)刊丸完桓纨端湍酸团攒官观(观看)冠(衣冠）鸾銮峦欢宽盘蟠漫（大水貌）叹（翰韵同）邯郸摊玕拦磻珊狻鼾杆耑跚姗殚箪瘅谰獾倌棺剜岏潘拚（问韵同）溥槃般蹒瘢磐瞒谩馒鳗痠钻抟圞邗汗（可汗）

【十五删】删潸关弯湾还环鬟寰班斑蛮颜奸攀顽山闲艰间（中间）悭患（谏韵同）孱潺擐镮鐶阛翾圜菅般（寒韵同）颁鬘疝讪僝斒斓娴鹇蕑殷（赤黑色）鳏纶（纶巾）

【一先】先前千阡笺天坚肩贤弦烟 燕（地名）莲怜连田填巅鬈宣年颠牵妍研（研究）眠渊涓捐娟边编悬泉迁仙鲜（新鲜）钱煎然延筵毡旃蝉缠廛联篇偏绵全镌穿川缘鸢旋船涎鞭专圆员乾（乾坤）虔愆权拳椽传焉嫣鞯褰搴铅舷跹鹃筌痊诠悛邅鳣鹯禅婵躔颛燃涟琏便（安也）翩骈癫阗钿（霰韵同）沿蜒胭芊鳊胼軿滇佃畋咽湮狷蠲蚿蔫骞膻扇棉拴荃籼砖挛儇翾颧璇卷（曲也）扁（扁舟）单（单于）溅（溅溅）犍

仄声：上声十三阮（半）十四旱十五潸十六铣

去声十四愿（半）十五翰十六谏十七霰通用

【十三阮（半）】阮远（远近）晚苑返反饭（动词）偃蹇琬沅宛婉踠晼菀蜿晅绻巘挽堰幰

【十四旱】旱暖管琯满短馆（翰韵同）缓盥（翰韵同）碗懒伞卵（哿韵同）散（散布）伴诞罕瀚（浣）断（断绝）侃算（动词）款但坦袒纂缎拌澸谰莞

【十五潸】潸眼简版板阪盏产限绾柬拣撰馔赧皖汕划铲羼醆楝栈

【十六铣】铣善（善恶）遣（遣送）浅典转（霰韵同）衍犬选冕辇免展茧辩辨篆勉剪卷显饯（霰韵同）践喘藓软蹇（阮韵同）演兖件腆鲜（少也）跣缅缱卷殄扁匾蚬岘畎燹隽键娈泫癣阐颤膳鳝舛娩辗邅（先韵同）脔辫捻

【十四愿（半）】愿怨万饭（名词）献健建宪劝蔓券远（动词）侃键贩畈曼挽（挽联）瑗媛圈（猪圈）

【十五翰】翰（寒韵同）瀚岸汉难（灾难）断（决断）乱叹（寒

韵同）观（楼观）干（树干，干练）散（解散）旦算（名词）玩烂贯半案按炭汗赞漫（寒韵同。又副词，独用）冠（冠军）灌爨窜幔粲灿璨换焕唤涣悍弹（名词）惮段看（寒韵同）判叛绊鹳伴畔锻腕惋馆扦盰疸但逭罐盥婉缎缦侃蒜钻谰

【十六谏】谏雁患涧间（间隔）宦晏慢盼豢栈（潸韵同）惯串绽幻瓣苋丱办谩讪（删韵同）铲绾孪篡裥扮

【十七霰】霰殿面（脸面）县变箭战扇煽膳传（传记）见砚院练炼燕宴贱馔荐绢彦掾便（便利）眷面（面食）倦羡奠遍恋啭眩钏倩卞汴片禅（封禅）谴善（动同）溅饯转（以力转动）卷（书卷）甸电咽茜单念（念书）瑱眄钿（先韵同）淀靛佃镟漩拣缮现咽狷炫衒绚罥绽线煎选旋颤擅缘（衣饰）撰唁谚媛忭弁援研（磨研）

第八部

平声：二萧三肴四豪通用

【二萧】萧箫挑貂刁凋雕迢条髫调（调和）蜩枭浇聊辽寥撩寮僚尧宵消霄绡销超朝潮嚣骄娇蕉焦燋椒饶硝烧（焚烧）遥徭摇谣瑶韶昭招镳瓢苗猫腰桥乔娆妖飘逍潇鸮骁翛祧鴞鹩缭獠嘹夭（夭夭）幺邀要（要求）姚樵谯憔标飚嫖漂（漂浮）剽佻龆苕岧噍哓跷侥峣魈蹻描钊轺桡铫鹞翘枵侨窑喓蟏礁

【三肴】肴巢交郊茅嘲钞包胶苞梢姣庖匏坳敲胞抛蛟崤鸡鞘抄鳌咆哮凹殽教（使也）淆跑艄捎爻咬铙茭炮（炮制）泡鲛犛刨抓

【四豪】豪劳毫操（操持）髦绦刀萄猱褒桃糟旄袍挠（巧韵同）蒿涛皋号（号呼）陶鳌曹遭羔糕高搔毛艘滔骚韬缫膏牢醪逃濠壕舠饕洮淘叨咷（啕）篙熬遨翱嗷臊嗥绹忉尻麈螯獒敖牦漕嘈槽弢掏哰涝芼捞痨

仄声：上声十七筱十八巧十九皓
去声十八啸十九效二十号通用

【十七筱】筱小表鸟了（末了，了得）晓少（多少）扰绕绍杪沼眇矫皎皦杳窈窕袅挑（挑拨）掉（啸韵同）肇缥缈渺淼茑嫋赵兆旐缴缭（萧韵同）夭（夭折）悄舀侥蓼娆硗剿挠晁藐秒殍瞭（萧韵同）

【十八巧】巧饱卯狡爪鲍挠（豪韵同）搅绞拗咬炒吵佼姣（肴韵同）昴茆獠

【十九皓】皓宝藻早枣老好（好丑）道稻造（造作）脑恼岛倒（跌倒）祷（号韵同）捣抱讨考燥扫（号韵同）嫂保鸨稿草昊浩镐杲缟槁堡皂瑙媪燠袄懊葆褓毛澡套涝蚤拷栲

【十八啸】啸笑照庙窍妙诏召邵要（重要）曜耀调（音调）钓吊叫少（老少）眺诮料疗潦掉（筱韵同）峤徼粜跳嘹漂镣廖尿肖鞘峭悄（筱韵同）哨俏醮燿剿噭燎（筱韵同）鹞鹞轿剽骠票铫（萧韵同）

【十九效】效教（教训）貌校孝闹豹罩棹觉（寤也）较窖爆炮（枪炮）刨（肴韵同）泡（肴韵同）稍钞（肴韵同）拗敲（肴韵同）淖

【二十号】号（号令）帽报导操（操行）盗噪灶奥隩告（告诉）诰暴（强暴）好（爱好）到蹈劳（慰劳）傲躁造（造就）冒悼倒（颠倒）燥犒靠燠（皓韵同）懊瑁耄糙套（皓韵同）纛（沃韵同）潦耗

第九部

平声：五歌（独用）

【五歌】歌多罗河戈阿和（和平）波科柯陀娥蛾鹅萝荷（荷花）何过（经过）磨（琢磨）螺禾珂蓑婆坡呵哥轲沱鼍拖驼跎佗（他）颇（偏颇）峨俄摩么娑莎迦疴苛蹉嵯驮瑳箩啰逻锣哪挪锅诃窠蝌髁倭涡窝

緺讹陂鄱皤魔梭唆骡挼靴瘸搓哦痤酡

仄声：上声二十哿
去声二十一个通用

【二十哿】哿火舸亸舵我拖娜荷（负荷）可左果裹朵锁琐堕惰妥坐（坐立）裸跛颇（稍也）夥颗祸棰婀逻爹（麻韵同）卵那坷簸叵垛哆硪么（歌韵同）峨（歌韵同）

【二十一个】个贺佐大（泰韵同）饿过（歌韵同。又过失，独用）和（唱和）座挫课唾播破卧货涴簸轲（轗轲）驮髁（歌韵同）磋作做磨（磨磐）剁懦糯缚锉挼些（楚些）

第十部

平声：九佳（半）六麻通用

【九佳（半）】佳涯（支、麻韵同）娲蜗蛙娃哇

【六麻】麻花霞家茶华沙车（鱼韵同）牙蛇瓜斜邪芽嘉瑕纱鸦遮叉奢涯（支、佳韵同）夸巴耶嗟遐蕸加笳赊槎差（差错）蟆骅虾葭袈裟砂衙枒呀琶耙芭杷笆疤爬葩些（少也）佘鲨查楂渣爹挝咤拿椰琊揶珈跏枷迦痂茄桠丫哑划哗胯抓洼呱

仄声：上声二十一马
去声十卦（半）二十二祃通用

【二十一马】马下（上下）者野雅瓦寡社写泻夏（华夏）也把贾（姓贾）假（真假）厦惹冶且玛鲊姐灺舍喏赭洒斝椵瘕剐打耍那

【十卦（半）】卦挂画（图画）罣

【二十二祃】祃驾夜下（降也）谢榭罢夏（春夏）霸暇灞嫁赦藉（凭藉）假（休假）蔗化舍（庐舍）价射骂稼架诈亚麝怕借卸帕坝靶鹧贳炙嗄乍咤诧侘罅吓娅哑稏讶迓华（姓华）桦话跨衩胯（遇韵同）柘

第十一部

平声：八庚九青十蒸通用

【八庚】庚更（更改）羹盲横（纵横）觥彭亨英烹平评枰京惊荆明盟鸣荣莹兵兄卿生甥笙牲擎鲸迎行（行走）衡耕萌甍宏闳茎罂莺樱泓橙争筝清情晴精睛菁晶旌盈楹瀛嬴赢营婴缨贞成盛（盛受）城诚呈程酲声征正（正月）轻名令（使令）并（并州）倾萦琼峥嵘撑粳坑铿撄鹦黥蘅澎膨棚浜坪苹钲伧檠嘤轰琤铮狰宁狞瞠绷怦璎砰氓饧鲭侦柽赪蛏茔茕赓篑瞠

【九青】青经泾形刑陉亭庭廷霆蜓停丁仃馨星腥醒（醉醒）惺俜灵龄玲铃伶零听（径韵同）冥溟铭瓶屏萍軿荧萤荣扃坰蜻硎苓聆舲瓴翎娉婷宁暝瞑螟猩钉疔叮厅町鸰泠棂醽囹軨羚蛉咛型邢

【十蒸】蒸烝承丞惩澄陵凌绫菱冰膺膺鹰应（应当）蝇绳乘（驾乘，动词）升胜（胜任）兴（兴起）缯凭仍兢矜征（征求）称（称赞）登灯僧憎增曾矰层能朋鹏肱薨腾藤恒罾崩滕誊崚嶒姮塍冯症簦瞢凝（径韵同）棱楞

仄声：上声二十三梗二十四迥

去声二十四敬二十五径通用

【二十三梗】梗影景井岭领境警请饼永骋逞颖颍顷整静省幸颈郢猛丙炳杏秉耿矿冷靖哽绠荇艋蜢皿儆悻婧阱狰靓惺打瘿犷眚憬鲠

【二十四迥】迥炯茗挺艇梃醒（青韵同）酩酊并（並，并行，并且）等鼎顶肯拯謦到溟

【二十四敬】敬命正（正直）令（命令）证性政镜盛（茂盛）行（学行）圣咏姓庆映病柄劲竞靓净竟孟诤更（更加）并（合并）聘硬横（蛮横）炳泳迸摒阱檠迎郑獍

【二十五径】径定听胜（胜败）罄磬应（答应）赠乘（名词）佞称（相称）秤邓莹（庚韵同）证孕兴（兴趣）剩凭（蒸韵同）迳甑宁（宁可；姓）胫暝（夜也）钉（动词）订饤锭謦泞瞪蹭蹬亘（亘古）镫（鞍镫）滢隥登磴泾

第十二部

平声：十一尤（独用）

【十一尤】尤邮优尤流旒留骝榴刘由油游猷悠攸牛修羞秋周州洲舟酬雠柔俦畴筹稠丘邱抽瘳遒收鸠搜驺愁休囚求裘仇浮谋牟眸侔矛侯喉猴讴鸥楼陬偷头投钩沟幽纠樛啾鹙鞦楸蚯踌绸惆勾娄琉疣犹邹兜呦咻貅球蜉蝣犄帱阄瘤硫浏庥湫泅酋瓯啁飕鳌篌璆沤（水泡，名词）抠耩篝诌彀偻蝼髅搂欧彪掊虬揉蹂抔不（与有韵“否”通）瓿缪（绸缪）

仄声：上声二十五有

去声二十六宥通用

【二十五有】有酒首口母（麌韵同）後柳友妇（麌韵同）斗（升斗，星斗）狗久负（麌韵同）厚手叟守右否（麌韵同）丑受牖偶走阜（麌韵同）九后咎薮吼帚垢亩（麌韵同）舅纽藕朽臼肘韭剖诱牡（麌韵同）缶酉苟糗扣叩塿某莠寿绶玖授蹂（尤韵同）揉（尤韵同）溲纣钮扭耇呕殴纠耦掊瓿拇姆擞绺抖陡蚪篓黝赳取（麌韵同）

【二十六宥】宥候就售（尤韵同）寿（有韵同）秀绣宿（星宿）奏富（遇韵同）兽斗（鬬，争斗）漏陋狩昼书寇茂旧胄宙袖岫柚覆复（復，又也）救厩臭佑右囿豆饾窦瘦漱咒究疚谬皱逅嗅遘溜镂逗透骤又侑幼读（句读）堠副（遇韵同）仆锈鹫霤绉僽咮灸籀酎诟蔻僦构扣购彀戊懋贸袤嗽凑鼬甃沤（动词）

第十三部

平声：十二侵（独用）

【十二侵】侵寻浔临林霖针箴斟沉（沈）心砧深淫琴禽擒衾钦吟今襟（衿）金音阴岑簪（覃韵同）壬任（负荷）歆森禁（力所胜任）祲喑骎骎参（参差）琛涔忱淋妊掺参（人参）椹郴芩檎琳蟫愔黔嵚

仄声：上声二十六寝
去声二十七沁通用

【二十六寝】寝饮（饮食）锦品枕（枕衾）审甚（沁韵同）廪衽稔沈（姓氏）凛懔朕荏婶葚禀噤谂怎恁饪覃

【二十七沁】沁饮（使饮）禁（禁令）任（信任）荫浸谮谶枕（动词）甚（寝韵同）噤鸩赁喑渗窨妊

第十四部

平声：十三覃十四盐十五咸通用

【十三覃】覃潭参（参考）骖南楠男谙庵含涵函（包函）岚蚕探

贪耽眈龛堪谈甘三酣柑惭蓝担簪（侵韵同）谭昙坛酖婪毵鬖戡颔痰篮褴蚶憨泔聃邯蝉蟫（侵韵同）

【十四盐】盐檐廉帘嫌严占（占卜）髯谦奁纤签瞻蟾炎添兼缣沾尖潜阎镰蟾黏淹钳甜恬拈砭詹蒹歼黔钤佥噡觇崦鬑渐鹣腌襜阉

【十五咸】咸函（书函）缄岩谗衔帆衫杉监（监察）凡馋芟搀巉镵喃嵌掺

仄声：上声二十七感二十八俭二十九豏
去声二十八勘二十九艳三十陷通用

【二十七感】感览揽胆澹（淡，勘韵同）僋啖坎惨敢颔（覃韵同）撼毯糁湛菡萏罱椠喊嵌（咸韵同）橄榄黪

【二十八俭】俭焰敛（艳韵同）险检脸染掩点簟贬冉苒陕谄忝（艳韵同）俨闪剡琰奄歉芡崭堑渐睒飐罨崄捡弇崦玷

【二十九豏】豏槛范减舰犯湛斩黯瀺巉（咸韵同）

【二十八勘】勘暗滥啖担憾暂三（再三）绀憨澹（感韵同）瞰淡缆

【二十九艳】艳剑念验堑赡店占（占据）敛（聚敛）厌焰（俭韵同）垫欠僭酽潋滟俺砭坫

【三十陷】陷鉴泛梵忏赚蘸嵌站馅

第十五部

入声：一屋二沃通用

【一屋】屋木竹目服福禄谷熟肉族鹿漉腹菊陆轴逐苜蓿牧伏宿（住宿）夙读（读书）犊渎牍椟黩毂复（復，恢复）粥肃碌骕鬻育六缩

哭幅斛戮仆（仆人）畜蓄叔淑倏独卜馥沐速祝麓辘镞蹙筑穆睦秃縠覆辐瀑郁（忧郁，郁郁葱葱）舳掬踘蹴蹋茯袱鸽鹏髑槲扑匐簌蔟煜复（複，复杂）蝠菔孰塾矗竺曝曲（麴）鞠暴谡簏副国（职韵同）

【二沃】沃俗玉足曲粟烛属录辱狱绿毒局欲束鹄蜀促触续浴酷躅褥旭欲笃督赎渌橐碡北（职韵同）瞩嘱菉勖溽缛梏酴

第十六部

入声：三觉十药通用

【三觉】觉（知觉）角桷榷岳乐（音乐）捉朔数（频数）卓斲啄琢剥驳雹璞朴壳确浊擢濯渥幄握学龌龊槊搦镯喔邈荦

【十药】药薄恶（善恶）作乐（哀乐）落阁（閤）鹤爵弱约脚雀幕洛壑索郭错跃若酌托削铎凿箔鹊诺萼度（测度）橐钥籥瀹着著虐掠获（收获）泊搏藿嚼勺谑廓绰霍镬莫簿缚貉各略骆寞膜鄂博昨柝格拓轹铄烁灼杓疟蒻箬芍躇却屩噱矍攫醵踱魄酪络烙饦珞膊粕簿柞漠摸酢怍濩涸郝垩腭谔鳄噩崿锷鹗缴扩椁陌（陌韵同）

第十七部

入声：四质十一陌十二锡十三职十四缉通用

【四质】质日笔出室实疾术一乙壹吉秩率律逸佚失漆栗毕恤密蜜橘溢瑟膝匹述慄黜弼跸七叱卒（终也）虱悉戌嫉帅（动词）蒺侄踬怵朮蟋筚篥必泌荜秫栉姞唧帙溧谧昵榍轶聿诘鲞垤猾捽茁鹬崒葎蜜鹬苾窒

【十一陌】陌石客白泽伯迹宅席策册碧籍（典籍）格役帛戟壁驿麦额柏魄积（积聚）脉夕液尺隙逆画（动词）百辟赤易（变易）革脊获（猎获）翮屐适（適）索厄隔益窄核覈舄掷责坼惜癖僻掖腋释译峄择摘弈奕帟迫疫昔赫瘠谪亦硕貊跖鶺碛蹐只炙（动词）踯斥穸鬲骼舶珀吓磔拆喀割蚱舴剧檗擘槅栅啧帻箦扼划蜴帼蝈刺嵴汐藉螯蓦摭哑（笑声）襞虢绎射（音亦）

【十二锡】锡壁历枥击绩勣笛敌滴镝檄激寂觌溺觅狄荻幂鹢涤的吃沥雳霹惕剔砾翟籴倜析晰淅蜥劈甓嫡皪轹栎阋菂踢迪皙裼逖蜕阒汨（汨罗江）

【十三职】职国德食（饮食）蚀色力翼墨极殛息熄直值得北黑侧贼饰刻则塞（闭塞）式轼域蜮殖植敕亟棘惑忒默织匿慝亿忆臆薏特勒肋幅仄昃稷识（知识）逼克即唧（质韵同）弋拭陟恻测翊洫啬穑鲫鵴抑或匐（屋韵同）

【十四缉】缉辑戢立集邑急入泣湿习给十拾袭及级涩粒楫（叶韵同）汁蛰执笠唈隰汲吸絷挹浥岌裛悒熠葺濈靸什芨揖煜（屋韵同）歙笈（叶韵同）圾褶翕

第十八部

入声：五物六月七曷八黠九屑十六叶通用

【五物】物佛拂屈郁（欝，馥郁，郁郁乎文哉）乞掘（月韵同）讫吃（口吃）绂弗勿迄不怫绋沸茀厥倔黻崛尉蔚黦契屹熨（未韵同）祓

【六月】月骨发阙越谒没伐罚卒（士卒）竭窟笏钺歇突忽袜鹘（黠韵同）厥（物韵同）蹶蕨曰阀筏殁橛掘（物韵同）核蝎勃孛渤悖（队

韵同）揭（屑韵同）碣粤樾蟨脖饽鹁捽（质韵同）猝惚兀讷（呐）咄（曷韵同）羯凸矻

【七曷】曷达末阔钵脱夺褐割沫拔（挺拔）葛闼渴拨豁括抹遏挞跋撮泼秣掇（屑韵同）聒獭（黠韵同）剌喝磕蘖瘌袜活鸹斡怛钹捋

【八黠】黠拔（拔擢）八察杀刹轧戛瞎刮刷滑辖铩猾捌叭札扎鹘帕茁揠萨捺

【九屑】屑节雪绝列烈结穴说血舌洁别缺裂热决铁灭折拙切悦辙诀泄锲咽（呜咽）轶噎彻澈哲鳖设啮劣玦截窃孽浙孑桔颉拮撷揭褐（曷韵同）呹缬碣（月韵同）挈抉亵薛拽（曳）爇冽瞥迭跌阋餮耋垤捏页阕觖谲鴂撇蹩篾楔惙辍啜缀撤蕝绁杰桀涅霓（蜺，齐、锡韵同）批（齐韵同）

【十六叶】叶帖贴牒接猎妾蝶叠箧惬涉鬣捷颊楫（檝，缉韵同）聂摄慑镊蹑协慴侠荚挟铗浃睫厌靥氎蹀躞燮摺辄婕屧谍堞擫霎霅箑嗫喋碟鲽捻晔笈哗躐饁裛（缉韵同）

第十九部

入声：十五合十七洽通用

【十五合】合塔答纳榻阁（閤）杂腊匝阖蛤衲沓鸽踏拓拉盍塌咂盒卅搭褡飒磕榼遢蹋蜡溘遝邋趿

【十七洽】洽狭峡法甲业邺匣压鸭乏怯劫胁插锸押狎夹恰蛱硖札掐袷眨胛呷歃闸箑霎（叶韵同）

注释：

（一）本编依据清戈载著《词林正韵》一书删去僻字，故称“简编”。

（二）《词林正韵》原书韵目用《集韵》标目，分目繁多，标目有僻字，因此，本编改用比较通行的《词韵》标目，以便于检韵。至于分部，一如《词林正韵》原书。

后记

出版这本诗词韵律小书，是我的一个愿望，就是希望能对广大诗词爱好者，尤其是对青少年写诗填词有所启迪或帮助，我将欣慰不已。

关于传统文化的生命力，不光是为古代活着，也要为现代活着，更要为将来活着，这需要一代一代地传承下去。在此重点谈诗或词，唐代以前的古诗词皆为自由体，确切地来说，诗词的格律是唐宋时代开始讲究的。格律诗词在中国文学宝库里，犹如两枝同生共长的并蒂花，言诗必关联词，谈词必牵连诗，是最为宝贵的文化遗产。而五律和七律，是诗词中的精华。由于诗词已有悠久历史，诗和词在形式上相同，起伏有序，长短定式，字和句有固定的平仄、押韵等。所不同的是，诗是固定句，押韵不用翻书也容易记，词因是长短句，其格律一般按照所定词谱才能填写。

随着几百年间诗词人物的浮现，格律音韵也越来越严谨。特别是三唐两宋的诗词发展，古典诗词文学作品便如雨后春笋，诗人层出不穷，像李白、杜甫、苏东坡、辛弃疾、王安石、李清照等，出现各种诗风词派的作品。然而，时代虽然发展，古典诗词文学，却出现衰落迹象，即便在书店里摆着的诗词读物很多，也很少有人关注。关于我国传统诗词文化，绝不可被时代抛弃，不但要继承发扬，而且要构思撰写。当然，学写诗词要先从最基础的格律音韵起手。

我喜欢古体诗词，尤其欣赏毛泽东的诗词，那是一代伟人高瞻远瞩的眼界和博大精深的文笔。那种气质和胸襟天下或无人能及，为我们学写格律诗词树立了典范。创作诗词比写文章难，正因为这一个“难”，束缚了不知多少学写诗词者的手脚。但是，我并没有被这个“难”字吓倒，我利用两年多的时间，学会弄懂了诗词格律，掌握了创作诗词的手法和技巧，又花了十余年时间，撰写了三千多首各种题材的诗词作品，首创了具有传统特色的《品石吟风》专集。我相信广大诗词爱好者，通过自己的勤奋努力，攻克难关，持之以恒，也一定能写出好作品来。

鉴于诗词有特殊的格律规矩，诗和词表现形式多样化，如诗有五言、七言、古体等，词有上千种词牌，每个词牌都有不同形式的格律，“依声填词”既有词韵，又有诗意。诗词的格律音韵和谐，文字精练，语言优美，是一种特别具有抒发情感的艺术特色的文化载体，所以受到人们的喜闻乐见。由于诗词韵味浓厚，声调起伏，聚集了语言美、音律美、曲调美等诸多优点，自古以来常被文人墨客们挥翰而流传千古。

如今社会上的诗词格律版本，通常使用的是唐宋时期的诗人词家名篇作为范本。而本书不同的是，我在编录本书的时候，根据传统文学和现代文学的双重特点，选用了自己的诗词精品作为本书的示例。我认为，继承发扬传统诗词文学，是我们这代人所应尽的责任和义务。我的诗词远比古代人的诗词更贴近现代人的生活，更符合时代的精神和社会风貌，特别方便于广大青少年借鉴学习。我想破一个例，来一个大胆的创新与尝试，作为我诗词生涯的情性使然。

我突发奇想，利用工作之余，花费了大量的时间和精力，用毛笔字自抄了若干首诗和词的示例，虽然我的字不怎样，但这是我的一个愿望，也是我的另一种爱好的展示，我并不想错过这次出书难得的机会，只好在广大读者面前献点丑，以弘扬一下我国传统文化的另一门艺术，也能提高广大青少年们学习毛笔字的兴趣。在此我必须特别说明，由于我的毛笔字抄写在定稿之前，中间的诗词经过几次修改，如果我的毛笔字与铅印字产生不一致时，一律以铅印字为准。

事业不是一个人的事业，作品也不可能是一个人的作品，红花仍需要绿叶扶持。所以，我衷心感谢为本书增光添色作序言的褚水敖、胡中行、杨斌华老师；感谢为我的诗词进行认真审稿的刘永高、黄旭、喻石生等前辈；我还要感谢我的妻子陈莉婷、女儿陈彦雯，她们不但是我诗词的第一批读者，而且还不厌其烦地为我的作品多次打印校对。正是由于亲友们的辛勤付出，才使我的这本书能够顺利出版。

本书选用的诗有500多首，词有300多首，并称800示例，为了避免繁琐，省略了相关注解、出处和用典。另外，值得一提的是，这些精选诗词作品，不仅倾注了我大量的心血和精力，也是我思想和意境的升华，更是我人生奋斗中的一个缩影，如果这些作品还存在某些欠缺，还希望各位专家及读者见谅！

陈洪法

2022年9月2日